El hermano del tiempo

A Maxi, que me dio la vida

*A Sofía, Andrea, Marieta y Gema,
con quienes la comparto*

*Por supuesto, a Elena, a quien cada mañana
se la entrego sin reservas*

Editorial Bambú
es un sello de Editorial Casals, SA

© 2017, Miguel Sandín, por el texto
© 2017, Editorial Casals, SA, por esta edición
Casp, 79 – 08013 Barcelona
Tel.: 902 107 007
editorialbambu.com
bambulector.com

Autor representado por IMC Agencia Literaria SL.

Ilustración de la cubierta: Ina Hristova
Diseño de la colección: Estudi Miquel Puig

Primera edición: febrero de 2017
ISBN: 978-84-8343-515-1
Depósito legal: B-1255-2017
Printed in Spain
Impreso en Anzos, SL
Fuenlabrada (Madrid)

EL HERMANO DEL TIEMPO

MIGUEL SANDÍN

bambú

EDITORIAL

«Es extraño que la gente tema a la muerte. La vida duele mucho más».

JIM MORRISON

I

Martin estaba cansado de leer y escuchar en todas partes que el siglo XXI empezaba el 1 de enero de 2001. No cuestionaba que los expertos estuviesen en lo cierto, pero a él, por razones evidentes, el año 2000 le parecía mucho más redondo. Ese era uno de los motivos por los que había adelantado su viaje a Japón; el otro, más decisivo, era que dos días antes había recibido una carta firmada por el conde de Saint Germain invitándole a compartir la Nochevieja en su mansión. Rompió al instante aquel papel en mil pedazos, guardó cuanto le cabía en una mochila y pasó muchas horas en la terminal del aeropuerto, dando vueltas como un turista extraviado para confundirse con la multitud que llegaba o salía de Los Ángeles.

El año nuevo cumplía tres horas cuando su avión tomaba tierra en el aeropuerto de Narita, en Tokio.

De no ser porque lo había anunciado el comandante, por el aspecto inconfundible de los funcionarios de la aduana y por la grafía de los carteles, jamás hubiese pensado que se encontraba fuera de Estados Unidos. Esa sensación aumentó cuando alcanzó la calle. Tal vez fueran las luces, los coches, el ruido, pero todo resultaba occidental y deprimente para quien una vez se llamó Kotobuki.

–¿Dónde le llevo? –preguntó el taxista en inglés.

–Cualquier calle en la zona de Shinjuku me vendrá bien –respondió Martin en un japonés tan elegante que el taxista no pudo evitar girar el cuello para contemplar con sorpresa a su joven cliente, que en efecto tenía la piel clara y los ojos azules.

Puede que el paisaje, las ropas o aquel solemne transcurrir del tiempo que una vez conoció hubiesen cambiado, pero la discreción natural de los nativos permanecía intacta. El conductor le dejó donde había pedido sin hacer ninguna pregunta ni comentario.

El propósito inicial de Martin era pasar en Tokio una semana para recuperar el sonido del idioma y el sabor de las comidas pero, sobre todo, para domesticar sus recuerdos, que como una manada de bisontes asustados trotaban a lo largo de su columna vertebral; sin embargo, no es tarea sencilla regresar entero al mismo lugar donde se dejó enterrado el corazón y por eso fue aplazando día tras día el verdadero destino de su viaje, mientras ponía pequeñas trampas en la habitación para comprobar si aún le estaban siguiendo.

No encontró otras ocupaciones durante aquel largo mes que recorrer calles y parques, admirar las catanas en algún escaparate conteniendo los deseos de comprar una, recuperar en restaurantes perdidos los sabores que guardaba en la memoria y ver cada noche la televisión para renovar el idioma. Solo cuando se sintió fuerte por dentro y cansado por fuera de aquellas rutinas se atrevió a reservar hotel y vuelo hasta Kochi.

A duras penas reconoció la ciudad por sus ríos, su puerto y sus montañas, lo único que parecía haber soportado indemne el paso de los años. Lejos del alivio que esperaba, lo que encontró fue un dolor muy viejo cuando, en el lugar exacto donde una vez fue feliz, encontró una autopista con estación de servicio y restaurante. Pasó la noche navegando entre horribles pesadillas y al amanecer tomó un taxi al aeropuerto. El destino del primer avión que despegaba era Melbourne y le pareció que podía ser tan bueno como cualquier otro.

Como era ya rutina cuando llegaba a una ciudad nueva, se instaló en un hotel barato del centro, en este caso el Enterprize, una inmensa ruina con lámparas oxidadas, cortinas raídas y muy poca afición por la limpieza, pero en el que era posible dormir y desayunar por menos de veinticinco dólares australianos. Además, el gerente tuvo la delicadeza de no observarle con la suspicacia de costumbre al anotar en la ficha la edad que figuraba en su pasaporte.

Por las mañanas corría por Flagstaff Gardens y, después de ducharse en aquel cuarto de baño destartalado, paseaba sin rumbo para familiarizarse con lugares que, por desconocidos, resultaban entrañables durante el instante que le llevaba imaginarse una vida allí. Por las tardes leía, miraba uno de los tres canales que sintonizaba la televisión o jugaba al ajedrez por internet con algún incauto que osaba desafiarle. Fue en uno de aquellos paseos matutinos cuando vio el cartel que anunciaba la función del Silver Circus. La idea que rondaba su cabeza le pareció ridícula en un primer momento pero como fue incapaz de librarse de ella durante el resto del día, reservó una entrada para la función de las siete y media en Nunawading, un suburbio situado a diecinueve kilómetros del centro de la ciudad. El autobús le dejó a las puertas en menos de veinte minutos y lamentó no haberlo previsto con el tiempo suficiente para alquilar una bicicleta y disfrutar del rojizo otoño australiano.

Contempló el espectáculo entre un calvo que no cesaba de masticar palomitas y un adolescente a quien resultaban más interesantes los mensajes de su móvil que los números de la pista. Martin pensó que esa indiferencia tenía su lógica. Muchas luces, mucho humo, mucho ruido y poca sorpresa.

Cuando todos los espectadores abandonaron el Burvale Hotel, Martin se dirigió al comedor suponiendo que los artistas cenarían allí. No se equivocaba. Desde una mesa alejada los espió hasta deducir quién era el director, ya que al menos cinco personas se levantaron en algún momento para acercarse a la mesa y hablar con él. Terminó su hamburguesa, pagó la cuenta y esperó hasta que el tipo se quedó solo, revisando unos papeles que sacó de su cartera. Nadie salvo ellos dos y los camareros que recogían las mesas permanecían en el salón.

–Buenas noches, ¿me concede unos minutos? –preguntó Martin, parándose frente a él con las manos en los bolsillos de sus vaqueros.

–Espero que no sean muchos –dijo el director, mirándole con un ojo sin apartar el otro de sus papeles–. Como ves, estoy bastante ocupado. ¿Qué se te ofrece, chaval?

–Esta tarde he asistido a la función y me gustaría formar parte del espectáculo.

Aquel sujeto de cara redonda y bigotillo extravagante se quitó las gafas para revisar de arriba abajo al autor de esas palabras, mientras una sonrisa irónica se dibujaba en su cara.

–¿Y qué sabes hacer? –preguntó.

–Mi especialidad son los malabares, pero también domino la hipnosis, la magia y el tiro con arco.

El director pareció dudar entre volver a sus documentos o pasar un rato divertido a costa de aquel mozalbete insolente que parecía desafiarle con sus ojos azules y su pelo castaño alborotado. Al final pareció decidirse por lo segundo.

–Eres muy joven para tener tantas habilidades.

–Nací en un circo.

–También yo y no por eso...

Sin dejar de mirarle, Martin golpeó con los dedos el borde de un plato que brincó de la mesa y aterrizó mansamente sobre su pie izquierdo. Luego, con un impulso de tobillo, el plato dio una vuelta en el aire para aterrizar sobre el derecho. Sin perder el equilibrio de aquel primero que giraba sobre el pulgar de su pie, Martin siguió recogiendo platos hasta reunir media docena, que hizo bailar entre sus manos mientras de vez en cuando los sustituía por alguno que parecía escurrirse entre sus dedos para aterrizar en las rodillas. Con el mismo ritmo empezó de pronto a cambiar platos por copas y más tarde estas por tenedores, cuchillos, mendrugos de pan o cualquier otro objeto que hubiese sobre los manteles. Volaban sobre su cabeza, bajo su pierna izquierda, saltaban desde su espalda hasta su ombligo y regresaban allí manejados por unas manos tan veloces que apenas se veían. Uno a uno, los objetos voladores fueron cayendo al fin sobre la mesa, colocados de tal modo que parecía recién dispuesta para atender a seis comensales.

Los camareros, que habían interrumpido su tarea, le dedicaron una prolongada ovación y Martin se acercó a saludarlos. Cuando el primero de ellos alargó la mano para estrecharla, lo que encontró en su palma fue un tenedor empapado en chocolate. Sin pronunciar palabra, Martin fingió disculparse y recogió una servilleta para limpiarlo, pero al retirarla lo que el camarero sostenía entre los dedos era un vaso de agua. Martin se lo arrebató y bebió el contenido de un trago antes de devolvérselo. El empleado agradecía el detalle cuando su boca se abrió de asombro al comprobar que el vaso volvía a estar lleno.

Martin aprovechó el aplauso para plantarse delante de su principal espectador, que le observaba sin mover un músculo de la cara.

–¿En qué circo dices que has nacido?

–Uno en Rusia. Antes de morir mis padres me enviaron aquí al cuidado de una tía, pero me temo que soy una carga para ella y me odia.

–Reconozco que me has impresionado –dijo el director, mientras se acariciaba el bigote–. ¿Hay algo que no sepas hacer?

–Payaso –respondió Martin–. No tengo ninguna gracia.

—¿Cuándo podrías incorporarte?

—Desde que empezó esta conversación.

El director no tenía la impresión de estar hablando con un jovenzuelo que aún no se afeitaba, aunque eso era lo que le mostraban sus ojos. Aquello le desconcertaba.

—¿Cuántos años tienes?

—Casi setecientos —replicó Martin, tan serio que el director no pudo evitar una carcajada.

—Y luego dices que no tienes gracia... Pasado mañana salimos de gira. ¿Te supone eso un problema?

—Ninguno.

—Y tu tía ¿qué dirá?

—Lo más seguro es que me haga la maleta y después encargue una botella de champán para celebrarlo.

—Mañana tenemos dos funciones aquí, una por la mañana y otra por la tarde. Pásate a verme después de cualquiera de ellas y hablamos del contrato y todo lo demás.

—Perfecto —dijo Martin ofreciendo su mano, que el director no estrechó.

—Es que no sé lo que va a salir de ahí —explicó, y empezó a reír con alegría de su ocurrencia—. Por cierto, ¿cómo te llamas?

—Martin Smith.

—Ese no es un apellido ruso.

—Mi padre era irlandés.

—Ahora entiendo lo del acento.

No fue fácil al principio. Los artistas de circo, como los artistas en general, son celosos de su originalidad y no aceptaron con entusiasmo a un recién llegado, para ellos un mocoso, que podía reproducir cualquiera de sus números, e incluso superarlo, con una facilidad asombrosa. Los únicos que desde el primer momento le mostraron simpatía fueron, quizá por la misma razón, los payasos y los motoristas de la esfera de metal, el número fuerte del Silvers. Tres tipos rodando en moto dentro de una jaula esférica por la que circulaban a toda velocidad rozándose los manillares sin llegar a tocarse jamás. Scott, el mago, era el más distante; sus trucos de cajas en las que desaparecían ayudantes o las palomas que hacía volar entre sus manos resultaban muy llamativos para el público, pero no demasiado originales para Martin. Nunca le dijo nada, pero el mago era consciente de que conocía a la perfección la mecánica de cada engaño. Por eso apenas le dirigía la palabra.

Hasta que acabó el primer verano compartió caravana con los técnicos y montadores, pues el resto de artistas tenían la suya propia, ganada por antigüedad o méritos, nada que a Martin le preocupase demasiado. Había pasado noches en lugares que ninguno de ellos podría imaginar. De hecho, la convivencia con aquellos tipos naturales y sencillos, más preocupados por su trabajo que por su nombre, le resultaba muy agradable. Alguna mañana, ya hiciera lluvia, sol o viento, los ayudó a levantar las columnas de la carpa y a extenderla después.

Con mucho talento y diplomacia, Anton, el director, terminó por asignarle una caravana propia y le fue introduciendo en el espectáculo poco a poco. Primero, con el encargo de amenizar el tiempo entre un número y otro a costa de recoger con juegos malabares los objetos que los payasos, el mago o los domadores dejaban abandonados en la pista. Luego, ofreciéndole un número que mezclaba el malabarismo con la magia, de modo que no se convertía en competidor de ninguno de ellos y, si alguien enfermaba, salvo que fuera un payaso o un motorista, Martin lo sustituía con eficacia sin tratar nunca de mejorarlo. Conocía de sobra las ventajas de su aspecto aniñado y lo utilizaba en su provecho, de modo que sin apenas pretenderlo se fue convirtiendo en amigo y confidente de casi toda la *troupe* mientras conocía cada palmo de la Australia más profunda, con esporádicos saltos a Nueva Zelanda, Nueva Guinea o incluso las islas Salomón, donde sobrevivieron a un pequeño tsunami.

Para quien carece de familia, un circo puede resultar el sustituto perfecto, porque las horas compartidas son muchas, los constantes viajes y las adversidades obligan a preocuparse de otros y a necesitar que los otros se ocupen de ti. Cada día gira en torno a la función, antes de ella por los nervios y después por las anécdotas, comentando los errores que el público no aprecia, sus reacciones imprevistas. En el circo cada día es una vida en miniatura y eso a Martin le entusiasmaba. Además, llegó a entablar una amistad especial con Jimmy, el malabarista capaz de mantener en el aire siete pelotas de tenis al mismo tiempo, y con Gipsy Gómez, la acróbata que podía mover una docena de aros alrededor de su cuerpo mientras rodaba con los pies sobre un balón plateado.

Terminó por sentirse cómodo en el Silver Circus, tanto como ya ni recordaba. Eso, que para el resto de las personas supone la fuente de la felicidad, representaba para él un serio problema, pues no podía pasar demasiado tiempo en un mismo lugar sin que alguien se percatase de que mantenía invariable su estatura, su aspecto barbilampiño y su cara de adolescente. La voz de alarma la dio esta vez Yolanda, una trapecista uruguaya muy amiga de Gipsy Gómez, a la que había descubierto espiándole en más de una ocasión.

–Mira que es resultón el pibe. Estaba esperando que se hiciera un hombrecito para seducirle, pero han pasado dos años y sigue pareciendo un nene.

Martin andaba cerca, pero como ellas no suponían que hablaba español, continuaron su conversación sin disimulo.

–Es un encanto –dijo Gipsy–. He conocido a hombres hechos y derechos que no valen ni la mitad, pero tan crío...

Había escuchado esas palabras, o muy parecidas, demasiadas veces para no entender la amenaza que ocultaban. Más temprano que tarde, su aspecto empezaba a despertar recelo a su alrededor, y ese era el momento exacto para desaparecer. En ocasiones era un alivio, y en otras, como esta, una verdadera lástima, porque se había encariñado con la gente del Silver y, además Yolanda, la trapecista, era una mujer encantadora.

La mayoría de las veces se marchaba como un espectro sin dejar rastro alguno, como si nunca hubiera existido; en cambio, ahora quería despedirse de la que había sido su familia durante dos años y no merecía un desprecio así. Tan solo necesitaba una buena excusa.

Pero no le dio tiempo a encontrarla.

18   Habían terminado una función de tarde en Toowoomba, la ciudad jardín de Australia, en la que Yolanda cayó dos veces del trapecio a la red. Después de la cena colectiva que Anton organizaba en cada estreno, mientras se dirigía a su caravana Martin advirtió que no caminaba solo, quizá fuese el crujido de alguna rama o un olor diferente que no procedía de las flores ni de los animales del circo.

Volvían, los muy perros. Cuando se ha sido presa durante tanto tiempo los sentidos se afinan para percibirlos. Una sombra salió a su paso y un segundo más tarde lo hizo el cuerpo que la causaba. Resultó ser un anciano de aspecto indefenso que sostenía un mapa entre las manos.

–Disculpe, jovencito –dijo acercándose a él–. Después del espectáculo me he entretenido dando una vuelta por los alrededores del circo y creo que me he perdido. ¿Sería tan amable de indicarme cómo puedo llegar hasta la parada del autobús?

El abuelo no dejaba de mover las manos señalando su mapa. Martin sabía que en situaciones así donde conviene mirar es a los ojos, pero los del anciano apuntaron de pronto por encima de su hombro izquierdo. Se agachó de inmediato para impulsarse y rodar hasta ver qué tenía a su espalda. El viejo caía en ese instante con un dardo en mitad del pecho. El tipo que había disparado contemplaba la escena con la boca abierta y el arma en la mano. Trataba de cargarla de nuevo, pero Martin tuvo tiempo de acercarse a él y dejarlo inconsciente con un golpe seco en el cuello. Nunca eran solo dos, así que buscó refugio tras el árbol más próximo y esperó un nuevo ataque, pero nada sucedió.

Con la excusa de la muerte imprevista de un familiar, dejó una nota llena de disculpas y recuerdos en su caravana, encargó un taxi y pidió que le llevase al aeropuerto más cercano.

Arde Magennis

El frío sigue entrando por los resquicios del tejado y el viento sacude las maderas de las ventanas con tal violencia que hasta las ovejas parecen inquietas. Michael las oye corretear de un lado a otro del establo y balar sin descanso como si se comunicasen sus temores. Junto al fuego, en cambio, la humedad se nota menos y acurrucado allí se siente bien, mientras sigue con los ojos los movimientos de su madre avivando las ascuas o removiendo el perol, que inunda el aire de un agradable olor a pescado y verdura caliente.

Sin darse cuenta, le ha encogido el corazón el recuerdo de su hermano Aidan. Y de padre. Meses después, aún espera verle abrir con el pie la puerta de la casa cargado de troncos, rodear a su madre por la cintura para darle un beso y a él un cariñoso manotazo en el hombro antes de sentarse a la mesa con un vaso de cerveza para maldecir a los ingleses, que no contentos con haber ocupado Lordship, Ormond, Hildare y Desmond, ahora el rey tomaba

The Pale como si fuera su jardín. Quizá es lo último que le oyó decir antes de anunciarles que Aidan y él se marchaban a la guerra contra esos malnacidos. Mientras él viviese, el suelo de Irlanda que ocupasen sus pies nunca sería inglés. Aidan asentía a su lado, orgulloso con su espada en la cintura como si fuera todo un hombre, mientras él se moría de envidia y rabia por ser tan joven.

–¿Hoy has estado otra vez con el pequeño de los Neligan? –pregunta su madre, sacándole de la ensoñación.

–Coincidimos con los rebaños en Clarington Hill.

–Ya, pues no me gusta nada ese chico. Si quieres que te diga la verdad, no me gusta ninguno de los Neligan.

–¿Porque su abuelo era inglés?

Ailyn detiene bruscamente su quehacer y encara los ojos azules de su hijo.

–Algunos de ellos creen que por mezclar su sangre con sangre irlandesa ya pertenecen a la isla, pero están muy equivocados. Tuvieron que reunirse diez de ellos para acabar con tu padre y tu hermano en una sucia emboscada, y te aseguro que van a ser necesarios más, muchos más, para acabar contigo, si alguna vez lo consiguen.

–Te juro que los vengaré, madre, en cuanto cumpla los diecisiete y pueda...

–No es de los ingleses de quien quería hablarte, sino de ti –le interrumpe Ailyn sentándose frente a él–. Escucha...

Michael extiende las palmas hacia el fuego como si el calor le permitiese recibir de mejor modo el reproche o el consejo que espera. Conoce a su madre y sabe que no bromea cuando inclina las cejas de ese modo. La mira con atención esperando escuchar algo importante, pero en cuanto Ailyn abre la boca parece convocar a todas las ovejas, que corren de pronto de un lado a otro del establo como si de pronto quisieran echarlo abajo. Michael vuelve la cabeza hacia la pared y entonces oye algo nuevo, distinto, no es la tormenta, está seguro. Parece más bien que los bosques hubieran expulsado a todas sus criaturas malignas y estas se dirigiesen directamente hacia la casa.

–¿Qué pasa, madre? –pregunta a una silla vacía cuando regresa la mirada.

–Que esta noche arderá Magennis –responde su madre desde la puerta.

–¿Cómo?

–Michael, tienes casi diecisiete años y mucho me temo que esta sea la última orden que voy a darte como madre. Júrame que vas a obedecer.

El ruido de las criaturas está ya tan próximo que Michael a duras penas puede oír las palabras de Ailyn.

–Pero ¿qué está pasando? –repite en un grito para hacerse oír.

–Júrame por la memoria de tu padre que vas a obedecer –replica ella gritando aún más.

–Lo juro –responde él, sin entender todavía por qué a su alrededor el mundo ha adquirido de repente ese aire de pesadilla.

–Atento, porque solo voy a decírtelo una vez. Llora como un niño hasta que puedas correr como un animal y después actúa como un hombre.

22   –Yo...

–Te quiero, Michael –le interrumpe ella para besarle–. Ahora, ya puedes empezar a llorar.

Apenas termina de pronunciar estas palabras, un golpe seco restalla contra la puerta de la casa, que cruje y se balancea sobre sus goznes. Las criaturas están fuera. Michael no tiene la menor duda y, aunque se esfuerza en llorar, una parte de su mente está pensando dónde puede encontrar una espada.

—Abran de inmediato a la autoridad o derribaremos la puerta.

—Llora —susurra Ailyn a su hijo antes de abrir.

En el quicio se dibuja la figura de Ted Neligan alumbrado por la antorcha que lleva en la mano. Detrás de él, una manada de encapuchados con teas hace retumbar el suelo con un ritmo diabólico.

—¿Ailyn O'Muldarry? —pregunta Ted Neligan.

—¿Qué pregunta estúpida es esa? De sobra sabes quién soy. Lo que yo no sabía es que tú eras la autoridad.

—Tus tierras quedan bajo los dominios del duque. Él en persona me ha enviado para comunicarte que pesa sobre ti una acusación firme de brujería por parte del condado de Magennis. Hay testigos de esas prácticas.

—Y ¿alguno de esos testigos está aquí presente? —grita ella, avanzando un paso hacia el tropel, que retrocede como un solo cuerpo atemorizado.

Michael vuelve a preguntarse dónde hay una espada y en un instante calcula las posibilidades que tendría de quemar la cara de Ted Neligan si lograse acercar la antorcha a sus barbas. A punto está de abalanzarse sobre él cuando recuerda el juramento realizado a su madre y, acurrucado en un rincón, comienza a gimotear como un bebé indefenso.

–Mi deber es comunicarte que la sentencia ya ha sido dictada y estamos aquí para ejecutarla –dice Neligan–. Lo único que puede aliviar tu condena es que confieses los cargos de manera voluntaria.

–Bien, pues ante los testigos confieso que eres un perfecto bastardo que solo codicia mi hacienda. Por eso me pediste en matrimonio la semana pasada y, como te rechacé, has buscado esta sucia estratagema para conseguirla. ¿Acaso le has dicho al duque o a estos pobres ingenuos que hace apenas unos días te arrodillabas a mis pies para que te aceptara como esposo?

–Estrategias de bruja. ¡Apresadla! –brama Ted Neligan y, a su gesto de mano, cuatro encapuchados invaden la casa para reducir a Ailyn, que no opone más resistencia que su desprecio–. ¡Y al mocoso también!

Michael acaba de recordar sin pretenderlo dónde guardó su madre la espada, pero basta una fugaz mirada suya mientras le están atando las manos para que él se abandone al juramento y siga intentando disfrazar de lágrimas el odio que le invade por dentro. Siente que ese odio pesa más que su cuerpo cuando le arrastran por el suelo dos hombres a los que podría reconocer por el olor de sus brazos y que ayer mismo le saludaron por su nombre junto al molino.

–¡Soltad a mi madre! –gime Michael, tratando en vano de liberarse de la tenaza que comprime su pecho.

–Abrid las puertas del establo para que salgan los animales y después prended fuego a la casa –ordena Neligan.

Retenidos a unos pasos de su hogar, madre e hijo son obligados a contemplar cómo las llamas comienzan a devorarlo mientras las ovejas y las gallinas huyen en furiosa desbandada.

–Si mi padre estuviera aquí, os arrancaría la piel uno a uno –asegura Michael, escupiendo las palabras antes de recibir un brutal manotazo que le incrusta la cara en el barro.

Ante los ojos de Michael, a ras de suelo, transitan pies de un lado a otro y alguna pezuña que levanta el agua de los charcos. En ellos se refleja la luz roja del fuego que escapa por las ventanas de la casa. El resto de sus sentidos está embotado por el humo y las voces que no cesan. Ya no puede pensar ni sentir. Ahora, de verdad, llora como un niño.

–¿Ejecutamos aquí mismo la sentencia, reverendo?

–Por mí, de acuerdo. Cuanto antes acabe todo esto, mejor.

A una orden de Neligan, la cuadrilla de encapuchados comienza a apilar junto al huerto leña seca que traen del cobertizo. Dos de ellos clavan, en el centro, un madero alto y grueso. Michael, sujeto por el cuello como un perro, busca a su madre, y a duras penas consigue reconocer el bajo de su vestido.

–Os mataré a todos –ladra antes de recibir un nuevo pescozón.

–Suerte tienes de no ser una chica o arderías junto a tu madre –dice su guardián–. Ya se sabe que este mal lo heredan las mujeres.

–Suerte tienes tú de que no tenga una espada en la mano –responde Michael antes de besar la tierra de nuevo.

Cuando la garra que le atenaza levanta la cabeza del suelo tirando de sus cabellos es para mostrarle cómo su madre es atada a ese mástil gigantesco y dos teas son arrojadas sobre la leña seca. Por cada una de ellas, se levanta una lengua de fuego que rodea aquel cuerpo amado.

–¿Te arrepientes?

–De nada, reverendo.

–Arderás en el infierno, maldita bruja.

«Hasta que puedas correr como un animal». Michael entiende en ese preciso instante el significado de aquellas palabras. No quiere que este sea el último recuerdo que conserve de su madre y, aprovechando que tal vez pendiente del espectáculo el vigilante ha relajado la guardia, levanta bruscamente la cabeza hasta golpearle en la barbilla. No puede verlo, pero sabe que el tipo ha caído de espaldas porque escucha un gemido, el golpe contra el suelo de algo parecido a un fardo de cebada, y su cuello está libre. Entonces, como si se hubiese soltado el resorte de una catapulta, sus músculos se disparan y corre.

Con toda la energía de su rabia concentrada en las piernas, empuja un cuerpo, tropieza con una gallina, rueda y se levanta de nuevo. La única dirección es la que le marca el espacio por el que puede seguir corriendo.

–¡Coged al chico! –oye que grita la voz de Neligan.

El brazo izquierdo extendido para no chocar con árboles ni tapias, el derecho abriendo el aire para tomar impulso, Michael trata de encontrar en las sombras alguna referencia para orientarse. Pendiente solo de escapar, ni siquiera sabe hacia dónde se dirigen sus pasos. Es una suerte que haya empezado a llover de nuevo, porque eso complicará el avance de sus perseguidores, más pesados, a través del barro. Es lo que piensa sin dejar de correr, caerse y levantarse como si sus piernas tuviesen vida propia. Teme encontrar bajo sus pies en cualquier momento el vacío de los acantilados, pero de repente la noche se ha vuelto más oscura si cabe, y no son peñascos sino árboles las formas que le rodean. Sin duda ha llegado al bosque de Lam, donde solo se aventuran los más pobres para conseguir frutos silvestres, leña o caza furtiva.

El aire empieza a faltarle y pasa por su cabeza la idea de subir a las primeras ramas que encuentre para descansar a salvo. Al intentarlo, la corteza del tronco al que intenta trepar se resquebraja cuando pone el pie, descubriendo un hueco en el que cabe su cuerpo. No lo duda. Se introduce y recubre la entrada con barro, hojas y musgo. Apenas puede moverse allí dentro, la humedad le hace tiritar y le preocupa no saber si ese silencio se debe a que han perdido su pista o a que el tronco aísla los sonidos. Lo que tiene claro es que no podrá disponer del tiempo necesario para escapar si le descubren.

Cuando despierta, el sol ya ha salido, aunque no resulta fácil verlo entre el follaje, y gracias a él sitúa la posición del mar. Así sabe qué dirección debe elegir. La opuesta a su casa. El viento sopla del sur, de modo que si han sacado los perros no captarán su rastro. Además, camina procurando que las pisadas caigan en suelo duro, sobre el que no quede huella, y avanza saltando de raíz en raíz o buscando las pocas piedras que encuentra. Cada cosa que le parece comestible por su aspecto se la lleva a la boca, incluidos los huevos que roba de algún nido, y de tiempo en tiempo se detiene a escuchar si aún le siguen, pero no llega nada distinto de los pájaros y la brisa agitando las hojas. Como un trofeo, guarda una rama afilada y resistente que le ofrece la seguridad de que, si le atrapan, al menos uno de aquellos miserables caerá con él. «Ojalá sea Neligan», dice para sí, pendiente del mar que sigue a su derecha.

Nunca hubiera imaginado que el bosque de Lam fuese tan grande. Michael tiene la impresión de llevar días entre los árboles cuando, un instante antes de apoyar el pie, cae en la cuenta de que eso que va a pisar no es una raíz, a no ser que las raíces se muevan en este bosque. Pero ya es tarde. Apenas tiene tiempo de ver cómo se aleja la serpiente que le ha clavado los colmillos en el talón. El recuerdo de su madre se mezcla con la desesperación y el veneno para hacerle seguir caminando antes de que todo alrededor se vuelva amarillo, antes de hacerse negro y lejano.

Cuando recuperó el conocimiento, Michael se encontraba tendido en un jergón, frente a unos ojos azules y saltones que le observaban con dulzura. A su alrededor las paredes eran blancas, sin otro adorno que un crucifijo tras la cabeza rapada que seguía observándole con curiosidad.

–¿Dónde estoy? ¿En el cielo? –preguntó, mientras los recuerdos de la triste noche anterior se abrían paso en su cabeza como los rayos de sol tras una tormenta de primavera.

La boca medio desdentada sonrió de buen grado.

–Ojalá –dijo–. Todavía no, pero de algún modo estás en la antesala. Bienvenido al monasterio de Warrenpoint.

–Y ¿qué hago aquí?

–Durante muchas horas, dormir. Salí esta mañana a buscar moras en el bosque y lo que encontré fue un muchacho desmayado. Ya soy viejo, pero aún tuve fuerzas para cargar contigo. Pesas casi lo mismo que un saco de rábanos.

El bosque. La serpiente. Michael dirigió toda la atención hacia su pie temiendo no poder moverlo o, peor aún, que no estuviese allí. Pero estaba, y parecía moverse sin problemas al capricho de su voluntad.

–¿Me han curado la picadura de la serpiente?

–¿Serpiente? Hijo mío, debes haberlo soñado, porque te aseguro que las serpientes del bosque de Lam no tienen por costumbre dejar heridos.

–Me mordió en el talón.

El monje examinó su pie y luego meneó la cabeza.

–Lo que yo digo, has soñado. No tienes ninguna marca. ¿Te importaría decirme quién eres y qué hacías solo en el bosque?

Michael cerró los ojos, y se tomó unos segundos para encontrar una mentira convincente. Decirle a un monje que su madre había sido acusada de brujería desde luego no era la mejor respuesta.

–Los piratas, señor. Llegaron de madrugada arrasándolo todo. Mi padre intentó hacerles frente y lo mataron. De mi madre no sé nada, me dijo que huyera a través del bosque y eso hice hasta que una serpiente me atacó. Lo último que vi fue la casa en llamas.

El monje se santiguó con la mano derecha mientras con la izquierda apretaba con ternura el pie que aún estaba fuera del jergón.

–Pobre niño. Aún no me has dicho tu nombre.

–Martin Smith –dijo Michael, porque era el más común que se le ocurrió en ese instante.

–¿No habrás soñado todo eso que me cuentas, igual que lo de la serpiente?

–Todo lo que le he dicho es cierto, reverendo.

–Bendito sea Dios. ¿Tienes hambre?

–Creo que sí.

–Pues estás de suerte, porque se acerca la hora sexta y hoy he visto que el padre James preparaba bacalao con garbanzos. Es un cocinero excelente. ¿Tienes fuerzas para levantarte?

Michael trató de incorporarse y le sorprendió descubrir que su cuerpo respondía a la perfección, como si la carrera alocada por el bosque, la picadura de serpiente e incluso la muerte de su madre fuesen recuerdos que otra persona le hubiese contado mucho tiempo atrás. Sentía el dolor en la memoria más que en el corazón, y no era capaz de comprender la causa.

–Así me gusta –exclamó el monje–, con energía. Yo soy el padre Robert, aunque todos me llaman Bob. Venga, antes de comer te presentaré al resto de hermanos, porque es nuestra costumbre no hablar durante la ingesta de alimentos –añadió con la mano extendida para ayudarle.

Michael, ya medio convertido en Martin Smith, le siguió a través de un claustro inmenso, en cuyo patio crecían abetos, orquídeas, caléndulas y todo tipo de plantas organizadas en torno a un arriate de lavandas en forma de cruz.

–Es muy bonito –dijo.

–Son las cosas del padre Peter, nuestro superior. Se comunica con las plantas mejor que con nosotros. Mira, esta puerta es el refectorio, donde comemos. Tu entrada va a ser una sorpresa, porque todos saben que estás aquí pero ninguno sabe que te has levantado –sonrió el monje, como si le contara una travesura.

Desde luego, fue una sorpresa. Sobre todo para Michael, que se encontró de pronto frente a una docena de monjes observándole igual que si hubiese aparecido una criatura de otro mundo.

–Buenos días –tartamudeó, agachando la cabeza ante tanta gente ilustre.

–Se llama Martin Smith –dijo el padre Bob, como si indicase la especie a la que pertenecía–. Dice que los piratas asaltaron su aldea, mataron a su familia y quemaron su casa. Por lo visto, él pudo escapar a través del bosque de Lam y cree recordar que una serpiente le mordió.

Como un solo hombre, todos los monjes hicieron la señal de la cruz. Después, entonaron al unísono una plegaria en aquel idioma extraño que Michael escuchaba en la iglesia los domingos que su madre le llevaba.

–Come ahora para reponer fuerzas. Luego hablaremos con calma –le dijo uno de ellos, más alto y delgado que el resto.

Michael no recordaba haber probado nunca el bacalao, pero desde aquel instante en la memoria de Martin aquel sabor quedó para siempre asociado a la soledad y la tristeza.

Terminada la comida, el padre Peter le puso un brazo sobre los hombros y le condujo a través del claustro hacia una dependencia, adosada a la iglesia, a la que se refirió como «nuestra pequeña sala capitular». Michael no entendía el significado de aquellas palabras, pero se dejaba llevar. No le pasó desapercibido el detalle de que el padre Peter mirase de reojo el arriate de lavanda con el mismo gesto que ponía su madre al observarle cuando creía que él no se daba cuenta.

La pequeña sala capitular resultó ser un recinto más grande que el establo y su casa juntos, solo que de piedra, con dos grandes bancos de madera situados uno frente a otro. El padre Peter se sentó en el extremo de uno de ellos mientras Michael admiraba aquel espacio, y después, con un gesto de mano, le indicó que se acercara.

–¿De dónde vienes? –le preguntó.

–De Mac Artane –mintió Michael, porque fue la primera aldea costera que le vino a la cabeza.

–A veces los campesinos nos hablan de ataques de piratas, pero esta vez no tenía noticia. Sucede de cuando en cuando. Esos malditos diablos del norte llegan, arrasan con todo lo que encuentran a su paso y desaparecen en el mar. Parece que esta vez os ha tocado.

–Así es, señor.

–¿Tienes familia que pueda hacerse cargo de ti?

–No, señor.

–No me llames señor. En todo caso, padre. Dime, ¿sabes leer?

–No, se... Quiero decir, no, padre.

–¿Has sido educado en la religión cristiana?

–Sí, señor padre. Cuando no era temporada de cosecha ni tenía que hacerme cargo del ganado, mi madre nos llevaba a misa a mi hermano Aidan y a mí.

El padre Peter miró el infinito con media sonrisa flotándole en la cara. Parecía estar leyendo en el aire las palabras que estaba a punto de pronunciar.

–Si no tienes ningún lugar a donde ir, puedes quedarte aquí una temporada. No te estoy pidiendo que te hagas monje, solo te ofrezco este lugar de retiro y oración para que pongas en orden tu alma y te tomes el tiempo necesario para decidir tu futuro. Además, te enseñaré a leer y a escribir en gaélico, inglés y latín; también música, teología y matemáticas. Eso te será de gran ayuda si algún día decides regresar al mundo exterior... Aquí solemos llamar así al lugar donde vivías.

La temporada en el monasterio de Warrenpoint se prolongó casi cinco años, en los que Michael, convertido ya en Martin, se comportó como un perfecto novicio. Se levantaba cada día antes del amanecer para rezar maitines; luego daba de comer a los animales de la granja, tarea que el padre Peter le había asignado por su experiencia, y regresaba con la salida del sol a la iglesia para celebrar laudes, una misa compartida por todos los monjes. Hasta la hora sexta, momento previo a la comida, limpiaba el gallinero, recogía los huevos, sacaba de paseo a los cerdos y ordeñaba la pareja de vacas. Dirigía estas tareas el padre Frank, el monje responsable de la granja, un anciano recio y noble, de nariz y abdomen prominentes, que se empeñaba en disimular su bondad natural refunfuñando por cualquier motivo. Al principio, a Martin le irritaba su actitud, pero no tardó mucho en comprender que aquella era su curiosa forma de demostrar cariño.

Después del almuerzo, iba con el padre Peter a la biblioteca y durante meses fue aprendiendo primero a leer y a escribir en gaélico gracias a los poemas de Kildare; luego en inglés, idioma por el que, sin confesarlo nunca, el padre Peter parecía mostrar el mismo desprecio que él.

–Te será muy útil –decía para animarle.

El latín, en cambio, le parecía fascinante y en pocos meses llegó a ser capaz de traducir párrafos enteros. Le maravillaba, sobre todo, enfrentarse a uno de aquellos textos indescifrables y, aplicando las normas que el padre le enseñaba, llegar a comprender su significado. Con frecuencia llevaba a su celda algún manuscrito y lo traducía al gaélico hasta bien entrada la madrugada. Desde hacía algún tiempo había empezado a notar que, aun durmiendo solo un par de horas, despertaba ágil y fresco. En sus ensoñaciones llegó a creer que esa serpiente no le había inoculado veneno, sino que, enviada por su madre, le había inyectado una poción mágica que le volvía inmune al cansancio y la enfermedad.

–Eres el novicio mejor dotado que he tenido en muchos años –le decía complacido el padre Peter cuando él le mostraba su trabajo–. Sobre todo para la música, todo hay que decirlo.

En efecto, el arpa parecía una prolongación de su cuerpo y sin el menor esfuerzo memorizaba las notas que después reproducía como si en ese mismo instante brotasen de su interior. Las matemáticas le gustaban si la tarde estaba lluviosa, y la teología le resultaba un aburrimiento soberano, pero perseveraba en su aprendizaje aunque no fuese más que por agradar al padre y recibir sus felicitaciones. Cuando el monje le preguntaba por su sentimiento religioso, Martin respondía con evasivas y nunca le confesó que su mayor deseo era aprender a manejar una espada para atravesar el corazón del asesino de su madre.

La vida en el monasterio era tan rutinaria que, tiempo más tarde, al recordarla, tenía la impresión de haber vivido el mismo día mil veces repetido. Puede que por esa misma razón no tuviese ninguna prisa en abandonarlo pero, como ya empezaba a ser costumbre en su corta existencia, todo se torció de pronto cuando menos lo esperaba. La causa resultaron ser esas extrañas anomalías que desde hacía meses iba notando en su cuerpo, las mismas que, sin saberlo entonces, iban a causarle tantos problemas durante años. Demasiados años.

El padre James, que además de la cocina se encargaba de la enfermería, fue el causante de todo aquello y Martin no supo nada hasta que el padre Bob le advirtió. Tal vez por ser él quien le había encontrado en el bosque, se sentía responsable.

Era noche cerrada y andaba enfrascado en una traducción cuando oyó unos golpes, suaves pero insistentes, en la puerta de su celda. Cuando abrió, apenas pudo ver el rostro sofocado del padre Bob colarse dentro a toda prisa para sentarse en el jergón frotándose las manos, y el frío no era intenso.

—¿Pasa algo, padre?

—Quiero pensar que no —dijo, con una sonrisa nerviosa—, pero el caso es que estoy un poco preocupado... por ti.

—¿Por mí?

—¿Tú te sientes bien? —preguntó el monje, enseñando su dentadura con dos huecos simétricos.

—¿En Warrenpoint? Sí, me he acostumbrado al mal humor del padre Frank en la granja y aprendo muchas cosas con el padre Peter. Supongo que si al final decido no ser monje tendré que marcharme, pero...

–No me refería a eso, hijo –meneó la cabeza como si apartase un insecto molesto–. Quiero decir si estás bien por dentro, tu salud... Vaya, contigo mismo.

–Pues, creo que sí. ¿Por qué no habría de estarlo?

El padre Bob tomó aire, dejó de frotarse las manos para depositarlas sobre su regazo y le miró con los mismos ojos azules y saltones que le recibieron cuando despertó en el monasterio.

–Hace casi cinco años que te encontré tirado en el bosque de Lam y te traje aquí... Cinco años es mucho tiempo, sobre todo a una edad como la tuya, pero el caso es que desde hace casi tres no has crecido ni un centímetro, Martin, ni un pelo asoma en tu cara, tu voz no se ha vuelto más grave, cuando todos enfermamos por comer aquel guiso de cerdo en mal estado tú seguías lozano como una amapola para cuidarnos... ¿Entiendes lo que quiero decir?

–No, padre Bob –mintió con su gesto más inocente.

–Hay rumores –dijo el fraile bajando el tono de voz–. Rumores muy sombríos. El padre James ha escrito un informe sobre ti para el padre Peter y no me preguntes cómo ha caído en mis manos porque no te lo voy a decir. Pero algo sí debes saber, y es que el padre James atribuye esa falta de desarrollo en tu cuerpo a fuerzas sobrenaturales..., y no benignas precisamente.

–¿Qué quiere decir? –preguntó Martin, cada vez más preocupado por las palabras y la actitud del padre Bob.

–Aunque habla gaélico a la perfección, el padre James no es irlandés –confesó el padre Bob, bajando tanto el tono que Martin tuvo que acercarse para escuchar sus palabras–. Llegó aquí desde un monasterio franciscano de Oxford y, según nos dijo, allí estudió alquimia con un monje llamado Roger Bacon... ¿Tú sabes qué es la alquimia?

–Algo me enseñó el padre Peter. Es lo que hacen los que pretenden convertir otros metales en oro, ¿no?

–Sí, y también buscan el elixir de la eterna juventud, es decir, la fórmula para no envejecer. Y es ahí donde entras tú. El padre James es muy meticuloso y ha anotado tu estatura y tu peso en las revisiones que nos hace cada año en la enfermería.

–¿Y...?

–Pues lo que te he dicho, ni un cambio desde hace tres años. Además, dice haber investigado por los alrededores y asegura tener pruebas de que ningún barco vikingo atacó Mac Artane en las fechas en las que te encontré. Incluso... –su voz se quebró en este punto y con un gesto de mano indicó a Martin que le diese tiempo a recuperarse–. Incluso sostiene que por esos mismos días una bruja llamada Ailyn fue quemada en Magennis y su hijo escapó sin dejar rastro. Está convencido de que ese chico eres tú, Martin.

Pálido como un espectro, Martin se arrodilló a los pies del padre Bob para contarle en confesión toda la verdad y las razones por las que hasta ahora había mentido.

–De que mi madre no era una bruja, estoy seguro. De los motivos por los que mi cuerpo no se desarrolla, no tengo la menor idea. Yo siempre he pensado que la culpa la tenía la serpiente –concluyó entre sollozos.

–Como sacerdote, te absuelvo de todos tus pecados –respondió el padre Bob colocando la mano sobre su cabeza–, y como padre que te quiere como al hijo que nunca tendré, aunque seas el mismo demonio, debo advertirte que el hermano James es igual que un sabueso, nunca pierde el rastro de una presa, y el tuyo, con brujas y serpientes por medio, es muy fácil de seguir... ¿Entiendes lo que te digo?

—Y ¿qué puedo hacer, padre Bob?

—Lo primero, marcharte. Este ya no es un lugar seguro para ti.

—Pero...

—Tienes que abandonar Irlanda cuanto antes y la única forma de hacerlo es en barco, así que enrólate como grumete en la primera nave que encuentres y que el Señor te ayude. Entretanto, yo lo haré por Él dejando abierta esta noche la cancela del monasterio.

—Gracias por todo, padre Bob. Creo que con esta es la segunda vez que le debo la vida.

—Lo único que me debes es un abrazo, y Dios quiera que la suerte te acompañe, porque me da en la nariz que no lo vas a tener fácil.

Martin sustituyó el hábito de novicio por las ropas de labrador con las que escapó de su casa. Y se hubiera ido del monasterio igual que llegó si el padre Bob no hubiese dejado, junto a la cancela abierta, un hatillo con fiambre y queso.

II

Desde que falleció su mujer hacía siete años, Samuel Wark no era capaz de conciliar el sueño más de tres horas seguidas, y esa noche tampoco había sido una excepción. Despertó de madrugada, empapado en sudor y con Harbor Tercero correteando entre sus piernas. Aquel perro, un schnauzer enano, parecía tener un sexto sentido para adivinar sus estados de ánimo mejor aún que el de sus predecesores. La clonación tenía algo de mágico y, mientras se incorporaba de la cama para calzarse las zapatillas, sonrió satisfecho porque los dos millones de dólares que le costaban al año los laboratorios BioWark le proporcionaban al menos algunas alegrías. Pearl Tercera, en cambio, había nacido arisca y se apartó de su camino en cuanto abrió la puerta de la habitación.

Samuel Wark tenía setenta y ocho años, ningún hijo, varios pozos de petróleo y más dinero del que podría gastar en muchas vidas, por eso no tenía otro empeño que prolongar cuanto pudiese la que le quedaba y no reparaba en gastos para conseguirlo. A la vía científica de los laboratorios había sumado todo tipo de prácticas esotéricas. Eso le hizo descubrir que había más gente de la que pensaba empeñada en el propósito de no envejecer. En aquellas reuniones cerradas y secretas se hablaba de pócimas antiguas, de rituales de hechicería, de una semilla mágica que nacía entre los hielos del Ártico. Nada que despertase su interés hasta que trece años atrás uno de los miembros del Círculo le retuvo una tarde al acabar la sesión.

–Sam... –dijo, sujetándole por un brazo cuando quedaron a solas.

–Dime, Edward.

Era un tipo corpulento y canoso, de ojos achinados, que casi nunca abría la boca en las reuniones.

–Tú sabes tan bien como yo que aquí se dicen muchas tonterías, ¿verdad?... Supongo –continuó sin dejarle responder– que te preguntarás para qué vengo entonces. Ni yo mismo lo tengo muy claro, supongo que para sentirme menos solo descubriendo que no soy el único chiflado que tiene pánico a la muerte.

–Te entiendo muy bien –dijo Wark mirando su reloj. El chófer le esperaba.

–No del todo, amigo. Si te cuento esto es porque sé algo que tú no sabes y tengo una oferta interesante que hacerte –replicó Edward bajando el tono y achinando aún más los ojos.

–¿De qué me estás hablando?

–Nada menos que de un dossier completo que comienza en el siglo XIV y demuestra sin lugar a dudas que el elixir de la eterna juventud existe.

–¿Por qué me lo cuentas? –preguntó Samuel, un maestro de los negocios al que no era fácil impresionar.

–Porque el médico me ha dado un mes de vida. He gastado en vano mi fortuna para conseguir ese documento y ya solo me queda asegurar el futuro de mis hijos. Si no me crees, aquí tienes el informe –dijo tendiéndole un diagnóstico clínico–. Busca referencias sobre un tal conde de Saint Germain y me llamas, ¿de acuerdo? Te aseguro que fue él en persona quien me lo vendió.

Martin eligió España porque no encontró un destino más alejado de Australia y también porque llevaba mucho tiempo sin regresar al país que una vez fue su segunda patria. Le gustaba el clima y la lengua, pero sobre ninguna otra cosa, la gente. Los españoles siempre le parecieron espontáneos y generosos, aunque también orgullosos y temperamentales. Con el mismo gesto compartían el último bocado de su comida que tiraban de espada si alguien ofendía su honor. Al menos así era cuando sirvió en el ejército de Carlos V o cuando las tropas de Napoleón ocuparon Zaragoza.

Esta vez prefirió Madrid, confiando en que por su tamaño le resultaría más sencillo pasar desapercibido. Había llegado al aeropuerto de Barajas después de hacer cuatro escalas y cambiar de pasaporte en cada una de ellas, aunque sabía que eso era solo un alivio momentáneo, pues los perros terminarían por encontrarle de nuevo. Había leído muchos libros y visto muchas películas en las que se contaba la historia de buscadores de mapas, lo que nunca se había contado es lo que siente el mapa cuando solo pretende vivir en paz, ya que morir le resulta muy complicado. Y lo que sentía es que llevaba ya demasiados años cansado de estar cansado de huir. A veces le tentaba la idea de abandonarse, dejarse capturar y pedir tan solo a cambio que le permitiesen un largo descanso, pero cuando eso sucedía recordaba que había visto sufrir de verdad a demasiadas personas queridas como para rendirse. Además, él no podría hacerlo nunca, porque realizó ante Kotaro aquel juramento sagrado.

Se alojó en un pequeño hotel del centro, cerca del Museo de Arte Contemporáneo, en el que no pusieron el menor obstáculo a su pasaporte canadiense ni a la edad que allí figuraba. Lo entendió mejor al comprobar una semana más tarde que, además de él, solo un matrimonio de jubilados alemanes ocupaba la habitación más de una noche.

Descartada la posibilidad de trabajar en un circo, pues lo estarían buscando ya en las carpas de medio mundo, decidió oscurecerse el pelo y confundirse de momento con los turistas que se movían entre museos y palacios por el centro de la ciudad. Volvía de una visita guiada por el Jardín Botánico la tarde en que encontró a un grupo de pandilleros rodeando a una joven que los miraba con ojos espantados.

–¿Qué no has entendido, monada? Danos el bolso ya –ordenaba uno de ellos.

–¿Por qué os lo tendría que dar, si es suyo? –preguntó Martin mirando a los ojos del que había hablado y parecía liderar el grupo.

Mientras se recuperaban de la sorpresa, Martin contó tres jóvenes más, que esperaban con desconcierto la respuesta de su jefe.

–Y ¿de dónde ha salido este niñato tan gracioso? –preguntó el cabecilla buscando la aprobación de su tropa mientras exhibía la navaja–. Pues para que no la raje con esto, por ejemplo. Como a ti, que ya estás soltando la cartera, el reloj y el móvil, por meterte donde no te llaman, payaso.

–Eso nunca, no tengo gracia –dijo Martin con cara de fastidio–. Perdona que insista en un pequeño detalle, amigo ladrón. Si te preguntó por qué, tú debes responderme con una oración causal, no final. Entiendo que no te fue bien en el instituto y por eso te dedicas a esto. Pero créeme que no tiene futuro.

El jefe parecía tocado en su orgullo y buscó el respaldo de sus colegas, que sonreían esperando de él una decisión.

–A ver si el que no tiene futuro eres tú, listillo –amenazó el pandillero, adelantando el filo de la navaja hasta dejarla a un centímetro de su nariz–. El dinero, el reloj y el móvil. Ya.

–Está bien, no te pongas nervioso –dijo Martin.

Usando estrategias de mago, dirigió con mucha ceremonia la mano derecha al bolsillo del vaquero para atraer sobre ella toda la atención. Una vez seguro de que la tenía, adelantó la izquierda hasta atrapar la muñeca del agresor y retorcerla con un brusco giro que hizo caer la navaja al suelo. Los ojos del delincuente buscaron el arma de manera instintiva y Martin aprovechó el nuevo descuido para barrerle el pie de apoyo y enviarle de bruces a la acera mientras seguía sujetando su mano.

–Suéltale, hijo de… –amenazó uno de la pandilla avanzando un paso.

–Si vuelves a moverte, le arranco el brazo y te sacudo con él –dijo Martin con un tono que no dejaba duda sobre sus intenciones–. Ahora vamos a hacer una cosa. Vosotros empezáis a caminar calle abajo y cuando estéis a prudente distancia, yo le suelto, ¿os parece bien? –preguntó, girando la muñeca de su prisionero.

El jefe aullaba de dolor en el suelo y movía la cabeza en un gesto afirmativo. Eso debió de convencer a sus compinches, que comenzaron a alejarse volviendo a ratos la cabeza para ver si quedaba libre. Cuando Martin consideró que la distancia era suficiente, le soltó.

–Me he quedado con tu cara –gruñó el ladronzuelo masajeándose la mano herida.

–Muy inteligente por tu parte. Así, cuando vuelvas a verla sabrás que lo más conveniente es cambiar de acera.

Después de escupir en el suelo, el tipo echó a andar a buen paso para reunirse con sus amigos. Entonces, Martin miró a la chica por primera vez. Era joven, muy delgada, morena, y sus ojos azules le contemplaban como si aún estuviese preguntándose dónde terminaba la pesadilla y comenzaba la realidad.

–Gracias –dijo ella forzando una sonrisa que mostraba sus dientes muy blancos y un poco irregulares.

«Una boca simpática», pensó Martin.

–De nada –dijo, recogiendo del suelo la navaja.

–Venía de dar un paseo con mis amigas y de pronto me rodearon esos tipos, ni siquiera los vi. Si no llega a ser porque apareciste...

–Me llamo Martin.

–Yo Alicia.

—Si quieres, puedo acompañarte hasta tu casa.

—Vivo cerca, en la calle Magdalena, pero no hace falta que te tomes tantas molestias. Ya me has ayudado bastante.

—No es ninguna molestia –dijo Martin–. Al contrario, estoy solo en Madrid conociendo la ciudad y hace días que no hablo con nadie que no sea conserje, guía turístico o delincuente.

—Pues gracias de nuevo. ¿De dónde eres? –preguntó Alicia mientras se ponían en marcha.

—De Los Ángeles –respondió Martin arrojando la navaja a una papelera.

—Hablas muy bien el español –observó ella.

—Mi madre es uruguaya –dijo Martin, acordándose de Yolanda, la trapecista del Silvers.

—Y ¿te dejan viajar solo a tu edad?

—Mis padres son muy modernos, asquerosamente ricos y yo me aprovecho de ambas cosas. Aunque no soy tan joven como aparento.

—Por la manera que has tenido de tratar a esos indeseables, parecías uno de esos tipos duros de las películas americanas.

—Mi padre se empeñó en que aprendiese defensa personal desde que era un niño y parece que al final ha servido para algo.

—Si hablas con él, dale las gracias de mi parte –bromeó ella.

—Lo haré.

Eran los primeros días de septiembre y el verano estaba terminando en España, pero el calor aún resultaba agobiante y, al igual que ocurría doscientos años antes, la gente parecía esperar la caída de la noche para abandonar sus casas y salir a respirar un poco de aire fresco. Por eso la calle Santa Isabel, casi desierta unos minutos antes, se había convertido de pronto en un hervidero humano ruidoso y variopinto.

–¿Cuánto tiempo vas a estar en Madrid? –preguntó Alicia con aquella boca tan graciosa.

–Me gradué hace tres meses y por ahora no tengo obligaciones. Mi billete de vuelta tiene fecha abierta y si encuentro trabajo aquí, no descarto quedarme una temporada.

–¿Qué has estudiado?

–Filología francesa. Quiero ser traductor. Un amigo de mi padre lo es y siempre presume de trabajar donde quiere y cuando quiere. Es una idea que me atrae mucho –improvisó Martin–. ¿Y tú?

–Yo vivo aquí –dijo Alicia parándose de pronto–. Gracias otra vez.

–No es justo –protestó Martin.

–¿El qué, vivir aquí?

–No, que yo te haya contado tantas cosas y no sepa nada de ti.

Su boca peculiar sonrió mientras aleteaban sus pestañas.

–Dentro de tres semanas empiezo a estudiar Medicina. Hasta entonces no estoy muy ocupada. Apunta mi número y si te apetece me llamas algún día –dijo ella.

De regreso al hotel, apretando su móvil en el bolsillo del pantalón, Martin no cesaba de recordarse que el amor era para él un sentimiento prohibido. Nuevo no. Por mucho tiempo que aún viviese jamás podría olvidar a Matsuko, la mujer elegida por el daimio Kotaro para convertirle en el perfecto guerrero japonés. Además de conseguirlo, se convirtió en su esposa, la primera y única persona a la que hasta entonces había abierto su alma. Permanecieron juntos hasta que ella agonizó en sus brazos, anciana y consumida, mientras él seguía conservando el cuerpo del primer día que se conocieron.

No quería pasar por eso otra vez y, sin embargo, era consciente de que cuando al fin le llegase el turno de dejar este mundo, el recuerdo de Matsuko sería lo más valioso que llevaría con él. Ahora Alicia había removido sin pretenderlo aquellas viejas aguas estancadas y, a solas en la habitación del hotel, derramó abundantes lágrimas por la memoria de su amada, que nunca le vio llorar.

Mataría a los perros o se dejaría matar por ellos, pero estaba decidido a dejar de ser la presa y, bien entrada la madrugada, incapaz de conciliar el sueño, tomó una decisión.

Los años de la peste

Tras abandonar el monasterio de Warrenpoint, la primera intención de Martin fue llevar a cabo el plan que tantas veces le había consolado durante las noches de aquellos cinco años, y dirigió sus pasos hacia Magennis con la idea fija de quemar la casa de Ted Neligan con todos los que hubiese dentro; sin embargo, las palabras de los monjes hablando día tras día de la importancia del perdón y el amor al prójimo habían calado en su corazón más de lo que hubiese podido imaginar. Hacer aquello no le devolvería a su madre y al dolor por su pérdida solo añadiría la culpa de haberse convertido en un asesino. No estaba dispuesto a permitir que Neligan le hiciese más daño, de modo que deshizo el camino imaginando la cara del padre Bob sonriendo satisfecho por la decisión que acababa de tomar.

Una paz enorme le invadió por dentro.

No podía volver a Magennis ni al monasterio. La isla no era un lugar seguro para él mientras Ted Neligan y el padre

James le siguieran el rastro, y entendió que el padre Bob tenía razón: la única manera de abandonarla sería enrolarse en la tripulación de algún barco. Con un poco de suerte, podría alcanzar el continente y empezar una nueva vida desde cero.

Caminando en dirección a la costa, llegó a Carlingford, una pequeña aldea pesquera que para él resultó ser el lugar más grande y bullicioso que había conocido jamás. Gente caminando por las calles, entrando y saliendo de las tabernas, pintando sus barcos o repasando sus redes en el puerto. Aquella multitud le hacía sentir solo, pequeño e indefenso. Lo que en realidad era, solo que nunca antes lo había advertido con tanta claridad.

Su aspecto endeble y aniñado no ayudaba al propósito de conseguir trabajo como marinero. Los capitanes le miraban de arriba abajo y de abajo arriba antes de despedirle con una carcajada. La primera noche, vencido por la tristeza, buscó refugio para dormir en la cubierta de un barco que parecía abandonado.

Le despertó un puntapié en el trasero seguido de una voz áspera y enojada.

–¿Quién eres tú y qué mierda estás haciendo en mi barco?

Le hablaba un hombre alto, grueso y barbudo. Lo primero que pensó Martin es que parecía demasiado moreno para ser irlandés. Curiosamente, aquella rareza le tranquilizó.

–Me llamo Martin Smith y busco trabajo como marinero.

–¿Has navegado alguna vez?

–No –respondió Martin incorporándose para evitar otra patada.

–¿Sabes cocinar?

–No.

–¿Coser velas, atar cabos, repasar redes...?

–No.

–¿Entonces qué mierda sabes hacer?

–Cuidar animales de granja y traducir latín. Al gaélico y al inglés –añadió Martin muy serio.

El tipo le miró con los ojos muy abiertos antes de estallar en una sonora risotada.

–Eres muy gracioso –dijo el barbudo.

–No, señor, no soy gracioso. Mis padres murieron y yo ingresé en el monasterio de Warrenpoint, pero no tengo madera de monje, así que decidí empezar otra vida y...

–¿Has dicho Warrenpoint?

–Sí, el monasterio. Pasé allí tres años.

–¿Conoces al padre Bob?

–Claro, me salvó la vida. Dos veces.

El moreno le miró de frente antes de golpearle en un hombro con tal cariño que casi le tira sobre cubierta.

–A mí me casó. Un hombre excepcional... Bien, empezarás de grumete y lo que haga falta mientras vas aprendiendo el oficio. Dos brazos más siempre se agradecen cuando hay tormenta y, como supongo que no tienes donde caerte muerto, puedes dormir aquí hasta que zarpemos dentro de una semana. ¿Te parece bien?

–Muchas gracias, señor.

–Capitán Lombardi –aclaró sin tenderle la mano–. Latín... Podrías darle clases a mi tripulación –añadió antes de dar la vuelta y desaparecer entre carcajadas.

Solo en aquella cubierta, Martin pensó que ya no eran dos, sino tres las veces que el padre Bob le había salvado la vida, y se preguntó si le duraría lo suficiente como para agradecérselo. Ese sí fue un pensamiento gracioso, pero entonces no supo darse cuenta.

Pasada la novedad de habitar un mundo en continuo balanceo, sus días a bordo del *Roundabout* no resultaron muy diferentes a los que vivió en Warrenpoint. Limpiar la cubierta, trocear verdura o engrasar las poleas no era más duro que cuidar la granja. Seguía viviendo entre hombres y, aunque el tono de las conversaciones era muy diferente, tanto que al principio llegaron a sonrojarle, las personalidades no lo eran tanto. Günter, un alemán siempre sonriente, le tomó a su cuidado como el padre Bob. El capitán Lombardi, autoritario y exigente en el trabajo, se reunía cada noche con la tripulación como un marinero más y apuraba la jarra de vino que circulaba de mano en mano con la misma sencillez del padre Peter.

Ya fuese porque se extendió la noticia de que procedía de un monasterio, porque seguía sonrojándose cada vez que hablaban de mujeres o porque nunca probaba el vino, empezaron a referirse a él como *el Monje,* lo que le llenaba de cierto orgullo. Además, su empeño en cada tarea asignada y su resistencia a la fatiga le ganaron el respeto de la tripulación. Alguna noche, contemplando la luna desde el mascarón de proa, llegó a sentirse casi feliz.

Hasta que, en mitad de una tormenta, aquello le sucedió por vez primera y a la vista de todo el mundo. Trataba de aflojar el nudo de una vela para que el temporal no la rasgase, cuando el cabo se soltó de repente, y le golpeó en el rostro con tal violencia que rodó por la cubierta hasta que le detuvo el palo mayor. Sentía el sabor de la sangre en los labios mientras veía figuras borrosas inclinarse sobre él, brazos que rodeaban su cuerpo para llevarle en volandas hasta su camarote.

–Pobre chico, tiene la cara destrozada.

–Con un poco de suerte, tal vez consiga salvar el ojo.

Günter se quedó a su lado, lavándole la herida, hasta que Martin perdió el conocimiento.

Al despertar, tenía un vago recuerdo de lo sucedido, pero sobre ninguna otra cosa sentía un hambre atroz, como si no hubiese probado bocado durante meses. Por eso dirigió sus pasos a la cocina. No esperaba que Walter, el cocinero, soltase un tremendo grito al verle.

–¡Estás bien! –exclamó como si hubiese visto al mismo demonio.

–De eso nada, me muero de hambre.

A causa del grito, pronto la cocina se fue llenando de marineros, empeñados en mirarle y tocarle la cara como si se tratase de una aparición.

–Ni siquiera tiene marcas.

–Pero si le vi sangrar.

–Sería el golpe en la nariz.

–En una situación igual que esa, yo vi una soga rebanar el cuello de un tipo bien robusto como si fuese pan blando.

–Chaval, esta vez has tenido suerte –concluyó el capitán Lombardi mientras dispersaba al resto para que pudiese comer tranquilo.

–Monje, está claro que el Señor está contigo –le dijo Walter después de llenar por tercera vez su escudilla.

Cuando regresó a cubierta recibió abrazos y felicitaciones a su paso, pero en algunos rostros, especialmente en los que habían sido testigos directos de la escena, advirtió cierto recelo. Pero ninguno comparable al suyo, pues había entendido con absoluta claridad que no solo tenía problemas en su desarrollo, sino que era un bicho raro integral.

Neligan, la serpiente, el cabo, tantas ocasiones para morir y en cambio ninguna cicatriz en su cuerpo, a diferencia de lo que iba sucediendo en su alma. Sin darse cuenta, aquella sensación de ser distinto le fue volviendo más esquivo, más distante en el trato, y ya no volvió a sentirse casi feliz mirando la luna desde el mascarón de proa. Al contrario, le atormentaba el imposible deseo de volver a ser Michael O'Muldarry, hijo de Michael y Ailyn, pastor en el condado de Magennis.

Temía que con las bodegas llenas de bacalao y atún, el *Roundabout* regresara a Irlanda, pero el capitán Lombardi sabía lo que hacía. Viajaba de la isla al continente y allí vendía la pesca que había conseguido por el camino para vaciar las bodegas y hacer la misma operación en el viaje de regreso, así que en cuanto el barco atracó en un puerto de la Germania, Martin esperó la llegada de la noche para desaparecer.

Puesto que cualquier dirección le era indiferente, decidió avanzar tierra adentro, hacia el sur, como si de ese modo se alejase también de un pasado que quería olvidar. Nunca hasta entonces había oído hablar de la peste y su primera impresión fue que el mundo fuera de Irlanda era un lugar sórdido y repugnante. Por si fuera poco, del idioma solo conocía las pocas palabras que Günter le había enseñado, de manera que durante semanas sobrevivió de la caridad como un vagabundo, haciéndose pasar por mudo o por monje que mendigaba en latín, según fuese la circunstancia.

A causa de aquella terrible enfermedad, mucha gente moría en las ciudades y sus cadáveres eran quemados en inmensas hogueras que no se apagaban ni de día ni de noche. Los vivos ocultaban su rostro con trapos para no respirar el mismo aire de los muertos o de los posibles enfermos y nadie escapaba a la sospecha de poder contagiarla. Movido por la piedad que los monjes le habían enseñado, Martin trató en un par de ocasiones de consolar a los enfermos abandonados en las calles. En la primera la gente se retiraba después a su paso como si él fuera la propia peste y en la segunda tuvo que darse a la fuga antes de que alimentaran el fuego con su cuerpo.

Terminó por evitar las ciudades cada vez que era posible y durante muchos días avanzó a través de los bosques alimentándose de frutos silvestres, raíces y huevos que robaba de algún nido. No era el único. De vez en cuando descubría entre los árboles alguna persona, sola o en pequeños grupos, que también buscaba algo que llevarse a la boca. A toda costa Martin esquivaba el contacto humano, hasta que topó con Fritz en la boca de una madriguera, donde acababa de atrapar un conejo.

–Suelta eso o te rebano el pescuezo, renacuajo –supo más tarde que le dijo aquel sujeto calvo y desdentado que le amenazaba con un machete.

–Yo hablar alemán no –respondió Martin con una sonrisa estúpida en la cara.

–Alemán no, conejo sí –bramó el calvo arrebatándole la presa.

Martin no hizo nada por recuperarla. Ya se marchaba en dirección contraria cuando Fritz le llamó y con un gesto de cabeza le pidió que le acompañara.

Aquella tarde aprendió a desollar un conejo, a encender fuego con dos palos y a cavar un horno subterráneo que apenas emitía humo para no ser detectado por otros hambrientos que merodeasen por los alrededores.

Durante las muchas jornadas que compartió con aquel alemán medio loco, aprendió también a fabricar trampas para pájaros, a detectar madrigueras y ahumarlas para que sus inquilinos huyesen en las direcciones en que habían previsto los cepos, a distinguir plantas comestibles de las que causaban daño, aunque a Martin nada le hacía daño y hasta el loco Fritz, cuando consiguió enseñarle también a comprender el idioma, mostró su sorpresa.

–Eres una persona extraña, Martin. No pareces venir de Irlanda, sino de más lejos, porque parece que todo te importa muy poco, cuando hoy a casi todos muy poco le importa mucho.

–Soy más extraño de lo que crees –confesó Martin–. Me mordió una serpiente venenosa del bosque de Lam, me golpeó en el rostro un cabo de la vela mayor en plena tormenta, he dado de beber a enfermos de peste y sigo vivo.

–Asombroso.

–¿De verdad quieres ver algo asombroso? Mira esto –dijo Martin atrapando el machete para rasgarse la palma de la mano, que borboteó sangre antes de que la cerrase.

–Pero... ¿qué demonios...?

Cuando extendió los dedos, la mano estaba intacta y Fritz respiraba como si el aire fuese a terminarse en cualquier momento.

–Mi madre murió en la hoguera acusada de brujería. Yo nunca lo creí, pero ya empiezo a preguntarme si tal vez lo era y realizó un conjuro. No sé por qué me pasa esto, Fritz. Tengo casi treinta años y no aparento más de diecisiete desde aquel día.

Después de estrujarle con un abrazo, el alemán loco le ofreció una sonrisa.

–No se te ocurra hablar de esto con nadie o puedes pasarlo muy mal. Si quieres ayuda, conozco a alguien que tal vez te la pueda prestar. Es una hechicera que se hace llamar Freya y vive en Colonia. No estamos muy lejos.

Fritz nunca llegó a Colonia. Cuando estaban a menos de cuatro días de viaje, sufrieron una emboscada desde los árboles. Las flechas empezaron a llover sobre ellos y una de ellas alcanzó el cuello de su amigo mientras otra se incrustaba en su espalda. Martin notó el aguijón igual que los colmillos de la serpiente de Lam y cayó al suelo fingiéndose muerto. Se dejó dar la vuelta para que los bandidos registrasen su cuerpo en busca de armas o comida y, como nada de eso llevaba encima, le olvidaron para robar el machete de Fritz y el zurrón donde guardaba sus trampas, sus cuerdas y sus hierbas medicinales.

–Recuperemos las flechas –dijo uno.

–El machete es bueno –dijo otro.

Martin sintió una especie de mordisco en su espalda y en silencio agradeció aquella codicia, porque a él no le hubiese resultado fácil acceder al lugar donde estaba incrustada.

–Vámonos, las alimañas terminarán con ellos –dijo una tercera voz.

Una vez estuvo seguro de que los bandoleros se habían alejado, Martin se incorporó despacio. En su cuerpo no sentía dolor ni molestia alguna, salvo en la garganta, donde un lagarto de tristeza se le había incrustado al comprobar que Fritz no respiraba. Tratando de comprobar si su rareza llegaba más lejos de lo que él pensaba, puso una mano sobre la herida y vertió en ella su sangre, pero nada sucedió. Durante horas cavó en la tierra con sus propias manos un agujero para enterrar aquel cuerpo y, mientras lo hacía, no dejaba de preguntarse hasta cuándo podría soportar tanta maldad y humillación sin hacerles frente con toda la furia que iba acumulando.

Colonia resultó ser la ciudad más grande que había visto hasta entonces y no fue capaz de encontrar a nadie llamado Freya, pero mendigando de puerta en puerta consiguió trabajo como aprendiz de carpintero. Desde hacía un siglo estaban construyendo allí la catedral más grandiosa que los tiempos habían conocido y su benefactor, un hombre paciente y amable, le enseñó el oficio, en el que se esforzaba de sol a sol a cambio de un lecho y comida. Aquello no suponía para él más esfuerzo que limpiar el gallinero de Warrenpoint o la cubierta del *Roundabout*. Era una vida sencilla y sin sobresaltos que hubiese mantenido más tiempo si Hans, el otro aprendiz, no le hubiese descubierto sacando tranquilamente de su dedo un clavo que lo había atravesado.

Como ya iba siendo costumbre, huyó de noche y volvió a los bosques, donde sobrevivió gracias a las artimañas que Fritz le había enseñado. Sin atreverse a reconocerlo, buscaba también a sus asesinos para culminar la venganza que sus tripas le pedían; en cambio, lo que encontró fue un carromato de feriantes hambrientos y se unió a ellos después de invitarles a un asado de perdiz.

III

Lo primero que Martin hizo aquella mañana de septiembre fue orinar en un frasco y extraerse sangre del brazo con la jeringuilla que acababa de comprar. Luego salió a dar un paseo por las calles próximas al hotel para conseguir ropa de chica. Nada extravagante. Una falda larga, un sujetador, una blusa estampada, unas manoletinas, pendientes de pinza, un bolso, un par de anillos, una pulsera, todo lo necesario para un perfecto maquillaje y, lo más complicado, una peluca creíble que por fin encontró en la calle Magdalena, muy cerca de donde vivía Alicia. Tuvo cuidado de no adquirir más de un producto en la misma tienda y de pagar siempre en efectivo.

Cuando regresó a su habitación se probó el conjunto y, a pesar del incómodo sujetador, que le oprimía ligeramente las costillas, hubo de admitir ante el espejo del baño que estaba preciosa, incluso sin maquillaje. Sus ojos azules y su rostro imberbe ayudaban bastante, no en vano gracias a un disfraz semejante había podido escapar del acoso de los perros en París dos y siglos y medio antes. Recordaba a Molière alabando su elegancia femenina antes de cada estreno del Ilustre Teatro, cuando le asignaba papeles de doncella simple solo en apariencia. Acordarse del maestro le animó a conservar el disfraz para fundirse con el personaje mientras buscaba en internet la información que necesitaba.

Salió del hotel con los frascos, la ropa y el maquillaje ocultos en el enorme bolso que había elegido para la ocasión, almorzó en la hamburguesería más poblada que encontró por el camino para comprobar que nadie sospechaba de su aspecto y a la una del mediodía entraba, adolescente, maquillada y boba, en el laboratorio clínico más renombrado de Madrid.

–Buenas tardes, ¿en qué puedo ayudarte? –le preguntó una joven más fea que ella detrás de un mostrador.

–¿Cuánto cobrarían por analizar estas muestras de sangre y orina? –preguntó con voz de doncella mientras sacaba los frascos del bolso.

–Normalmente la sangre la extraemos aquí y la orina debe ser la primera de la mañana, en ayunas.

–Ni idea –dijo encogiéndose de hombros–. En la calle un hombre me ha ofrecido cincuenta euros por hacerle esta gestión. ¡Ah!, y también me ha dicho que les pagaría quinientos si los resultados están hoy mismo... Los tengo aquí –añadió mostrándole a la recepcionista un fajo de billetes que hizo cambiar su gesto.

–Un momento, por favor –pidió antes de perderse por un pasillo a su espalda, de donde regresó un par de minutos después acompañada por un hombre con bata.

–Buenos días –dijo el tipo–. La señorita Gema me ha contado el caso y la verdad es que resulta un tanto anormal. No es nuestra manera habitual de actuar, pero ahora mismo no tenemos demasiado trabajo y en unas cuatro o cinco horas podríamos tener los resultados... Eso sí, debes abonarnos al menos la mitad por adelantado.

Martin sonrió como si la cosa no fuera con ella, contó cinco billetes de cincuenta euros y los puso sobre el mostrador antes de consultar su reloj.

–¿Vuelvo a las seis, entonces?

–A las siete es más seguro. Lo digo para que no esperes.

–De acuerdo –replicó Martin, despidiéndose con el sutil balanceo de pestañas que encandilaba al público de París.

Samuel Wark presumía de que nadie había conseguido engañarle nunca en los negocios y por eso, antes de pagar la fortuna que Edward le pedía por aquel documento, contrató al mejor paleógrafo de Estados Unidos. Le pagó un billete en primera clase desde Connecticut, le dio alojamiento en el hotel más selecto de Austin y durante una semana soportó su petulancia de catedrático hablando de entrecruzamientos, pigmentos, oxidación, ion cloruro y sulfatos. Pasado aquel plazo, el experto le aseguró, sin mostrar la menor pasión ni interés por el contenido, que el documento databa de finales del siglo XIII o acaso del XIV.

Desde aquel momento, todo el tiempo, el interés y el dinero de sus pozos de petróleo fue destinado a encontrar a un individuo que, según decía aquel papel, debía tener diecisiete años desde hacía más de seiscientos. Si algo le había enseñado la vida es que todo el mundo tenía un precio, aunque no estaba seguro de que aquel anciano atrapado en un cuerpo adolescente fuese como todo el mundo. Sus sospechas se confirmaron cuando la agencia de detectives que había contratado le telefoneó seis meses más tarde para comunicarle que por fin habían encontrado al sujeto. Vivía en Estados Unidos, concretamente en Phoenix, Arizona.

–Lamento mucho el retraso, señor Wark, pero le aseguro que ha sido el encargo más difícil que hemos tenido en nuestros sesenta años de existencia. Cinco agentes con dedicación plena han hecho falta para...

–De dinero ya hablaremos cuando llegue el momento –le cortó sin miramientos, notando que su pulso se aceleraba por la emoción–. Le recuerdo que encontrarlo era solo la mitad del contrato. Quiero que lo traigan a Texas.

–Ya, ¿y si se niega?

–Averigüen su debilidad, toda persona tiene al menos una, y después consíganme una conversación telefónica con él.

–De acuerdo.

Nada más entrar en el laboratorio, Martin advirtió en el rostro de Gema que algo extraño sucedía, pues evitaba mirarle a los ojos y sonreía con la torpeza de quien no tiene costumbre de hacerlo. Tal vez se tratase de los perros, o tal vez no. En cualquier caso era ya muy tarde y resultaba arriesgado cambiar de estrategia, así que volvió a representar su papel de mema con el mayor entusiasmo.

–¿Ya están los resultados?

–Sí... El doctor te los entregará en su consulta. Acompáñame.

—Estupendo.

No había preguntado por el dinero que aún faltaba por cobrar y le llevaba directo a una encerrona, estaba seguro. Mientras avanzaba por el pasillo, su cabeza no dejaba de buscar alternativas y sus músculos se tensaron tanto que dolían. Era un primer piso, en toda consulta hay al menos una ventana y sin duda le estarían esperando abajo, ¿cuántos?

—Aquí es —dijo la recepcionista antes de golpear con los nudillos en la puerta—. Adelante.

No se había equivocado. Junto al doctor, había dos individuos con traje y esa mirada superior que en todo tiempo y lugar gastan los militares y los policías.

—Buenas tardes, guapa —se presentó el más joven.

—Hola, venía a recoger los análisis —dijo Martin batiendo las pestañas y sonrojándose a propósito.

—¿De quién son? —preguntó el otro, con una sonrisa tan falsa que Molière le hubiese abofeteado.

—Ya se lo he dicho al doctor y a la enfermera. Un señor me ofreció dinero en la calle por hacerle este encargo y como estoy ahorrando para cambiar de móvil...

—¿Cómo era ese señor? —preguntó el joven.

—No sé, un señor normal, con traje y canas. Era muy educado.

—¿Dónde has quedado con él para dárselo?

—Dijo que cuando saliese de aquí empezase a caminar hacia la derecha y él me encontraría.

Los policías se miraron entre sí. El médico miraba el sobre marrón que tenía delante. Martin miraba el infinito con gesto idiota pensando que la situación no era tan grave como había previsto.

–¿Cómo te llamas?

–Carolina, pero todas mis amigas me llaman Carol.

–Muy bien, Carol –dijo el simpático–. Vas a hacer lo que ese hombre te ha dicho. Nosotros vamos a seguirte porque queremos comentar una cosita con él, pero no tiene que notar nada, ¿podrás hacerlo?

–Creo que sí –respondió Martin, muy cursi, encogiéndose de hombros.

–¿Está completamente seguro de lo que nos ha dicho, doctor? –oyó que el otro preguntaba en voz baja.

–Hace más de treinta años que realizo análisis clínicos y no he visto nada igual. Si no me cree, puede llevar los resultados a los laboratorios de la policía.

–Está bien, vamos. Carol, toma el sobre y cuando veas al señor que te ha pagado, se lo das y desapareces, ¿de acuerdo?

–Vale.

Los señores canosos con traje eran abundantes en el centro de Madrid a la hora de cerrar las oficinas, de modo que Martin pudo permitirse esperar hasta la proximidad de unos grandes almacenes. Entonces se dirigió sin vacilar hacia uno de ellos, que llevaba en la mano derecha un maletín.

–Buenas noches, señor. Se le ha caído esto.

–¿Cómo...? –preguntó el hombre.

Cuando levantó la vista del sobre la chica había desaparecido y, al comprobar lo que contenía, descubrió que dentro no había nada. Frente a él, en cambio, se plantaban cuatro tipos con gesto muy poco amistoso que se identificaron como policías y a la fuerza le introdujeron en un coche.

Para entonces, Martin ya estaba eligiendo unos vaqueros, unas zapatillas y una camiseta, que pagó a toda prisa para meterse en los baños. Allí se cambió, y abandonó en la bolsa peluca, sujetador, pendientes, anillos y pulseras. Se limpió el maquillaje, guardó en el bolsillo los resultados de los análisis y salió a la calle convertido de nuevo en Martin Smith, mientras en la plaza algunos policías de uniforme pedían su documentación a las chicas jóvenes y rubias que pasaban por allí.

Esa noche contrastó en internet los resultados de sus pruebas con los que la medicina consideraba normales y entendió el asombro del doctor. Sus números multiplicaban o reducían por mil cualquier parámetro. Nada que no supiera. Ojalá alguno de ellos hubiese sido capaz de medir el cansancio y la tristeza acumulados en siete siglos de soledad.

Después, llamó a Alicia.

Un siglo de magia

La vida con los feriantes no resultó más sencilla que en el bosque. En realidad, solo gracias a las habilidades aprendidas por Martin con Fritz conseguían llenar el estómago la mayor parte de los días. El horror de la peste no cesaba, al contrario, como una maldición interminable se extendía por las ciudades y era frecuente que, al verlos aparecer, algunas cerraran sus puertas o incluso los recibieran a pedradas. En los castillos, en cambio, tal vez por estar menos acostumbrados al trato con extraños, solían recibirlos con alegría y era digno de ver cómo se reunían en la plaza de armas los nobles, sentados cerca del escenario, y detrás los campesinos, de pie pero con idéntico entusiasmo.

El espectáculo de la familia Klausen no era muy sofisticado. Con ellos aprendió a mantener el equilibrio sobre zancos, malabares con mazas y tocar el laúd mientras Heinrich narraba viejas leyendas de héroes y princesas que todo el mundo conocía y sin embargo parecía encantado de escuchar. Aunque nada era comparable al número final: Heinrich desaparecía detrás de una sábana y reaparecía unos segundos más tarde detrás del último espectador. El público se maravillaba sin excepción de aquella magia increíble, sin saber que estaban viendo a Ludwig, su hermano gemelo, que siempre tenía la precaución de llegar con sombrero y una barba postiza.

La primera labor de Martin con los Klausen consistió en ayudar a sus esposas a tener dispuesto todo lo necesario para cada número. Después se encargó de presentarlos, aprovechando que su acento extranjero y la traducción simultánea que hacía al latín levantaban carcajadas entre el público, sin que él alcanzase a entender qué tenía aquello de gracioso. Lo peor llegó en el momento en el que tuvo que actuar, porque mantener cuatro mazas o cinco pelotas en el aire subido en unos zancos llegó a resultar un ejercicio sencillo en soledad, pero se complicaba cuando cientos de ojos estaban pendientes de cada movimiento y sus correspondientes manos aplaudían cada error con entusiasmo.

Los Klausen eran buenas personas y, aunque pasó con ellos algunos años, nunca le dijeron nada sobre su perpetua juventud. Quizá porque no les dio tiempo. La maldita enfermedad llegó un día para quedarse. Primero fue la mujer de Ludwig, pocos días después su hermano, más tarde el propio Ludwig y por último la mujer de Heinrich. Así que, en apenas una semana, Martin se quedó a cargo de un carromato de feriantes sin feriantes. Tal vez por costumbre, porque no encontró nada mejor que hacer o porque el mulo Flocky le daba pena, continuó la profesión de titiritero en soledad. Fue una experiencia desoladora al principio, pero terminó entendiendo que aquella vida errante le convenía mucho. Puesto que no pasaba más de dos o tres días en cada lugar, nadie se preocupaba de su aspecto y eso le proporcionaba la engañosa sensación de ser normal. Hasta donde es normal vagabundear durante casi un siglo por el continente como si fuera su casa, desde las tierras árabes del reino nazarí de Granada hasta los fríos amaneceres del norte donde vivían los vikingos.

Durante aquellos largos años fue asaltado o asesinado de los más diversos modos y por vez primera asesinó para salvar su carromato, ya que su vida no lo necesitaba. Tuvo al menos diez mulos y un par de caballos, aunque todos se llamaron Flocky. Probó al fin el sabor del vino, el abrazo de una mujer, aquellas cosas de las que tanto hablaban los tripulantes del *Roundabout*. Conoció la avaricia, la guerra, la crueldad, el cariño también, se acostumbró al silencio y a la soledad igual que a los aplausos del público mientras, a su alrededor, la muerte pasaba como un viento frío que lo arrasaba todo dejándole intacto el cuerpo, aunque su alma se iba cubriendo de heridas.

Una noche, a orillas del Danubio, después de guardar las monedas ganadas aquel día en el zanco hueco que le servía de bolsa, calculó que tendría ciento cincuenta años y le invadió un incontenible ataque de risa, tan inexplicable como el llanto que le sacudió unos minutos más tarde. Un detalle sin importancia de no ser porque, al día siguiente, cometió el error de su vida.

Pensando que sería considerado un truco, igual que las reapariciones de Heinrich Klausen, empezó a finalizar el número dejándose realizar cortes en diversas partes de su cuerpo. Luego se cubría con una tela y mostraba ante el público su piel impecable. El éxito fue extraordinario y sus colectas aumentaron en la misma medida que su fama. Compró un nuevo carromato, un Flocky árabe de sangre caliente y empezó a pagar en las posadas las perdices y los conejos en lugar de cazarlos.

Fueron días felices.

Hasta que, después de una actuación en Gante, cuando ya se disponía a subir al carromato para abandonar la ciudad, se acercó a él un sujeto alto, de mirada penetrante, barba recortada a la perfección y una ropa que sin duda se había hecho confeccionar a medida.

–He visto tu actuación y debo reconocer que estoy impresionado –dijo.

–Gracias.

–Me gustaría invitarte a cenar y charlar un rato contigo.

Martin miró de nuevo a aquel tipo, esta vez con más calma. De su presencia emanaba una fuerza inquietante y seductora.

–Es tarde y quisiera llegar a Amberes dentro de un par de días –se excusó.

–Yo también soy mago. Doctor Argos, ¿te suena? –preguntó el individuo, adelantando una mano para estrechar la suya.

–Claro –dijo Martin.

No conocía su cara, pero había escuchado ese nombre en más de una ocasión. A veces, en alguna ciudad, le compararon con él.

Dejó el carromato junto a la posada, al nuevo Flocky en el establo y siguió al doctor Argos hasta una lujosa hospedería donde le recibieron como al mejor de los clientes.

–Para ser tan joven eres casi muy bueno –dijo el mago, señalándole con el índice por encima de las jarras de cerveza que acababan de servirles.

–¿Casi? De ser así no me habrías invitado a cenar.

El doctor Argos se mostró desconcertado por un instante, antes de recuperar su aplomo con una sonrisa que parecía corregir los errores del mundo. Martin pensó que aquella manera suya de dominar las situaciones debía funcionarle con el resto de los mortales, pero el mago no sabía que hablaba con alguien que, tras su cuerpo de niño, guardaba ya muchas vidas en la memoria.

–Tienes razón –dijo, alzando las manos como un cautivo–. Admito que eres muy bueno y por eso te he invitado. Además pareces un chico listo, así que no voy a andarme con rodeos. Quiero comprarte el truco.

–No sé de qué me hablas –mintió Martin.

–De los cortes en la piel, por supuesto. ¿Cómo lo haces? Te pagaré lo que quieras si me lo cuentas.

–No tienes tanto dinero –respondió Martin, levantándose de la mesa con la firmeza de quien una vez perdió el miedo para siempre.

–Espera –pidió el mago–. Tengo otra propuesta que hacerte y además no me parece elegante que rechaces mi invitación.

–De acuerdo –aceptó Martin, volviendo a su asiento mientras la mesonera servía dos suculentas cazuelas de corzo asado con almendras.

–Italia.

–¿Qué le pasa?

–Qué no pasa, querrás decir. Acabo de venir y estoy deslumbrado. Arte, dinero, cultura, lo que te diga es poco. Juntos podemos triunfar allí. No hace falta que me vendas tu truco, solo incorpóralo a mi espectáculo y te haré rico. Tanto que no tendrás tiempo de gastar el dinero.

–Lo dudo –dijo Martin en voz baja.

–Confía en mí y no te arrepentirás, muchacho. Piensa que, si no te agrada, siempre puedes volver a hacer lo que estabas haciendo.

Más que aquel argumento, y por supuesto mucho más que el dinero, fue la idea de marcharse a Italia lo que terminó por convencerle. Había estado en un par de ocasiones y quedó fascinado con aquel país.

–De acuerdo –se oyó decir sin haberlo pensado demasiado.

El doctor Argos sonrió con todos los músculos de su cara y le tendió la mano. Cuando estaba a punto de estrecharla, entre los dedos salió volando un jilguero que revolucionó a los clientes de la posada. Tras sobrevolar las cabezas de los presentes, regresó a la mano del ilusionista y allí desapareció como si nunca hubiera existido. Los aplausos resonaron en las paredes y el doctor Argos correspondió a la ovación con un teatral saludo.

–¿Lo ves? En Italia seremos los amos del mundo.

Por empeño del mago se quedaron a dormir en la hospedería y a la mañana siguiente Martin vendió, con enorme pesar, aquel carromato mil veces reparado y al último Flocky. La bolsa llena de monedas le pesaba como una traición a los Klausen, pero se alivió al caer en la cuenta de que ya no podía recordar sus caras o, por mejor decir, su cara, ya que los hermanos la compartían.

–Dispuesto para Italia –dijo Martin cuando terminó aquel doloroso negocio.

El mago negó con la cabeza y chasqueó la lengua después de observarle con todo detalle.

–Hay un par de cosas que debemos arreglar cuanto antes. No puedes convertirte en rey de nada vestido como un pordiosero –sentenció con cierto desprecio–. Conozco un sastre en la ciudad que podrá arreglarte para mañana alguna de mis prendas y, ya cuando nos instalemos, te harás confeccionar algo a medida.

–Pero...

–Tsss, tsss... –le interrumpió mientras empezaba a caminar calle arriba–. Los negocios no tienen nada de mágico, pero la magia es nuestro negocio, y en eso, amiguito, tienes mucho que aprender. Con los malabares no, desde luego. Eres el mejor que he conocido.

–Y ¿la otra cosa? –preguntó Martin caminando tras él.

–¡Ah!, eso... Pues que deberías pensar un nombre artístico más vistoso que Martin Klausen.

–¿Qué tiene de malo?

–La gente no puede creer en la magia de alguien que se llama igual que su vecino. Tengo varias ideas al respecto. Ya hablaremos de ello en la hospedería, porque necesitamos preparar un espectáculo común. Ten en cuenta que acabamos de convertirnos en pareja profesional y debemos conocernos mejor –añadió entre carcajadas–. Además, de camino a Italia tengo previstas algunas actuaciones a modo de ensayo. Y para costearnos el viaje, por supuesto.

Exceptuando al padre Peter, Martin nunca había conocido cabeza tan activa como la del doctor Argos, quien una noche de borrachera le confesó haber nacido en el reino de Hungría y llamarse en realidad Wenceslao Kalocsa. La diferencia con el padre Peter era que al mago le interesaba mucho menos la sabiduría que la fama y el dinero. Diferentes objetivos, pero idéntica dedicación. Martin se sentía maravillado por esas pocas personas a las que había conocido con aspiraciones superiores a las de comer y dormir, aunque a mediados del siglo xv eso ya era un mérito cada día para la inmensa mayoría de la gente.

Convertidos ya en Doctor Argos y Vladimir el Imposible, recorrieron los caminos de Europa de norte a sur en la lujosa carroza del mago guiada por Víctor, su imperturbable cochero y asistente. No encontraron villa ni castillo donde les negasen la entrada ni de donde salieran sin un jugoso beneficio.

Para asombro del doctor, Martin presentaba el espectáculo en el idioma del lugar, usaba como malabares cualquier objeto que el público le ofreciese con la única condición de que pudiese sostenerlo con una mano y luego los bailaba con los ojos cerrados y la pericia que le daba un siglo de práctica. El mago actuaba después sacando flores y animales de la nada, haciéndolos desaparecer, moviendo metales con la mente o adivinando la cifra que saldría al lanzar un dado. El número final, como no podía ser de otro modo, consistía en causarle heridas que una sábana sobre su cuerpo parecía curar al instante.

Así llegaron a Italia y, como un novio nostálgico, Martin la encontró más hermosa que nunca. La peste no era ya más que un feo recuerdo y todo el mundo parecía empeñado en olvidarla comiendo, bebiendo y perfumándose. Contagiados por aquella alegría, recorrieron sus fronteras de norte a sur por la costa del Adriático y de sur a norte por el Mediterráneo antes de entrar en Francia.

Durante el viaje, Martin fue descubriendo todos los trucos del doctor Argos, basados en espejos, imanes, pólvora y cajas con tres fondos. Eran engaños muy simples, pero gracias a sus dotes como actor era capaz de convertirlos en pequeños milagros a los ojos del público, y no era menos hábil ganándose la confianza de nobles y alcaldes. Más que un ilusionista, el doctor Argos era un perfecto embaucador y gracias a sus maniobras nada les faltaba, comían a capricho y dormían en las mejores posadas o en palacios y castillos con sirvientes que atendían la más pequeña de sus necesidades.

–Creo que ya he entendido tu truco –le dijo el mago una noche mientras cenaban.

–¿De verdad? –preguntó Martin con una sonrisa de incredulidad.

–Te embadurnas el cuerpo con alguna sustancia roja que parece sangre, luego te colocas una especie de funda que simula ser tu cuerpo y así, al rasgarla, esa sustancia roja sale al exterior. Lo que aún no sé es cómo consigues que luego se cierre el corte. Pero lo averiguaré.

No tuvo tiempo. Después de terminar una actuación nocturna cerca de París, dos hombres abordaron a Martin y, sin mediar palabra, lo arrojaron al suelo, encadenaron sus manos y lo introdujeron en una carroza. Allí le vendaron los ojos.

—Pero... ¿Qué demonios...?

—Calla —dijo uno de ellos golpeándole en el rostro.

Tras un recorrido que a Martin le pareció eterno, fue empujado fuera del vehículo y llevado en volandas por lo que, según el ruido que hacían las pisadas de sus secuestradores, parecía un camino de arena. Olía a establo, a leña quemada, y los perros ladraban a su paso. Sin duda, era un castillo.

Sintió que lo subían por una escalera sin ningún miramiento, pues varias veces sus tobillos golpearon contra algún peldaño o contra la bota de uno de los raptores, lo que invariablemente le hacía ganarse un pescozón. Terminado el ascenso, oyó los goznes de una puerta y entró en una estancia cálida.

—Quitadle la venda y esperad fuera —ordenó una voz áspera a su derecha.

Cuando sus pupilas se acostumbraron a la luz, se encontró frente a un noble de casaca verde, pelo alborotado y una mirada tan fría que ni siquiera su amplia sonrisa podía maquillar.

—¿Quién es usted? ¿Qué estoy haciendo aquí? —preguntó Martin, convencido de que estaba ante un mago frustrado, empeñado también en conseguir por las bravas el secreto de lo que creían un truco—. Quíteme estos grilletes ahora mismo.

—En algo tienes razón. Es una descortesía no presentarme, puesto que eres mi invitado. Soy el duque Pierre de Armagnac, pero la razón por la que estás en mi castillo no es quién soy yo, sino quién eres tú —respondió el tipo de la casaca verde dando un paso hacia él.

–Actúo con el nombre de Vladimir el Imposible, y antes como Martin Klausen, pero en realidad me llamo Martin Smith y sigo queriendo saber por qué me han golpeado, encadenado y traído hasta aquí –insistió Martin, muy despacio, ya que el francés no era el idioma que mejor dominaba.

–Martin Smith –repitió el tipo más despacio aún, como si paladease cada sílaba, acercándose tanto a su rostro que aquel aliento fétido le provocó náuseas–. ¿No se te ocurrió otro más vulgar?

–Es porque aún no sabía que alguien podía llamarse Pierre de Armagnac –replicó Martin, cada vez más indignado ante aquella situación que parecía un mal sueño.

–Vaya, además de embustero eres gracioso.

–Nada de eso, señor duque. Es solo que me enfado un poco cuando me golpean a traición, me encadenan y me humillan.

–Son sus mentiras las que me están humillando a mí, señor Michael O'Muldarry, nacido en Irlanda, condado de Magennis, hace ciento sesenta y seis años.

–Creo que ha abusado usted del vino o está completamente loco –dijo Martin, tratando de disimular el impacto que aquella frase le había causado.

–¿En serio? –preguntó el duque de Armagnac sacando una daga de su cinturón.

Martin sintió el contacto del hierro frío sobre su mejilla y después el filo penetrar en su carne. A pesar de lo que pensaba el mago y creía el público, lo cierto es que durante algunos segundos dolía. Martin estaba seguro de que tanto como a cualquier mortal. Luego, la quemazón iba desapareciendo y su piel volvía a recuperar el aspecto inicial sin el menor rastro de cicatriz ni recuerdo del dolor.

–Señor duque, es usted un perfecto malnacido y no se atrevería a hacer eso si yo no tuviera las manos atadas –bramó Martin.

Desde Ted Neligan nadie había conseguido provocar en él una rabia semejante.

–Por eso las tiene, señor O'Muldarry. No me fío en absoluto de sus trucos... ¿O tal vez no son trucos? Debe resultar agotador estar siempre preparado para actuar, porque su cara está perfecta de nuevo.

–¡Ah! Ya entiendo. Se trata de mi socio, el doctor Argos. Le ha pagado para que se lo revele. Lleva años intentado comprarme el truco. Pues dígale que no está en venta –añadió Martin, tratando de desviar la conversación y ganar tiempo hasta que algo se le ocurriese.

–¿Sabes una cosa? Te escucho y no sé si estoy hablando con un chiquillo estúpido o con un anciano curtido en mil batallas... Me estás poniendo nervioso y me pregunto qué ocurriría si en lugar de un corte en la piel te arrancase la cabeza de un tajo –dijo el duque descolgando una espada de la pared.

–Que se quedaría sin saber la respuesta –respondió Martin, desafiante, casi deseando esa estocada que acaso le convertiría por fin en alguien normal, aunque ya no pudiese celebrarlo.

Pierre de Armagnac levantó la espada sobre la cabeza y al fin la dejó caer mansamente entre los pies de su prisionero.

–Dame el secreto de tu inmortalidad, Michael, y te dejaré marchar. Te daré un caballo, tanto oro como puedas meter en sus alforjas y no volverás a saber de mí.

–¿Puedo saber de dónde ha sacado esa absurda idea?

Martin esperaba que la pregunta irritase de nuevo al duque, pues enfadado parecía más vulnerable. En cambio, el señor de Armagnac se dirigió con toda calma hasta una mesa cercana a la chimenea y volvió de ella con un puñado de pergaminos que extendió ante sus ojos.

–¿Has oído alguna vez hablar del monasterio de Warrenpoint, en Irlanda? Estuviste allí hace más de un siglo y quizá por eso lo hayas olvidado, pero un tal padre James dejó testimonio de tu presencia en aquel lugar, incluso después de que desaparecieras sin despedirte.

–¿Qué está diciendo?

El noble sonrió, consciente de que esta vez había dejado boquiabierto a su prisionero.

–Aquí se menciona a un joven novicio que rondaba los diecisiete años... Pero mejor voy a leerle el texto, señor O'Muldarry –advirtió Pierre de Armagnac señalándole con el dedo–: «[...] Apareció de ninguna parte, asegurando que una serpiente del bosque de Lam le había atacado, aunque no hallé en su cuerpo marca alguna. Pasó casi cinco años en nuestro monasterio sin que su cuerpo sufriese la menor alteración. Durante ese tiempo no creció ni un centímetro, no asomó un pelo en su barba y nunca se puso enfermo, ni siquiera cuando, por comer carne de cerdo en mal estado, todos los pobladores del monasterio pasamos muchos días postrados en los jergones con calenturas y fuertes dolores de vientre. Tendría el mozalbete seis pies de altura, pelo castaño, pupilas de un azul muy intenso, nariz chata y un óvalo de rostro tan perfecto que bien podría tomarse por femenino [...]». ¿Qué me dices ahora?

–Que muchas personas podrían encajar en una descripción así y mi rostro no tiene nada de femenino.

–¿Sabes que el padre James abandonó el monasterio durante una temporada solo para averiguar de dónde demonios habías salido tú? Lo cuenta en los siguientes manuscritos, pero no quiero aburrirte, Michael, así que te resumiré su contenido. Descubrió que eras hijo de Michael y Ailyn, que tu padre y tu hermano murieron luchando contra los ingleses, algo que como francés no puedo reprocharles, y que tu madre fue quemada por bruja justo antes de que desaparecieras. Creo que ahí está la clave.

–¿Sería tan amable de quitarme estas cadenas? Me hacen daño –dijo Martin como si nada de lo que acababa de escuchar le afectase.

–Claro, en cuanto me des el secreto serás libre y rico –replico el duque, arrastrando una silla para sentarse frente a él–. ¿Cuál fue el conjuro que lanzó tu madre, Michael?, ¿o acaso fue una pócima? A mi edad ser inmortal no será tan divertido como a la tuya, pero me queda tanto por hacer...

–Mi madre no era ninguna bruja, así que nada de lo que dice tiene sentido.

–Ya veo que no quieres colaborar. Voy a dejar que te lo pienses mejor –dijo el noble, dirigiéndole una feroz mirada antes de abandonar el salón.

Martin quedó solo unos instantes sumido en los más negros pensamientos, hasta que sus secuestradores entraron. A empujones lo arrastraron escaleras abajo hasta una mazmorra y allí fue abandonado. Por suerte, antes de desaparecer uno de ellos le pidió que acercase las manos a los barrotes y le liberó de las cadenas. Gracias a la luz de la luna llena que entraba por un ventanuco, vio cómo sus muñecas amoratadas recuperaban el color natural mientras el dolor desaparecía.

Los días que pasó encerrado en aquella celda le hicieron caer en la cuenta de que llevaba casi dos siglos tan ocupado en escapar de un enredo para meterse en el siguiente que no había encontrado tiempo para saber qué buscaba. Incluso había olvidado su curiosidad inicial por averiguar los motivos de su perpetua juventud. Como si después de desechar la posibilidad de asesinar a Ted Neligan, su futuro hubiese quedado vacío de cualquier propósito que no fuera sobrevivir, algo que a su pesar tenía que seguir haciendo. Había aprendido latín, historia y teología, a tallar madera, a disponer las velas de un barco para navegar contra el viento, a cazar conejos, a tocar cualquier instrumento de música que cayese en sus manos, a realizar trucos de magia y malabares, había recorrido más de veinte países y hablaba una docena de idiomas, pero todo aquello le parecía demasiado equipaje para quien no va a ninguna parte.

Durante semanas se resistió a colaborar con sus captores, dándoles la espalda cuando bajaban al calabozo a dejar una jarra de agua y llenar la escudilla de pan seco y restos de la comida que, a juzgar por su aspecto, los perros habían despreciado. Apenas la probaba, prefería compartirla con los ratones, que ya mordisqueaban en su mano como mascotas amaestradas.

–El duque quiere saber si ya te has decidido a hablar con él –le preguntaban cada vez.

Su silencio les desesperaba hasta tal punto que en una ocasión empezaron a golpearle poseídos por la furia. Martin fingió extremos dolores y al fin perder el conocimiento, lo cual les puso muy nerviosos pues, temiendo haber acabado con su vida, huyeron a la carrera sin echar la llave a la puerta del calabozo. Pudo escapar y, sin embargo, no lo hizo. Aquella noche entendió que no viviría tranquilo mientras los papeles del padre James anduviesen por el mundo y decidió que ningún Ted Neligan, se llamase como se llamase, volvería a abusar de él a capricho.

Aguardó a que los lacayos volvieran a la mañana siguiente para asustarlos con un truco. Tendido en el suelo sin mover un músculo, permitió que Enzo y Copertino, sus ratones favoritos, pasearan sobre él con toda calma y, cuando los criados se acercaron a zarandearle para comprobar si seguía con vida, él se dio la vuelta sonriendo.

–Estoy dispuesto a hablar con el duque –dijo.

Después del sobresalto que los arrojó un paso atrás, los dos individuos se miraron y, sin decir palabra, le tomaron uno de cada brazo para conducirle hasta el mismo salón donde tuvo su último encuentro con el noble. Lo dejaron atado a una silla y allí estuvo esperando hasta que Pierre de Armagnac apareció. Venía sonriente, con aire de triunfador.

–Veo, querido amigo, que por fin has entrado en razón... Debe de ser muy duro pasar la eternidad encerrado, porque te doy mi palabra de que estaba dispuesto a cavar un foso en lo más hondo de mis mazmorras y dejarte allí para siempre, lo que en tu caso es mucho tiempo.

—Prepararé el bebedizo para usted con dos condiciones –dijo Martin.

—Me parece que no estás en situación de poner condiciones, pero las escucharé... Antes permíteme una pregunta, ¿se lo has ofrecido a alguien alguna vez?

—Jamás.

El duque sonrió sintiéndose un privilegiado.

—De acuerdo. A ver esas condiciones.

—En primer lugar quiero que, además de cien monedas de oro, me entregue el documento del padre James cuando esto haya terminado. Ya conoce mi secreto y no veo qué utilidad puede tener para usted ese papel en el futuro. A cambio, yo me comprometo a no revelar a nadie lo que aquí ha sucedido. Si lo piensa bien, es un trato beneficioso para ambos.

El duque pareció meditarlo durante un buen rato.

—No veo inconveniente. Y ¿la segunda condición?

—Quiero garantías de que, una vez conseguido lo que quiere de mí, no cavará un foso en lo más hondo sus mazmorras en el que abandonarme.

—Tienes mi palabra. A cambio, también yo necesitaré garantías de que la pócima es buena, de modo que deberás quedarte aquí una temporada hasta que compruebe sus efectos.

—Me parece natural.

—Por fin estamos de acuerdo. Pues prepárala y no perdamos tiempo. Al menos yo –añadió, riendo feliz de su ocurrencia.

—No es tan simple. Necesito diversos elementos para fabricarla y algunos no se encuentran fácilmente.

–Anótalos en un papel y mis hombres se encargarán de ello.

Rezando para que el duque no conociese la composición de la pólvora, cuyo uso ya se iba extendiendo por Europa, Martin escribió los ingredientes para su fabricación añadiendo otros de nombre extravagante, pero no muy difíciles de conseguir, con la intención de que su estancia allí se prolongase lo menos posible.

Pasó otra temporada en el castillo, con la diferencia de que ahora dormía en una cama con dosel, comía asado y legumbres a diario y montaba a caballo con el duque por sus propiedades. Esa intimidad, sin embargo, no le hizo tomarle aprecio; al contrario, observando las formas crueles que empleaba en el trato con sus vasallos, a Martin cada día le costaba más ocultar su absoluto desprecio por aquel hombre miserable y ambicioso.

Una mañana el duque entró en su cuarto para comunicarle que al fin había reunido todos los ingredientes. El noble se mostraba nervioso y no se alejó de su lado mientras Martin fingía con maneras de experto estudiar cada producto, oler, pesar o degustar sus características. Si el señor de Armagnac alguna vez había oído hablar de la pólvora, no daba la menor muestra de conocer sus componentes, así que Martin preparó por un lado las sustancias innecesarias y por otro el nitrato potásico, el carbón y el azufre. Pesó y midió las cantidades adecuadas como tantas veces había visto hacer al doctor Argos antes de sus números de magia.

–¿Está todo bien? –preguntaba el duque, merodeando siempre alrededor.

–Algunos productos no son de la mejor calidad, pero creo que pueden servir. Unos minutos y estará listo... Otra cosa, la pócima solo es efectiva si va acompañada de un conjuro celta que únicamente los hombres pueden realizar. Cuantos más, mejor. Eso aumenta su efectividad. Convendría que llamase a sus criados, no hace falta que les explique el motivo.

El duque salió feliz a la carrera y él aprovechó entretanto para reunir cualquier cosa pequeña y rígida que encontró en la sala, unos clavos, trozos de un jarrón que estrelló contra el suelo, el atizador de la chimenea que dobló contra su pierna. Cuando el duque regresó con sus criados, todo estaba preparado. Con mucha teatralidad, Martin los dispuso alrededor de la chimenea y les hizo repetir las palabras que él iba pronunciando en gaélico y que no eran otra cosa más que insultos al noble, a los siervos que le habían golpeado y a los antepasados de todos ellos. Los ojos del duque brillaban de la emoción reflejando las llamas, y entonces Martin arrojó el puñado de pólvora al fuego mientras él se lanzaba al suelo. La explosión pilló a todos desprevenidos. Los fragmentos que había mezclado con la pólvora salieron despedidos en todas direcciones e impactaron contra los cuerpos de sus secuestradores, que se derrumbaron entre aullidos.

–Maldito seas –le increpó el duque, retorciéndose con el atizador incrustado en el abdomen.

–Quizá llegues a ser inmortal, pero desde luego no va a ser en este mundo –respondió Martin mientras se extraía un clavo de la pierna.

La última imagen que contemplaron los ojos del noble fue aquella herida cerrándose. Las llamas prendían ya en los cortinajes y Martin abrió la puerta gritando en todas direcciones que había fuego. Aún tuvo tiempo de coger la espada del duque y, abriéndose paso entre el enjambre de vasallos que corrían hacia la sala, llegó hasta el establo. Montó el primer caballo que encontró, asestó una estocada al mastín que trataba de desgarrar su talón a dentelladas y abandonó el castillo al galope. Guiado por el sol poniente cabalgó procurando mantener una dirección cualquiera, pero siempre la misma. En lo alto de una colina se detuvo para dar descanso al caballo y desde allí divisó una columna de humo elevándose hacia el cielo. Lo primero que sintió fue un furioso orgullo, como si hubiese estrangulado al mismísimo Ted Neligan con sus propias manos.

Cuando retomó el camino, y por qué no hacia el sur si tanto importaba una dirección como la contraria, la furia se diluyó como aquel humo en el aire y dentro de él las brasas del odio se fueron enfriando hasta dejar solo una ceniza triste y desencantada. Habían transcurrido más de cien años y estaba igual que entonces. Pensó que podría buscar al doctor Argos y reclamarle la mitad del dinero que habían ganado juntos en aquellos años, pero la simple idea le producía una pereza infinita.

–¿Te importa si te llamo Flocky? –preguntó al animal mientras le acariciaba la crin.

Esa noche destrozó las ropas que el duque le había regalado, para no llamar la atención cuando llegase a las ciudades. Aquella tarea le sirvió también para descargar la rabia que le produjo caer en la cuenta de que había olvidado recoger los documentos del padre James. Ojalá se hubieran perdido en el incendio. Por la mañana enterró aquella espada con empuñadura de oro, puesto que solo los nobles podían llevar armas, y aparecer con ese deslumbrante acero en una ciudad podía traerle problemas. Por una estúpida precaución grabó en su memoria el perfil de los montes próximos para reconocer el lugar, no fuera a ser que algún día lo necesitara.

Sin futuro para sus pasos, siguió camino al sur sin más equipaje que un caballo robado; ni siquiera tenía mazas, aros o pelotas de arena para realizar sus juegos. Mientras se alejaba de los alrededores de París eligiendo los caminos menos concurridos, sobre todo por si alguien reconocía el caballo, practicó durante varios días con palos mientras volvía a cazar conejos para sobrevivir, y descubrió con alivio que mantenía intactas ambas habilidades. Además, Flocky resultó ser un caballo manso y obediente, tanto que a ratos más parecía mascota que montura, pues reaccionaba a su voz como si le hubiese adiestrado desde que era un potro.

La entrada en la primera ciudad, de nombre Blois, le intimidó. Tal vez fuese porque la llegada de un muchacho con la ropa hecha jirones a lomos de una montura como aquella no pasó desapercibida a los ojos de los viandantes, que detenían sus quehaceres para observarle sin disimulo. Como era su antigua costumbre cuando trabajaba en solitario antes de conocer al doctor Argos, se instaló en la plaza principal de la ciudad y empezó a bailar palos en el aire, primero dos, luego tres, y añadía uno tras otro a medida que los curiosos formaban un corro cada vez más amplio frente a él.

Se le ocurrió la idea de hacerse pasar por mudo y, utilizando solo gestos, pidió a uno de los pequeños espectadores que le lanzara el pedazo de pan que sostenía en las manos. El niño se mostró reticente pero al fin accedió. En uno de los giros el pan desapareció, para asombro de los presentes y desconsuelo del muchacho, que se tornó en sonrisa al verlo aparecer de nuevo en la siguiente vuelta. El truco gustó mucho y algunas monedas cayeron a su alrededor. Martin lo agradeció con un saludo, resuelto ya a mantener la falacia de su mudez. Un par de trucos más y un rato de malabares con cualquier cosa que el público le iba arrojando le proporcionaron dinero suficiente para comer ese día y conseguir un baño de agua caliente en la fonda.

Con pequeñas variaciones, aquella escena se repitió en Tours, Poitiers, Limoges, y en cada pequeña ciudad que se encontraba a su paso camino al sur. Sus jornadas eran tan parecidas que solo se dio cuenta de que había llegado a España al escuchar el nuevo idioma, pues esta vez cruzó la frontera por las montañas, donde estuvo a punto de despeñarse en un par de ocasiones a causa de las dificultades de Flocky para avanzar en un terreno tan escarpado. Aquella cordillera eran los Pirineos, la misma que Aníbal había traspasado con elefantes durante las Guerras Púnicas, como tantas veces le explicó el padre Peter. Viendo aquellos picos, la hazaña resultaba aún más asombrosa.

No era solo el idioma lo que diferenciaba a franceses y españoles. Los primeros eran más respetuosos, pero también más distantes y poco propensos a la conversación; los españoles, en cambio, eran curiosos y maleducados, acariciaban a Flocky o hurgaban sin disimulo en las alforjas que le había comprado; en cambio, aplaudían cada número con estrépito y rara era la aldea en la que no recibía una invitación para comer o dormir en algún pajar. Tan amable era la gente que pronto se vio obligado a abandonar su propósito de hacerse pasar por mudo y, en poco tiempo, ya era capaz de comunicar y entender los mensajes más básicos.

Después de actuar en una aldea llamada Tafalla, concentrado como estaba en guardar sus mazas y pelotas en las alforjas de Flocky, no advirtió que hacia él caminaba el hombre que estaba a punto de cambiar su vida. La voz grave a su espalda le hizo dar un respingo.

–Buena actuación, muchacho. ¿Dónde están tus padres?

Quien le hablaba era un hombre de mediana estatura, complexión fuerte y una nariz afilada abriéndose paso entre su barba; sin embargo, era su mirada fría lo primero que llamaba la atención.

–No tengo padres, señor.

–Yo también los perdí siendo muy joven –dijo aquel tipo, sonriendo con la torpeza de quien no tiene costumbre.

–Lo siento mucho.

–Tu acento es extraño. ¿De dónde eres?

Martin consideró a toda prisa media docena de mentiras posibles, pero ya no tenía motivos para ocultar su procedencia y, además, algo le decía que no era conveniente engañar a ese hombre más de lo imprescindible.

–De Irlanda.

–¿Es un lugar bonito?

–Mucho, aunque llueve demasiado.

–Un precioso animal –dijo mientras acariciaba el hocico de Flocky–. ¿Cómo te llamas, chico?

–Martin Smith.

—Yo soy Álvar Núñez Cabeza de Vaca. Y puedes reírte sin miedo de mi segundo apellido, estoy acostumbrado... Dime, ¿estás contento con la vida que llevas?

—No conozco otra —dijo Martin, sin mentir demasiado.

—Acabo de ser nombrado adelantado real y necesito un escudero, ¿qué me dices? Te aseguro que si me sirves bien nada te ha de faltar y haré cuanto esté en mi mano para que prosperes. Si no me crees, puedes preguntar a cualquiera de mis hombres por la palabra de Cabeza de Vaca.

Más que el deseo de convertirse en escudero fue la posibilidad de escapar de su vida solitaria y aprender algo diferente a mover cosas en el aire lo que le animó a aceptar la propuesta.

IV

Justo cuando el Pontiac negro de Samuel Wark abandonaba el garaje de los laboratorios, su móvil comenzó a sonar. El origen de la llamada provocó que su corazón empezase a dar brincos como un potrillo encerrado.

–Le escucho –dijo, procurando que su emoción no le delatase mientras subía el cristal que le aislaba de su chófer.

–Señor Wark, tenemos el objetivo.

–¿Localizado o controlado? –preguntó, pues el detalle le parecía fundamental.

–Digamos que a medio camino entre una cosa y otra. Está aquí con nosotros porque le hemos dicho que una persona al otro lado del teléfono tiene una oferta interesante que hacerle. Se lo paso.

La simple posibilidad de conversar con alguien que llevaba siglos caminando por la historia con la misma naturalidad que él paseaba por su jardín le provocó un escalofrío. Llenó de aire sus pulmones y lo fue expulsando despacio, como su entrenador le había aconsejado que hiciese en las situaciones difíciles.

—Buenas tardes, señor Martin, o Michael, como prefiera... —saludó con su tono más persuasivo.

—Lo que preferiría es que dejase usted de acosarme como si fuera el zorro de su cacería.

Era apenas la voz de un crío, algo que esperaba, y aún así llegó a conmoverle y confundirle, porque detrás de aquellas palabras se adivinaba una fuerza descomunal.

—No me malinterprete. Mi nombre es Samuel Wark y solo quiero tener una charla distendida con usted, pero no lo pone fácil. Fíjese si tengo interés que, si lo desea, estoy dispuesto a volar hasta Phoenix hoy mismo para que hablemos —propuso, tan emocionado por la posibilidad de una respuesta afirmativa que las últimas palabras se le atropellaron entre los labios.

—Hablar ¿de qué? —replicó el joven inmortal.

—No sé, de todo un poco. Por ejemplo de historia, es un tema que me apasiona, sobre todo la medieval... O, si lo prefiere, de negocios.

—La historia medieval y los negocios me aburren casi tanto como esta conversación, de modo que ahórrese el viaje, déjeme en paz y hágame caso, morirse no debe ser tan malo o, de lo contrario, no lo haría todo el mundo, ¿no le parece?

Samuel Wark tragó saliva, bajó la ventanilla para que entrase el aire. No podía creer que su sueño, al alcance de la mano, se desvaneciese en un instante.

—Espere... —suplicó—. Veo que tiene usted sentido del humor.

–De nuevo se equivoca, precisamente es el menos desarrollado de mis sentidos –oyó que su sueño le decía antes de que se perdiese la comunicación.

En vano intentó restablecer la llamada pulsando la pantalla del teléfono una y otra vez. Nadie respondía al otro lado. Golpeó con furia la puerta del Pontiac y echó hacia atrás la cabeza después de indicarle a su chófer, que había vuelto la cabeza con preocupación, que atendiese a la carretera.

Dos horas más tarde, cuando ya en el despacho de su mansión trataba sin éxito de concentrarse en el interminable papeleo de cada día, su móvil volvió a sonar. Se abalanzó sobre él como un náufrago abraza el madero que una ola estuvo a punto de robarle.

–Samuel Wark –dijo sin apenas aliento.

–Lo siento, señor –contestó la voz del detective–. Hemos perdido el objetivo.

–¿Cómo dice?

–Nos dejó fuera de combate en un minuto y luego nos dejó inmovilizados en su casa antes de desaparecer. Lo hemos registrado todo, pero aquí no hay nada de interés. Si acaso un ordenador, pero no tiene el disco duro.

–Pero ¿cómo pueden ser tan inútiles? Tantos años esperando para esto... No me lo puedo creer, maldita sea –bramó al auricular.

–No se preocupe, somos profesionales y volveremos a encontrarle. Ahora sabemos a quién nos enfrentamos. Es solo cuestión de tiempo.

–Cuestión de tiempo... Ni yo mismo lo hubiera expresado mejor –dijo Samuel Wark antes de apagar su teléfono y lanzarlo contra el sofá.

Detrás de las ventanas llovía sobre Austin, sobre su jardín, sobre su esperanza de lograr que aquel jovenzuelo inmortal le revelase su secreto y, aun así, haber escuchado aquella voz alimentaba su empeño hasta el límite de lo posible.

Martin alquiló un pequeño estudio en el Barrio de las Letras, cerca de la casa de Alicia, pero no tanto como para que ella se sintiera agobiada. La vida en el hotel le provocaba la sensación de estar de paso, y esta vez era firme su decisión de no seguir huyendo. Por fin el tesoro estaba resuelto a plantar cara a los piratas y, por si eso fuera poco, a marcar su posición con una cruz para dejarse encontrar. Por eso buscó trabajo de mago en uno de los muchos locales que había en la zona con el propósito de llamar su atención. Conocía muy bien el juego de nobles y millonarios tan satisfechos de sus vidas que estaban dispuestos a ofrecer cualquier cosa para conservarla, solo que esta vez los papeles de gato y ratón estaban cambiados. También para él eran nuevas las reglas del juego, y eso le producía una emoción ya olvidada. O tal vez hacía demasiado tiempo que no encontraba algo a lo que llamar emoción.

Tuvo que demostrar en media docena de locales su talento hasta que uno de ellos aceptó contratarle a prueba los fines de semana. No contento con eso, insistió hasta que un hotel céntrico le ofreció el puesto de pianista en la cafetería de lunes a jueves. Ya solo faltaba pintar la cruz de rojo o llamar por teléfono al capitán de los corsarios para indicar su posición. A partir de entonces, su única tarea era esperar. Por vez primera desde hacía mucho tiempo aquella decisión le dejó relajado, tranquilo como el que nada espera o lo espera todo de pronto. La suerte estaba echada, le enseñó el padre James, y al recordar aquello le hizo gracia que, como solían asegurar las personas mayores, pudiera recordarlo con más claridad que lo vivido hacía un mes. Pensó que tal vez se estaba haciendo mayor y la idea le hizo reír un buen rato.

Por las mañanas salía a correr por el parque del Retiro y en ocasiones alquilaba una barca para remar en el estanque o se unía a los jubilados jugadores de ajedrez que los primeros días le miraban con recelo pero terminaron discutiendo entre ellos para competir con aquel jovenzuelo capaz de derrotar a cualquiera con una facilidad asombrosa.

–¿Dónde has aprendido a jugar así?

–Me enseñó mi abuelo. Me obligaba a jugar contra él todos los días hasta que por fin conseguí vencerle –dijo, marcando su acento inglés para subrayar la rareza de su presencia allí y su habilidad en el juego.

Por las tardes solía quedar con Alicia y en aquellos momentos sus sentidos se tensaban hasta el límite vigilando el mundo alrededor, temeroso de que sus perseguidores aparecieran de improviso y pudieran causarle daño. Daba igual que fueran al cine o dieran por el barrio un paseo que de manera invariable terminaba en algún bar frente a un par de cervezas. Cierto es que hasta ahora los perros siempre habían intentado capturarle cuando estaba a solas, pero no quería correr ningún riesgo estando Alicia por medio. Temía por ella. Además, si algo había aprendido es que nada de lo aprendido servía para enfrentarse con aquellos mercenarios sin escrúpulos.

–¿Buscas a alguien? –preguntó ella una tarde mientras caminaban por la Plaza Mayor.

–No, ¿por qué dices eso?

–Porque no paras de mirar alrededor.

–Puede ser porque aún tengo la sensación de ser un turista –replicó Martin con una sonrisa–. Pero eso se va a terminar, porque esta ciudad me gusta más cada día. Tanto, que pienso quedarme aquí una larga temporada.

–¿En serio?

Parecía ilusionada ante aquella posibilidad y él sintió que muchos peces de colores nadaban contra corriente por el cauce de sus venas.

–He alquilado un apartamento cerca de aquí, en la calle León.

–¡Eso es fantástico! –exclamó ella, parándose de pronto y mirándole con sus inmensos ojos azules–. ¿Tu familia qué opina?

–Encantada, aunque no he querido preocuparles confesando el precio.

–Entonces, ¿qué piensas hacer?

–Mi abuelo era mago y me enseñó algunos trucos, así que mientras busco empleo como traductor he encontrado un local para actuar los fines de semana por la noche. Espero que vengas a verme, yo invito –dijo, y en su mano, antes desnuda, apareció de repente un puñado de monedas

Los ojos de Alicia brillaron como candilejas que iluminasen el teatro de su boca divertida. Martin era feliz viéndola feliz. Desde Matsuko nadie le había hecho sentir tan bien.

–Eres una cajita de sorpresas. ¿Hay algo que no sepas hacer?

«Morirme», pensó decir, pero le parecía aún demasiado pronto para que ella conociese su secreto. No tenía la menor idea de cómo podría reaccionar.

–Gracia –respondió–. No tengo sentido del humor.

–Pues a mí me pareces muy divertido.

–Mientes muy bien.

Alicia pareció echar el telón sobre el alegre escenario que era su rostro hasta ese momento.

–Acabo de recordar que mañana tengo que presentar una memoria sobre las prácticas de laboratorio que hemos hecho hoy. ¿Me acompañas a casa? –dijo.

Durante el trayecto se mostró tan distante y ensimismada que Martin dudó si habría dicho alguna inconveniencia, pero no se atrevió a preguntar por si ella lo confirmaba.

Al día siguiente comenzó a tocar el piano en el salón del hotel Ganivet, muy cerca de la Plaza Mayor. Coincidió su estreno con una huelga de los servicios de limpieza en la capital y entendió que debía compensar a los turistas con alguna melodía fresca que aliviase por el oído lo que el olfato les había arrebatado de la ciudad. El gerente le proporcionó un esmoquin de su talla antes de empezar la actuación y las piezas de Mozart, Liszt y Chopin, alternadas con bandas sonoras de películas consagradas, le consiguieron pequeñas ovaciones y no tan pequeñas propinas. Incluso el gerente, que le había dedicado un trato casi despectivo al conocerle, le ofreció al terminar una amable sonrisa y una cena.

Las actuaciones en el local de copas durante el fin de semana fueron aún mejor, sobre todo el sábado, cuando Alicia le acompañó y Martin sintió la necesidad de dar lo mejor de sí mismo adivinando naipes, atravesando vasos con monedas, haciendo aparecer y desaparecer todo tipo de objetos ante un público atónito y entregado. Tanto fue creciendo su entusiasmo al ver la sonrisa de Alicia que sin previo aviso cambió la magia por malabares con los vasos vacíos que había sobre las mesas y, para que lo piratas no tuviesen ya ninguna duda, puso fin al número dejándose perforar la mano con un cuchillo por parte de algún espectador. El tipo, que se había ofrecido con gusto a tomar parte en el espectáculo, se puso pálido cuando Martin le pidió que clavase su mano a la mesa, y casi pierde el conocimiento cuando el mago le atrapó la muñeca para hundir la hoja en su palma extendida. Un clamor recorrió el local en ese instante y en el silencio que siguió pudo escucharse el ruido del metal separándose de la madera. Alicia no pestañeaba, mientras él, con la mirada perdida en sus ojos, limpió con un pañuelo la sangre del cuchillo y más tarde de la mano que mostró, impecable y repleta de monedas de chocolate, a un auditorio maravillado por lo que acababa de contemplar.

—Me has asustado con el cuchillo —le dijo Alicia con tono de enfado cuando se dirigían a su nueva casa, que ella iba a conocer esa noche.

—Es solo un efecto óptico... y experiencia para no equivocarse de objetivo al clavar.

—¿Me enseñarás algún truco? Dejaría impresionadas a mis amigas de la universidad.

—Claro, aunque por ahora el del cuchillo lo vamos a dejar —dijo él.

Alicia sonrió y entraron juntos en aquel portal que nunca tuvo un aroma delicioso, pues la calle León era estrecha y parecía que al aire le costara renovarse; pero aquella noche, a causa la huelga de limpieza, el ambiente se había vuelto por completo irrespirable. Antiguas sensaciones de ciudades asoladas por la peste llegaron a su memoria, pero Martin se limitó a arrugar la nariz y apartar de un puntapié la caja de cartón que dificultaba el acceso al portal.

No había tenido tiempo aún para dar al apartamento un aire personal, por lo que los viejos muebles destartalados e inútiles que encontró a su llegada seguían ocupando el mismo espacio. Aun así, Alicia se mostró entusiasmada y se ofreció a ayudarle, si quería, en la decoración.

–¿Te apetece un arroz tres delicias? –preguntó, como si se le hubiese ocurrido de manera casual en ese instante y no hubiese investigado hasta el último de sus gustos en las redes sociales.

–¿Eso es truco o trato?

–Truco, por supuesto.

Cenaron decidiendo colores para las paredes, seleccionando los muebles que podrían aprovecharse y los que acompañarían a la basura que inundaba la ciudad. Por un momento, Martin olvidó que acababa de cumplir seiscientos cincuenta años, que había visto padecer y morir a demasiada gente, que él mismo había padecido y matado, que le buscaban para convertirle en una rata de laboratorio y él estaba marcando su posición para ser encontrado. Se sintió como un joven de diecisiete años que tuviese toda la vida por delante y una mujer para compartirla.

Si aquel maldito americano que le buscaba estaba convencido de que era posible conseguir la inmortalidad gracias a él, eso suponía que Alicia podía conseguirla también. Esa sería su condición innegociable cuando le capturasen.

Como si adivinara sus pensamientos, ella tomó su mano por encima de la mesa y Martin creyó en aquel instante que acababa de nacer y quería vivir otros siete siglos sintiendo aquellos dedos entre los suyos.

Cabeza de Vaca

Sirviendo a Álvar Núñez Cabeza de Vaca, Martin volvió a experimentar por tercera vez en su vida la convivencia diaria con un puñado de hombres. Desde luego, los soldados de Núñez, como le llamaba la tropa, se parecían mucho más a los rudos marineros del *Roundabout* que a los severos monjes de Warrenpoint. Sus bromas, fanfarronadas e insultos incluso superaban a los de los hombres de mar, quizá por la dureza de la vida militar o acaso por la riqueza que el español ofrecía para esas expresiones.

La diferencia es que él ya no era –aunque siguiera pareciéndolo– un jovenzuelo desorientado e inexperto, sino tal vez la única persona sobre la Tierra con casi dos siglos de vida a sus espaldas y no los había pasado cuidando rosas en un jardín. Por eso no le ruborizaban los comentarios soeces ni le intimidaban las bravuconadas. Seguía sin ser muy comunicativo, y no tanto por su costumbre de la soledad como por el profundo aburrimiento que aquellas conversaciones le producían. Después de todo, no era más que un escudero, y esa condición le permitió durante meses mantenerse en un segundo plano, atento siempre a las necesidades de Núñez para que su ropa, sus armas, su alojamiento y su cabalgadura estuviesen siempre en perfecto estado. Como además alegraba muchas noches la vida en el campamento tocando el laúd o sorprendiendo a los soldados con algún truco de magia y sabía leer las cartas que algunos soldados recibían de sus familias, llegó a ser aceptado entre la soldadesca, que se dirigía a él con el sobrenombre de Irlandés o Inglesito cuando pretendían enfadarle.

De todos ellos, con el paso de los días entabló una amistad más cercana con Esteban, un guerrero africano a quien Andrés Dorantes había comprado en un puerto andaluz. Unidos por ser extraños en aquella tierra y entre aquellas gentes, pasaban largos ratos comentando a su manera los sucesos de la jornada o recordando sus vidas anteriores.

–Me gustaría saber cómo haces esa magia. ¿Me enseñarías? –le preguntó una vez con sus redondos ojos abiertos como los de un niño.

–Si tú me enseñas a manejar la espada.

–Acepto trato –dijo Esteban sin dudarlo mientras le ofrecía para estrechar su enorme mano negra.

Desde aquel momento practicaban cada día, y Martin resultó ser más diestro con la espada que Esteban con la magia, que le decepcionó muy pronto al descubrir que se trataba de simples trucos. Los malabares, en cambio, le entusiasmaron tanto como el laúd, y en poco tiempo el esclavo aprendió a mover las pelotas y las mazas en el aire con tanta habilidad como Martin repelía una estocada, realizaba una finta o lanzaba un golpe directo.

Núñez a veces presenciaba aquellos ejercicios desde la distancia, con atención pero sin decir palabra. No hablaba mucho su señor, pero cuando lo hacía mostraba tal firmeza que nadie se atrevía a discutirle. Con él se comportaba como un padre atento y tuvo paciencia hasta que Martin aprendió a bruñir el escudo como le gustaba o a preparar su montura con la silla desplazada hacia los cuartos traseros del caballo.

–Así el animal sufre menos –le explicó.

Incluso le permitió mantener a Flocky, aunque resultaba extraño que un escudero montase el mejor caballo del regimiento. Por causa precisamente del animal, Martin recibió la primera reprimenda de su señor. Se dirigían desde el norte hacia un lugar llamado Torrelobatón, donde al parecer un grupo de rebeldes que se hacían llamar *comuneros* habían tomado el castillo de la ciudad y desafiaban la autoridad del emperador Carlos V. Llovía de manera torrencial y desde los lomos de Flocky Martin advirtió que, a causa del agotamiento o la fiebre, uno de sus compañeros avanzaba a duras penas antes de desplomarse sobre el barro. Sin pensarlo dos veces, bajó del caballo para ofrecérselo, pero cuando le ayudaba a subir al estribo, Núñez surgió de la tormenta como un centauro mitológico poseído por la cólera y lo arrojó de nuevo al suelo.

–No permitiré que mis soldados se comporten como damiselas. Si no está en condiciones de luchar le buscaremos alojamiento en el próximo pueblo y si lo está, que camine. Monta tu caballo, Irlandés.

—Pero...

—¡Ahora! —rugió.

Parecía a punto de estallar de la furia. Quizá lo hubiese hecho de no ser porque en ese instante un emisario se acercó a decirle que debían dirigirse hacia Peñaflor, donde estaban reunidas las huestes imperiales.

Martin quedó maravillado de lo que apareció ante sus ojos en aquella llanura. Hombres, caballos, cañones y más hombres hasta donde su vista alcanzaba, que no era mucho a causa de la cortina de agua que seguía cayendo sin piedad. Era un ejército formidable, pero nada tenía de extraño, pues a su cabeza se encontraba el hombre más poderoso del mundo. No en vano la mitad le pertenecía; sin embargo, Martin pensó que quizá lo hubiese dado todo por tener lo que tenía el más miserable de los escuderos, y aquel pensamiento le hizo reír.

Dos días permanecieron allí instalados sin que un solo instante dejase de llover. Aprovechando cualquier ocasión, y siempre bajo la reprobatoria mirada de Esteban, Martin se alejaba de su señor y del resto del regimiento para merodear por los alrededores con la prisa de quien tiene una misión secreta y solo con el propósito de ver de cerca al emperador, lo que creyó conseguir una mañana, poco antes de que se diera la orden de levantar el campamento y seguir a los rebeldes, que abandonaban el sitio en dirección a la ciudad de Toro.

—Allí buscan refuerzos y víveres —explicó Núñez a sus hombres—, pero no tienen ninguna posibilidad de llegar.

Una vez más tenía razón. La distancia con sus perseguidores era tan pequeña que en una pequeña aldea llamada

Villalar no tuvieron otro remedio que plantear combate. Conscientes de su desventaja, tomaron las calles para luchar en ellas y dificultar el movimiento de las tropas imperiales, pero fue en vano. En cuanto recibieron la orden de atacar, lanceros, arcabuceros, ballesteros y caballeros entraron en la ciudad por cada flanco y, antes de caer la noche, los comuneros que no habían logrado huir yacían muertos o malheridos en cada esquina. Era tal la masacre que daba la sensación de que el dolor podía olerse. Martin no encontró ninguna grandeza en aquella victoria. Por su parte, no tuvo necesidad de entrar en combate y, aunque no disfrutó del espectáculo ni participó después como otros en las rapiñas y los saqueos, tampoco lo lamentó. Supo entonces que había perdido la confianza en el género humano.

A esta batalla sucedieron otras, con más o menos gloria, que fueron confirmando aquella sensación. Sin pensar demasiado, se acostumbró a la vida militar y llegó a entrar en combate con fiereza, lo que conseguía imaginando en todos sus rivales el rostro de Ted Neligan. Si recibía alguna herida o magulladura, colocaba encima una venda durante días para ocultar su curación y por ser amigo de Esteban, por quien tampoco parecían pasar los años, nadie le hizo ningún comentario sobre su invariable aspecto. Llegó a creer que al fin había encontrado su sitio en el mundo cuando una mañana Núñez mandó reunir a todos sus hombres en la explanada del campamento.

–Hace algún tiempo escribí una carta al Emperador manifestándole mi deseo de viajar al Nuevo Mundo para ampliar las fronteras de la Corona –dijo, mirando al horizonte por encima de las cabezas allí reunidas–. Ayer recibí la respuesta en la que se me nombra alguacil de las Américas y si la providencia no lo impide en dos meses embarcaré hacia tierras desconocidas. Aquel de vosotros que desee acompañarme en esta aventura será bienvenido y el que no, aquí quedará bajo nuevo mando. La semana próxima saldré hacia Sanlúcar, donde esperan cinco navíos bajo el mando de Pánfilo de Narváez. Tenéis hasta entonces para pensarlo y comunicárselo a mi escudero irlandés.

La mañana del 17 de junio del año 1527, poco antes de la salida del sol, partieron de aquel puerto andaluz cinco navíos y más de seiscientos hombres, e iniciaron un viaje que habría de cambiar sus vidas para siempre. La mayoría de ellos jamás había navegado y pasaron los primeros días deambulando de un lado a otro de la proa, pálidos como la misma muerte y arrojando por la boca cualquier cosa que entraba en ella. Los más ingenuos pensaron que aquel era el momento más duro de la travesía y que en cuanto pisaran tierra firme su suerte sería otra. No les faltaba razón, pero si cambió fue solo para empeorar.

Cuando un mes más tarde los barcos atracaron por fin en el puerto de La Española, los que habían conseguido librarse de las diarreas y la viruela cargaron con los enfermos hasta los campamentos y después se dieron a la bebida hasta el amanecer. Martin se embriagó también, pero de olores y sonidos que nunca hubiera imaginado que existían.

–¿No sientes como si estuvieras respirando azúcar verde mojado? –le dijo a Esteban.

–Estás loco, Irlandés –respondió el africano meneando la cabeza.

–Me gusta –dijo Martin–. Cuando los sacerdotes me hablaban del paraíso imaginaba un lugar parecido.

–¿Ibas para cura y acabaste en guerrero? –preguntaron los dientes de Esteban, blancos como nunca en esa noche tan oscura como su piel.

–Más o menos, y ¿cómo es que un africano que se llama Esteban ha terminado sirviendo en España al ejército del Emperador?

–Mi verdadero nombre es Kalem. Nací en una aldea del sur de Marruecos que saquearon los makiles, una tribu de Mauritania, y convirtieron a mi familia en siervos. Un día sorprendí al amo tratando de forzar a mi madre y le rompí los dientes de un cabezazo. Me golpearon hasta que perdí el conocimiento y luego quisieron ahogarme en un pozo, pero alguien pensó que si me vendían como esclavo me perderían de vista igual y sacarían algunas monedas. Pasé por tres amos antes de que Dorantes me comprase, y le sirvo desde entonces.

Esteban nunca entendió la razón por la que el Irlandés le dio un abrazo antes de irse a dormir.

Casi tres meses permanecieron en la isla reponiendo fuerzas, curando a los enfermos y reparando los barcos. Los veteranos en América enseñaban a los recién llegados de qué plantas y animales cuidarse, y estos les hacían evocar la patria con los recuerdos recientes traídos de allí. Por estas conversaciones supo Martin que el adelantado mayor, Pánfilo de Narváez, era una persona en extremo orgullosa y cruel, tanto que en su anterior estancia en América un grupo de soldados liderado por un tal Hernán Cortés había desertado de sus filas y él los había perseguido hasta el continente. Allí, muchos de sus hombres se pasaron al enemigo y en una de aquellas escaramuzas perdió el ojo que ahora ocultaba un parche. Ni uno solo de los que hablaban dejaba de mencionar su brutal desprecio hacia los nativos.

«Demasiados Ted Neligan sueltos por el mundo», pensó Martin la mañana en la que el adelantado mayor convocó a la tropa en asamblea. Junto a Narváez se agrupaban el resto de los ilustres, entre ellos su amo Álvar Núñez, recuperado ya de la fiebre que le había tenido postrado en el lecho durante una larga temporada.

–Soldados de la Corona de España. No hemos navegado y sufrido en vano, sino con la misión divina de ensanchar los horizontes de nuestro imperio. Las grandes hazañas nunca fueron sencillas, pero la gloria nos aguarda más allá del mar que ahí veis. Al otro lado de esas aguas hay maravillas que ni siquiera alcanzáis a imaginar. Pensad en oro, tanto como cada uno pueda sostener entre sus brazos, pensad en mujeres hermosas y aún os digo más: hay quien asegura que en algún lugar de esas tierras se esconde la fuente de la eterna juventud. ¿Qué más se puede pedir?

Las palabras *oro* y *mujeres* parecieron sublevar los ánimos de la tropa, que se agitó como un hormiguero en el que cayera un manjar inesperado. Martin, sin embargo, quedó petrificado al escuchar que existía un lugar llamado fuente de la eterna juventud. Tal vez allí pudiese encontrar una respuesta al enigma que llevaba más de dos siglos royéndole las entrañas. ¿Acaso su madre...?

–Zarparemos en una semana en busca de esas glorias –añadió Narváez–. Y si en algún momento cunde el desánimo, recordad que lo mejor de vuestras vidas está por llegar.

La noticia de que pronto volverían a embarcar y las atractivas promesas de lo que encontrarían fueron causa de otra noche alegre, solo que esta vez la alegría duró lo que duró la noche. Fue Andrés Dorantes el primero en percatarse a la mañana siguiente de que uno de los navíos no estaba en el puerto. En vano buscó a los guardias en sus puestos de vigilancia y, temiendo que se tratase de un ataque, dio la voz de alarma. De todas partes venían los soldados alertados por los gritos, la mayoría de ellos a medio vestir, espada en mano y con todo el aspecto de no saber si aún estaban despiertos o en mitad de una pesadilla.

–Ha desaparecido Nuño Ferrero –dijo una voz.

–No encuentro a Diego de Abrantes –dijo otra.

–Tampoco está Gonzalo Prieto.

Ni Lucas de Medina. Ni Alonso de Mena. Ni Juan Argote. Ni Francisco Lima… Hasta ciento cuarenta desaparecidos llegaron a contar en menos de una hora, entre ellos pilotos, herreros y carpinteros.

–Son ellos los que han robado el barco, por eso no encontré a los guardias ni sus cuerpos –explicó Andrés Dorantes.

–Han querido ser los primeros en llegar hasta el oro y las mujeres –sentenció Alonso del Castillo–. Sin duda, los malnacidos calcularon que siendo menos tendrían más para repartir.

La cólera de Pánfilo de Narváez no encontraba límites ni en lo humano ni en lo divino, y sus amenazas eran de tal calibre que, de haber llevado a cabo la mitad de las que anunciaba, los fugitivos no hubiesen conservado carne sobre hueso.

—Agradezcamos que al menos han tenido la decencia de no quemar el resto de los navíos —dijo Núñez para serenar los ánimos—. Y si ellos tienen más para repartir, también nosotros lo tendremos.

Los días previos a la partida transcurrieron lentos y particularmente silenciosos, como si hubiesen desertado los hombres más atronadores del campamento y hasta las aves tropicales entendieran que debían respetar el dolor por aquella traición inesperada. Los principales conservaban a toda hora una mueca de disgusto en el rostro, y entre la tropa ni uno quedaba que no hubiese perdido un amigo. Solo Núñez parecía ser, más que nunca, el de siempre y se multiplicaba de un lado a otro revisando el calafateado de las naves, disponiendo las provisiones en las bodegas, el estado de las velas y los ánimos de sus soldados, que procuraba levantar infundiendo buen humor y grandes esperanzas.

—Conozco bien a Núñez —le dijo Esteban a Martin la noche antes de embarcar—. Está dolido como el que más, pero sabe mantener la cabeza en su sitio cuando otros la pierden. Confía en él y te irá bien.

—Será un alivio, porque llevo demasiado tiempo confiando solo en mí mismo.

—No hace mucho que te conozco, Irlandés, pero sé que detrás de ese rostro de niño bueno hay un dolor muy malo.

—Debí matar a un hombre y no lo hice. Desde entonces su cara y su nombre me persiguen hasta en los sueños.

Quizá si le hubiese partido los dientes de un cabezazo dormiría mejor.

El africano pasó un brazo por sus hombros.

–Piensa en mañana, compañero –dijo a modo de consuelo–. Oro y mujeres nos esperan.

Las ambiciones de los mortales empezaban a resultarle cada vez más lejanas, pero por cariño hacia Esteban sonrió como si las compartiese y se despidieron para afrontar un futuro prometedor que empezaría justo al amanecer.

Nada hacía presagiar otra cosa aquella mañana clara en la que cuatro navíos zarparon del puerto de Santo Domingo. En tierra quedó medio centenar de hombres para defender el campamento, en sus caras la desolación por un sorteo en el que la fortuna les había sido esquiva. Eso creían, pero hubiesen cambiado de idea tres días después, cuando un viento del oeste comenzó a sacudir las velas de gavia junto a las costas de Cuba. Habían cruzado un océano, podían ver incluso la vegetación de la isla y por eso el pánico no cundió de inmediato entre las tripulaciones. Solo la *Vaporosa*, que comandaba el experimentado marino Sancho Benavente, arrió la vela mayor. Al verlo, Núñez ordenó que la *Esperanza*, donde viajaban, hiciera lo mismo. Pronto los imitó la *Generosa*. Solo la *Iluminada* trató de mantener la compostura y durante un buen rato pareció resistir las acometidas de la tempestad, pero muy pronto empezó a girar como una estaca en mitad del remolino antes de irse a pique.

Setenta hombres y aquella rama con velas fueron engullidos por las aguas en menos de lo que tarda un gato en liquidar un boquerón. Abrazado al palo de mesana, Esteban rezaba a voz en grito, pero a causa del viento y el oleaje ni siquiera Martin, que estaba muy cerca enredado en una maroma, podía escucharle. Núñez miraba el cielo como si tratase de llegar a un acuerdo con aquellas nubes o las amenazase con atravesarlas de parte a parte, lo que unos rayos infernales ya estaban haciendo en su nombre.

En dos siglos de vida Martin no había visto nada igual, y aferrado a la cubierta, mientras el agua de lluvia se mezclaba con el agua salada y batía su rostro, pensaba en la muerte. Desde luego, era el único a quien esa idea resultaba confortante y a ella se abandonó por un momento. Después, al ver que Máximo de Olid a duras penas podía sostenerse junto al timón, se arrastró hacia él tirando de una cuerda. Dos veces fue devuelto por el viento al punto de partida y tres se empeñó en arrastrarse por cubierta hasta el puesto del timonel. Cuando estuvo a su lado, le ató al soporte tan fuerte como pudo.

–Gracias, Irlandés, por un momento creí que iba a ver mis muñecas sin manos –gritó Olid–. No imaginas con qué fuerza tira esto.

–Todos estamos en tus manos, así que no las pierdas –gritó Martin, que sí imaginaba–. Me quedo contigo.

Máximo de Olid le dedicó una amplia y mojada sonrisa al ver cómo aprovechaba el resto del cabo para amarrarse también al soporte.

Durante muchas horas se bambolearon, oscilaron, cabecearon y bascularon en todas las direcciones posibles. Martin llegó a pensar que en el infierno no había fuego, sino agua salada, y que era Neptuno y no Satanás su gobernante. En esas siniestras ideas anclaba su mente cuando el mundo se detuvo de pronto cerca de una playa, y lo hizo con tal violencia que la mayor parte de los marineros que no estaban sujetos a algún punto firme del barco salieron lanzados en cualquier dirección.

Cayó entonces sobre la tripulación un eterno minuto de silencio en el que cada cual buscó reconocer primero su cuerpo y después el espacio que tenía alrededor, donde solía haber otro cuerpo reconociendo el suyo.

–Dad señal de que estáis vivos –bramó la voz de Núñez.

–Vivo, señor.

–Vivo.

–Vivo.

–Herido, señor.

El recuento de las bajas resultó desolador. Más de la mitad de los hombres habían muerto a causa de los golpes o arrastrados por las olas y, de los que seguían vivos, media docena apenas podían moverse a causa de las heridas. Del navío nada mejor podía decirse. La quilla se había agrietado por el impacto, el palo mayor estaba rajado, el trinquete deshecho, la vela de mesana hecha jirones y la bodega casi inundada por completo.

–Los que puedan moverse que carguen los heridos hasta la playa. Esteban, Irlandés, Olid, llevad pronto los animales a tierra firme antes de que se ahoguen –dispuso Núñez con energía.

Cargar los cerdos y las ovejas en la única barcaza que tenía el navío no fue tarea sencilla, pues los tres estaban exhaustos y los animales alterados después de tantas horas dando tumbos por la bodega; sin embargo, mucho más dificultoso fue mover los caballos, incluido Flocky, que estaban igual de alterados pero eran mucho más fuertes.

Antes de anochecer, mientras aún seguía lloviendo con furia y los vigías no encontraban señal de los otros barcos, los hombres sanos construyeron con ramas y hojas de palmera dos frágiles cobertizos, uno para la tripulación y otro para los animales. Tan frágiles que el agua escurría por cada esquina, pero casi parecía un edén. El mundo no se movía y el olor a caldo que seguía emanando del perol después de la cena era muy reconfortante.

Instalaron en la zona más abrigada a los heridos y organizaron turnos para su cuidado. A Martin le fue asignado el primero y pasó el tiempo cambiando vendas, humedeciendo labios e inventando placebos para los que probablemente no verían el amanecer. Nada le hubiese gustado más que tener una espada en la mano y desafiar con ella al causante de aquella ruina. Sentía que tantos años de desgracias acumuladas le concedían ese derecho.

Casi un mes pasaron en aquella playa. Unos buscando alimentos frescos; la mayoría reparando el barco; otros manteniendo a duras penas, por culpa del agua que nunca cesaba de caer, una hoguera humeante que orientase al resto de navíos hacia aquel lugar. Martin y Esteban atendían a los enfermos o bien, armados de pico y pala, preparaban la sepultura de los que sucumbían ante el empuje de la fiebre o la gangrena.

—Sois gente fuerte los irlandeses —dijo Esteban después de clavar una cruz sobre la tumba del asturiano Santiago Vergara.

—¿Conoces a muchos? —preguntó Martin, apartándose de los ojos la cabellera empapada.

–Y graciosos... Lo digo porque mientras casi todo el mundo ha perdido el peso y el ánimo, a ti se te ve tan fresco como el primer día.

–Debe ser la costumbre de la lluvia en mi país, porque bien sabes que yo no soy gracioso. De hecho estoy viendo cómo se acerca por poniente la otra nave y te aseguro que no bromeo.

Esteban dudó un instante entre sonreír, girar la cabeza o dar un puñetazo al jovenzuelo blanquiñoso por esa ocurrencia tan impertinente. Estaba decidido a hacerlo después de otear el horizonte, pero sobre su línea descubrió el velamen de la *Generosa*.

–¡Llegan los nuestros! ¡Llegan los nuestros! –repetía el africano, corriendo medio desnudo sobre la arena.

Un momento después, todos los hombres que podían caminar o arrastrarse estaban a la orilla del mar agitando las manos. Parecían niños perdidos que aguardasen la llegada salvadora de su madre y no la de dos centenares de marineros aún más desamparados que ellos.

Se multiplicaron los cobertizos y los enfermos, se dividieron las raciones, se desguazó por completo la *Esperanza* para reparar el otro navío, algo más sano, y con la presencia de Pánfilo de Narváez se perdió toda paz y la escasa alegría que reinaba entre la tropa. El gobernador tuerto no cesaba, desde el lluvioso amanecer, de reprochar a los heridos su estado, de maldecir el clima, de urgir a los carpinteros en sus trabajos, de recordar la fortuna que había invertido en aquella empresa para encontrar solo desdichas, vagos y traidores. Núñez procuraba calmarle y mostrar el lado positivo de la situación, lo que cada día resultaba más difícil.

–¡Silencio! –reclamó una noche el gobernador, golpeando su escudilla mientras la soldadesca apuraba con cansancio sus cuencos de sopa–. Supongo que hasta el más tonto de vosotros se da cuenta de que esto es una pérdida de tiempo y dinero, sobre todo mío. ¿Hay oro en esta playa? ¿Hay plata? ¿Hay ciudades? ¿Hay un imperio que conquistar?... No. Aquí solo hay arena que no vale nada.

–Señor, permítame... –dijo Núñez.

–En cambio, el tiempo sí vale –continuó Pánfilo de Narváez como si no le hubiese escuchado–. Por eso, mañana mismo un destacamento avanzará tierra adentro hacia el norte sin alejarse demasiado de la costa. El resto terminará de reparar los navíos y, cuando estén listos, zarparemos en la misma dirección. En algún momento nos encontraremos, con la ayuda del Todopoderoso.

–Con todo respeto, señor, pienso que tal vez dividir nuestras fuerzas en una tierra que no conocemos nos haga más débiles –dijo al fin Núñez.

Martin recorrió de un vistazo los rostros de sus compañeros tratando de encontrar en ellos algún atisbo de rebeldía, de orgullo, de valor, cualquier gesto que permitiese presagiar un motín o, por el contrario, un empeño heroico en aquella hazaña, pero enfrente solo encontró un rebaño de hombres tan agotados que ya no encontraban fuerzas para hacer frente a ningún destino.

–Núñez, podría pensar que detrás de tus palabras se oculta la cobardía –replicó despectivo Pánfilo de Narváez, pero al ver que, ante la ofensa, Núñez hacía ademán de incorporarse con la mano en la empuñadura de su espada, cambió el tono de su discurso–. Como conozco bien tu valor, sé que tan solo se trata de prudencia y, antes de obligar a nadie, quisiera saber si alguno se presenta voluntario para la expedición.

–Yo mismo –se ofreció Núñez incorporándose al fin.

Como si fueran partes de su cuerpo repartidas por la mesa, una docena de hombres se puso en pie al instante. Todos los que habían servido a sus órdenes y podían ponerse en pie, salvo Esteban, a quien Martin golpeó en la pierna con disimulo.

–Los esclavos no podemos tomar decisiones –le aclaró en voz baja el africano antes de apurar con toda calma el resto de su cena.

–Magnífico –sentenció el gobernador frotándose las manos–. Esta noche doblaré la guardia y el segundo turno se encargará de disponer las provisiones de los que partirán al amanecer.

El hecho de que fueran trece precisamente los miembros de la avanzadilla no gustó a Núñez, que ya había dado muestras de ser un hombre supersticioso, y aún menos a Esteban, que se santiguó otras tantas veces mientras giraba sus pies desde el sol naciente hacia la derecha y luego de nuevo hacia la izquierda.

–¿En serio crees que así podrás cambiar el futuro? –le preguntó Martin.

–Solo pido que haya un futuro que cambiar –dijo el esclavo después de guardar en su zamarra un puñado de arena de aquella playa.

V

De los últimos octubres que podía recordar, aquel fue sin duda el mejor. Como sus actuaciones en el hotel terminaban tarde, Martin se levantaba con el sol bien alto y se marchaba al parque del Retiro. Corría durante un par de horas, completaba uno de los circuitos de gimnasia o remaba en el estanque, y luego jugaba algunas partidas de ajedrez con sus nuevos amigos. Había comenzado aquella rutina como preparación para el ataque de los perros, que según sus cálculos no tardaría en llegar, pero con el paso de aquellos tranquilos días llegó a olvidar la causa. Se preparaba la comida y leía en la cama el último libro comprado en cualquier tenderete de la Cuesta de Moyano al volver a casa. Era su forma de hacer tiempo antes de ir a recoger a Alicia en la universidad. Para esos viajes compró un coche de segunda mano.

A las tres recogía a Alicia en la entrada de la Facultad de Medicina y la dejaba en su casa hasta que volvían a encontrarse a media tarde para tomar una cerveza y patatas fritas en un bar de la calle Santa Isabel, que les gustaba por la música y la amabilidad de los camareros. A veces ella telefoneaba a sus padres y les mentía diciéndoles que tenía prácticas en el laboratorio. Esos días comían juntos y planeaban la decoración de cada centímetro de la casa con objetos y colores que la mañana siguiente Martin conseguía. Al caer la noche, la acompañaba hasta su portal y se iba a tocar el piano al hotel Ganivet, donde ya le recibían como si llevara años trabajando allí.

Martin sentía que lo único que le faltaba era tenerla a su lado a toda hora. Por eso aguardaba como un condenado los fines de semana, pues apenas se separaban entonces si no era para que Alicia comiera con su familia uno de los dos días. Además, cada noche le acompañaba al club, donde realizaba sobre todo para ella sus mejores trucos de magia.

Un martes, sin embargo, Alicia no salió de la facultad. La telefoneó al móvil, pero no respondió la llamada, así que sospechó que habría caído enferma, nada sorprendente, ya que durante el fin de semana tosía con frecuencia y se quejaba de un fuerte dolor de cabeza. Volvió a llamarla esa noche, pero tampoco obtuvo respuesta. El miércoles seguía sin tener noticias suyas y el jueves se atrevió a presentarse en la puerta de la casa para preguntar a sus padres. Como nadie abría, se tranquilizó pensando que algún asunto familiar los habría obligado a abandonar la ciudad, aunque entonces no entendía por qué ella no contestaba a sus llamadas.

Cuando esa noche sonó su móvil y vio en la pantalla el número de Alicia, su corazón dio un brinco. Y pareció quedar suspendido en el aire cuando una voz masculina preguntó en inglés por Michael O'Muldarry. Con la intuición acumulada de siglos supo de manera instantánea lo que había ocurrido. Los piratas, cobardes, habían capturado a la princesa.

–Te escucho, perro –dijo en el mismo idioma.

–Por tu tono entiendo que ya sabes que tenemos a la gatita.

–Pues solo has entendido la mitad.

–Y ¿cuál es la otra mitad?

–Que no trato con esbirros, así que dile a tu jefe que estoy dispuesto a negociar, pero tengo mis condiciones y solo se las diré a él personalmente.

–Bueno, pues yo personalmente te digo que tienes en el buzón un sobre con algunas indicaciones y convendría que le echases un vistazo.

–Si sabes dónde vivo, ¿por qué no vienes a dármelo en persona?

–Los esbirros solo obedecemos al jefe, ya sabes, abuelo –se burló el tipo.

La comunicación se cortó en ese momento y Martin corrió al buzón. Dentro había un sobre sin dirección ni remitente. Con los músculos tensos por la humillación y la furia lo abrió allí mismo. Dentro había un folio escrito a ordenador y nada menos que en gaélico medieval. Contratar a alguien que supiera hacer eso le habría costado un dineral, y sin la menor duda se trataba de una medida pensada para exhibir su poder.

Estimado señor O'Muldarry:

Como seguramente ya habrá imaginado, soy Samuel Wark. Sé que mi nombre le dice hoy tan poco como la vez que habló conmigo por teléfono desde Phoenix, así que por ahora basta con que me considere el actual propietario de los papeles del padre James. Bien sabe que llevo años tratando de llegar con usted a un trato razonable. Lo he procurado a veces de buenos modos y otras de no tan buenos, lo admito, pero hasta ahora había sido una persecución honesta, al menos tal y como yo concibo la honestidad. Sin embargo, su persistencia en no llegar a ese acuerdo, que sin duda resultaría beneficioso para ambos, es lo que me ha llevado a tomar la molesta medida de raptar a su novia. Poco elegante, no voy a negárselo, pero tampoco me ha dejado más opciones.

Señor O'Muldarry, le confieso que nunca fui una persona muy espiritual y no tomé conciencia plena de lo que la muerte significa hasta que hace siete años falleció Margaret, mi esposa. Tampoco es que ahora lo sea, pues la inmortalidad a la que aspiro bien poco tiene que ver con religiones ni otros mundos. Ahí es donde entra usted. No me andaré con preámbulos. Quiero conocer el secreto que le ha permitido vivir más de seis siglos sin envejecer, mientras todas las personas a las que he querido y yo mismo sufrimos el paso del tiempo, la enfermedad y la extinción. Estoy convencido de que sufriría mucho menos si no tuviese noticia de su existencia, pero el caso es que la conozco y desde entonces apenas puedo dormir cada noche, pues me lo impide la injusticia de que usted mantenga solo para sí ese secreto.

Llegados a este punto, y como le imagino una persona inteligente, además de experimentada, de eso no me cabe duda, habrá entendido que mi propuesta es simple: usted recupera a su novia a cambio de hacerme partícipe de su secreto. Piénselo esta noche antes de tomar una decisión tan importante. Créame que es el mejor momento para hacerlo, se lo dice un experto. Mañana a mediodía recibirá una llamada desde el número de Alicia, una chica fantástica, por cierto, no me sorprende que le haya cautivado de esa manera. Entonces recibirá instrucciones sobre el lugar y la hora donde debe presentarse.

Que pase una feliz noche, señor O'Muldarry.

De buena gana Martin hubiese reventado los buzones de la comunidad de un puñetazo, o mejor aún, con la cabeza, para castigar su estupidez. Dejar tantas pistas sobre su paradero acompañado siempre por Alicia había sido un error imperdonable. Pero la experiencia es una poderosa consejera y en la suya, tan amplia, nunca se había presentado la situación de que alguien utilizase a un ser cercano para hacerle daño. Cierto que no hubiera sido fácil, teniendo en cuenta que pasó la mayor parte del tiempo solo y cuando conoció a Matsuko ya no se separó de ella hasta su muerte.

Si al fin no se propinó el testarazo fue porque la herida se habría curado en unos pocos segundos y en cambio se buscaría problemas con los vecinos, como si no tuviese suficientes en aquel momento.

Una vez en casa preparó un té y, aplicando algunas técnicas del *bushido,* logró sobreponerse al turbio caudal de sus emociones. Mírase el asunto como lo mirase, sus opciones se reducían a tres. La primera, tomar el primer vuelo que saliese hacia cualquier parte, como había hecho siempre hasta entonces, para empezar una nueva vida. Eso implicaba, desde luego, abandonar a Alicia a su suerte, por lo que desechó de inmediato la posibilidad. La segunda, resignarse a la derrota y convertirse en un cobaya humano al que someterían a todo tipo de pruebas médicas hasta encontrar el secreto de su cuerpo. Eso suponía la derrota absoluta que durante siglos se había obstinado en evitar y también la incertidumbre de qué podría ocurrir con Alicia y con él si los acontecimientos no se desarrollaban como los perros esperaban. La tercera, aceptar el trato y exigir como condición que también Alicia recibiese lo que hubiera en su cuerpo que lo hacía inmune a la muerte y la enfermedad. Esa alternativa apenas alteraba sus planes iniciales, incluso los mejoraba en algún sentido, pues eran ellos mismos quienes la habían provocado.

Más allá de razonamientos y técnicas japonesas, su corazón se había expresado con claridad.

Suele decirse que aquel que toma la decisión correcta duerme con la tranquilidad de un bebé, pero no fue el caso de Martin aquella noche. Ideas con cuerpo de reptil, recuerdos de ojos rasgados, planes tormentosos y presentimientos de todos los colores giraban dentro de su cabeza como si esta vez fuese su mente la que hacía malabares. No lograba conciliar el sueño y, en las raras ocasiones en que lo conseguía, era solo para despertar un instante después confuso y sobresaltado.

A las doce en punto del mediodía, sonó su móvil y en la pantalla se dibujó aquel nombre capaz de hacerle creer que de verdad estaba a punto de cumplir diecisiete años.

–Diga.

–Salga del portal y diríjase hasta la calle Atocha. Cuando la alcance, camine hacia la plaza de Carlos V por la acera derecha. Hágalo bien despacio y lo más pegado posible a la calzada –respondió una voz con acento mexicano.

–Exijo hablar...

No pudo exigir nada porque la comunicación se interrumpió de repente. No parecían muy dispuestos a negociar, los miserables. Estaban muy seguros de su situación de superioridad y ese podía ser su talón de Aquiles, pensó acordándose de Sun Tzu mientras controlaba los nervios respirando muy despacio antes de cerrar la puerta. Había conocido a muchos como ellos, incluido Carlos V, y el miedo era un sentimiento que había olvidado, pero el amor también, y allí estaba Alicia, cautiva en alguna parte.

Una vez en la calle siguió las instrucciones que le habían dado. Procuraba no mover la cabeza, pero era incapaz de controlar sus pupilas, que barrían el espacio alrededor encontrando sospechosos en todas partes. Cuando llegó a la calle Atocha, se pegó al bordillo de la acera y comenzó a descender con ritmo cansino, como un paseante despreocupado. Lo esperaba, pero no pudo evitar un sobresalto cuando a su lado se detuvo bruscamente una furgoneta con los cristales tintados. La puerta lateral se deslizó y unos brazos le arrastraron dentro. Quiso ver la cara de aquellos malnacidos, pero apenas tuvo tiempo de distinguir una jeringuilla hundiéndose en su brazo antes de que una inmensa mancha negra se llevase las formas y los colores del mundo.

El ángel de la guarda

Caminar hacia la costa en busca del navío de Pánfilo de Narváez fue un empeño de titanes. Cuando menos lo esperaban sus pies se hundían en el agua, obligándolos a retroceder en busca de una travesía alternativa que muchas veces debían hacer con el agua hasta el cuello o flotando sobre troncos. Este era, sin embargo, el menor de sus males. Agotadas las provisiones, resultaba casi imposible conseguir algo que llevarse a la boca en aquel terreno pantanoso. Eran ellos más bien el alimento preferido por todo tipo de insectos, reptiles y roedores. A buen seguro hubiesen muerto de inanición sin la destreza de Martin para construir trampas, en las que solía caer algún bicho extraño que el hambre volvía apetitoso.

–¿En Irlanda cazáis así? –le preguntó Núñez, impresionado por aquella habilidad.

–Mi padre me enseñó –mintió Martin, acordándose de Fritz.

Peor aún que el hambre y el tortuoso camino eran los imprevistos ataques de los nativos. Con puntería excelente lanzaban contra ellos unas flechas larguísimas que en ocasiones traspasaban los puntos más débiles de sus armaduras. Por esta causa cayeron en diversas emboscadas al menos cinco compañeros, y el propio Martin hubo de arrancarse con disimulo una flecha de su cadera.

El humor de Núñez se iba ensombreciendo con el paso de los días y Martin era consciente, como acaso lo era el resto, de que el motivo no eran las continuas calamidades que soportaban, sino su propia responsabilidad sobre aquel grupo de hombres convertido ya en puñado. Por eso a ninguno sorprendió que una mañana apareciese sudoroso arrastrando un tronco de árbol y lo hiciese rodar hasta los pies de la tropa.

—Conseguid dos más cada uno. Los uniremos como mejor sepamos y saldremos al mar sobre una balsa en busca de los navíos de Narváez antes de que este infierno acabe con todos nosotros.

Nadie replicó una palabra. Espadas en mano, los cuatro soldados, si tal nombre aún merecían aquellos tipos desnutridos, se desperdigaron para encontrar el tronco más parecido al que Núñez les había mostrado.

Usando ramas verdes, rasgando ropas, zamarras y correajes, en dos días consiguieron armar una balsa con la que hacerse a la mar. La bautizaron con el nombre de *Natividad* y lucía por velas unas camisas sucias y deshilachadas.

—Si encontramos por el camino una tormenta como la que nos trajo hasta aquí, creo que me va a dar la risa —sentenció Estebanico a la vista de aquella ridícula embarcación que la más pequeña ola engulliría sin esfuerzo.

–Cállate, esclavo insolente, o te dejo aquí solo después de cortarte medio pie de un tajo –le amenazó Núñez enarbolando la espada.

No encontraron tormenta, pero no fueron mejores el hambre y la sed durante semanas a la deriva, cerca de la costa para aprovechar los escasos riachuelos y las trampas de Martin, siempre con miedo a que una nueva lluvia de flechas cayese sobre ellos en cualquier momento. Más de uno creyó que se trataba de otro espejismo cuando vieron dibujarse entre la bruma la silueta inconfundible de la *Generosa*. Con todas sus fuerzas remaban hacia el barco mientras pedían auxilio o gritaban de júbilo. Tan grande fue su excitación que a punto estuvieron de volcar la balsa cuando por fin alcanzaron el navío.

–Gracias al cielo –gritó entusiasmado Núñez al ver asomado a la borda el rostro de Pánfilo de Narváez.

–¿Qué queréis? –preguntó este, como si unos mendigos hubieran interrumpido su siesta.

–¿Qué os parece? Por amor de Dios, lanzad una cuerda, subidnos a cubierta y dadnos de comer. Llevamos semanas a la deriva.

–Con gusto lo haría, créeme, pero lo cierto es que apenas queda ya comida y agua dulce para la tripulación.

–Pero ¿qué decís, malnacido? ¿Ni siquiera para cinco hombres?

–Sálvese quien pueda, amigo Núñez, aquí acaba España. ¡Todo a babor! –gritó al timonel.

La *Generosa* viró en redondo y a punto estuvo de partir la diminuta balsa, sobre la que cinco hombres desesperados maldecían a Pánfilo de Narváez y a todo su linaje.

—Maldito sea quien le puso nombre a ese barco —dijo Estebanico.

—Así como la madre de Narváez, capaz de engendrar un monstruo semejante —añadió Núñez con la mirada perdida en la niebla.

—Demasiados Ted Neligan —murmuró Martin para sí mismo.

Si hay algo peor que no tener esperanza es haberla perdido después de acariciarla entre los dedos. Pasaron días sin que ninguno dijese una palabra o se acercase a los remos. Dorantes parecía rezar entre dientes la misma oración una y otra vez. Abrazado a su cuerpo, Alonso del Castillo se balanceaba adelante y atrás como si hubiese perdido la razón. Estebanico se había sumido en un letargo del que solo parecía despertar para roer sobre el suelo de la balsa indescifrables signos con su puñal, como si marcase el paso del tiempo. Núñez miraba día y noche el horizonte meneando la cabeza, y Martin, olvidado ya su propósito de parecer uno de ellos, seguía esforzándose en utilizar como anzuelo una hebilla, en la que muy rara vez mordía un pescado.

—Tú guardas comida en alguna parte, extranjero —le acusó Alonso con ojos de loco cuando recibió la cabeza de un pez de colores—. Es imposible que no hayas perdido peso. Míranos a los demás.

—Es cierto, la tengo escondida en la bodega —respondió Martin con una sonrisa.

—¿Lo veis? Ha confesado. Demos a este traidor su merecido.

Levantó la mano para golpearle, pero Martin se apartó a un lado y el propio impulso dio con los huesos de Alonso sobre el suelo de la balsa.

–Acabaremos todos perdiendo el juicio antes que la vida –dijo Dorantes.

Seguramente el pronóstico se hubiese cumplido de no ser porque esa misma noche se desató una pequeña tormenta y quiso la fortuna que una ola los arrojase a la orilla. Quedaron allí esparcidos por la arena sin fuerzas para dar gracias al cielo o maldecir su mala suerte, y así los encontró un grupo de guerreros carancaguas.

Cargados como piezas de caza fueron llevados hasta un poblado de raquíticas chozas de madera con techos de palma, distribuidas en círculo alrededor de una explanada. Ancianos, mujeres y niños los recibieron con un asombro temeroso que pronto se convirtió en entusiasmo, y con enorme regocijo se acercaban a ellos para tocarlos, sobre todo a Estebanico, pues era evidente que nunca antes había visto piel alguna de aquel color. Pasaban los dedos sobre su cuerpo y luego los miraban esperando encontrar en ellos restos de alguna pintura.

Durante días recibieron cuidado y alimento. Martin comía con apetito los frutos silvestres, la carne de venado y otra cuya procedencia prefería no conocer. Puesto que ni su naturaleza ni su curiosidad habían flaqueado, mientras fingía dormitar observaba las costumbres de esos hombres peculiares, escuchaba las conversaciones tratando de comprender un lenguaje tan sonoro y le maravillaba su falta de codicia, su alegría por cualquier causa, el modo tan natural que tenían de pasar de la ternura a la crueldad y vuelta a la ternura. Nunca en su larga vida había conocido aquella espontánea forma de comportarse y se sentía fascinado. Los niños corrían libres por los bosques o las playas, los guerreros compartían su caza con orgullo, las mujeres exhibían su cuerpo y sus ideas sin la menor vergüenza y nadie parecía tener poder sobre nadie.

Los problemas comenzaron cuando sus compañeros se sintieron recuperados y pretendieron continuar el viaje como si nada hubiera ocurrido. Los indios los consideraban de su propiedad y no dudaron en recurrir a sus lanzas y sus arcos para demostrar que no estaban dispuestos a dejarlos marchar. Al contrario, pocos días más tarde se presentó en el poblado otro grupo de nativos y, en la explanada, los hombres de ambos clanes se sentaron para hablar durante largo rato. Aunque perdió muchos detalles de la conversación, Martin captó lo esencial: ellos eran mercancía. Estebanico era el ejemplar más codiciado, pero también el más caro, y por eso fueron Núñez y él mismo finalmente los intercambiados por un puñado de pieles y algunas ristras de pescado seco. Ternura y crueldad, así eran los indios carancaguas.

Quizá por haberlos comprado en lugar de encontrarlos tirados en una playa, sus nuevos amos resultaron más propensos a la crueldad que a la ternura. Núñez y Martin eran despertados cada mañana sin contemplaciones y, hasta que caía la noche, obligados a pescar, curtir pieles de venado o buscar leña para la hoguera. Los alimentaban como a perros, dejando que se repartieran los restos de la comida y, si algún trabajo no estaba a su gusto, recibían un sonoro bastonazo en las costillas.

–¿Quién iba a pensar que en lugar de reyes terminaríamos como esclavos? –se lamentó Núñez–. Buscando la gloria, encontramos el infierno. Desde que llegamos a esta maldita tierra, el mundo entero se ha vuelto del revés.

Con aquel pez muerto en la mano y medio desnudo, Núñez parecía desprovisto de toda su dignidad y Martin sintió una lástima infinita por él.

–¿Quieres irte? –le preguntó.

–Siempre tan gracioso, Irlandés. ¿Acaso crees que estos salvajes nos lo iban a permitir? Estoy seguro de que nos despellejarían sin compasión.

–Nunca he tenido gracia. Déjalo de mi cuenta.

Esa misma noche, después de preparar la hoguera, para asombro de todos los presentes y de Núñez en particular, Martin se volvió hacia el grupo de guerreros y, usando las pocas palabras de su idioma que conocía, aseguró ser más fuerte que cualquiera de ellos. Y estaba dispuesto a demostrarlo a quien se atreviera.

–Gran Espíritu envía con misión esta –concluyó.

Los indios se miraron antes de estallar en una carcajada colectiva. Núñez trataba de contenerle sujetando su brazo, pero Martin avanzó hacia uno de ellos, el que con más frecuencia parecía disfrutar golpeando sus espaldas, tomó del suelo un puñado de arena y se lo arrojó a la cara. Había observado que ese era el modo en que se desafiaban entre sí cuando se producía una disputa. Después se limitaban a intercambiar unos cuantos golpes hasta que uno de ellos se rendía. Lo que no esperaba es que el guerrero tomase dos hachas de piedra y le lanzase una a los pies.

Martin jamás había manejado aquello y, en cambio, su rival la volteaba de mano en mano con una soltura admirable. Eso le dio una idea. Empezó a bailarla en el aire como si fuese un malabar. El resto de los nativos, en círculo alrededor de los combatientes, se miraron sorprendidos ante aquella insólita maniobra y volvieron a reír. No así el rival, que parecía herido en su amor propio y se precipitó hacia él con un furioso ataque. Haciendo fintas de esgrima, Martin le esquivó dos veces y pudo golpearle, pero no lo hizo. Eso irritó tanto al oponente que lanzó el hacha contra él y la dejó incrustada en su hombro izquierdo. El poblado entero estalló en un alarido de júbilo, que se transformó en el más absoluto silencio cuando Martin extrajo con toda tranquilidad el arma de su cuerpo y se dirigió con ella hacia el indio, a quien la sorpresa había dejado de rodillas en el suelo.

–Yo digo Gran Espíritu envía, no ser estúpido tú –dijo, y le sacudió en la espalda con el mango del hacha.

Los nativos quedaron petrificados ante lo que acababan de contemplar y retrocedieron un paso. El círculo humano se abrió y por allí entró Núñez. El cuerpo y la voz le temblaban.

–¿Cómo demonios has hecho eso, Irlandés? –preguntó.

–Si recuerdas, ya era mago cuando me conociste –dijo Martin–. Creo que puedes irte cuando quieras. Yo me quedo con ellos.

–Pero ¿qué estás diciendo, loco?

–Es difícil de explicar, pero me gusta esta vida. Quiero decir la suya, no la que llevábamos nosotros... Solo te pido un favor, Núñez, y como ya me has demostrado que eres hombre de honor, te lo diré una única vez. Olvida lo que has visto esta noche. Olvida que me has conocido. Yo nunca existí y si por fortuna encuentras a los otros, diles que he muerto.

Núñez asintió con la boca abierta. Le miraba igual que en la balsa miraba el horizonte.

–Tienes mi palabra.

A la mañana siguiente, Núñez partió con un morral lleno de carne y pescado. Martin, vestido ya como un carancagua, le despidió con un abrazo deseándole la mejor de las suertes.

–Creo que te debo la vida varias veces, Irlandés.

–Bien pagada está si al darte la vuelta olvidas para siempre que me conociste.

–Pero ¿quién diablos eres?

–Tu ángel de la guarda. Ya sabes que todos los hombres buenos tienen uno y que yo nunca bromeo.

Viviendo como un carancagua, Martin aprendió a elegir las mejores ramas para fabricar arcos y flechas, a pulir piedras para hacer las puntas, a cazar venados, a fabricar tambores y tocarlos, y también el idioma. Entonces, cuando al fin se sintió capaz, quiso aclarar ante el poblado que no había sido enviado exactamente por el Gran Espíritu, sino que había tenido una visión. Dio lo mismo. A pesar de sus esfuerzos por ser uno más, para ellos se convirtió en un hombre espiritual y en los consejos su voz era siempre tenida en cuenta. Para ello, antes tuvo que pasar el ritual que le convertía en guerrero. Vivió solo en los bosques durante una luna y pasado ese plazo regresó vivo y con dos pieles de venado que regaló a la que sería su primera esposa carancagua.

Ya no tenía otra medida de tiempo que las estaciones, cuando el pueblo entero se desplazaba hacia zonas más ricas en alimento. Bajo su nuevo nombre de Árbol Fuerte, Martin ponía la mano sobre los enfermos, entablillaba los huesos partidos, danzaba con todos para rogar al Gran Espíritu una caza abundante y marchaba el primero en combate cuando otra tribu invadía su espacio. Ya no era irlandés, ni novicio, ni grumete, ni titiritero, ni soldado del emperador Carlos. Era Árbol Fuerte, tierno con los suyos y cruel con los enemigos. Era un hombre espiritual. Era un guerrero carancagua y no quería ser otra cosa. Nunca le preguntaron por qué no envejecía ni enfermaba. Según su visión del mundo, el pasado y el futuro no existían, todo estaba sucediendo a la vez, solo que algunos hechos ya se habían manifestado y otros todavía no. Entre aquellas personas conoció por primera vez en su vida la paz interior, un ánimo sereno al que quiso llamar felicidad.

Esa etapa duró más o menos tres generaciones, hasta que la llegada continua de españoles, contra los que llegó a luchar sin ningún remordimiento, fue ensombreciendo su ánimo y sus días. Con el desprecio más absoluto, los europeos exigían hombres para sus trabajos, mujeres para sus caprichos y violaban sin pudor los lugares sagrados buscando el maldito oro.

Junto a otros cinco guerreros, Árbol Fuerte organizó una expedición para localizar el asentamiento español. Quería saber cuántos eran, quizá así podría hacerse una idea de sus intenciones. Después de dos jornadas y media de viaje, lo que vio no le gustó en absoluto. No se trataba de unos cuantos locos aventureros como eran cuando él llegó. En aquel lugar había más de trescientos hombres, además de caballos, cerdos, gallinas. Y cañones. Lo divisaron todo desde una pequeña colina.

–¿Atacamos? –preguntó Trueno Blanco.

–Volvemos.

–No nos han visto, acabaríamos con unos cuantos –insistió el guerrero más bravo.

–¿Veis esos caballos de hierro? –preguntó señalando los cañones–. Lanzan desde muy lejos enormes piedras de fuego. Uno solo de ellos podría acabar con todos los carancaguas antes de que se pusiera el sol. Ahora nuestro pueblo es más importante que nuestro odio.

Las palabras espirituales de Árbol Fuerte calmaron el ardor de los guerreros y de regreso en el poblado se reunió el Gran Consejo. Lo formaban los guerreros y las mujeres casadas, que podían estar presentes pero no intervenir en las discusiones.

Los expedicionarios contaron al resto lo que habían visto y Árbol Fuerte tomó después la palabra.

–En otra vida yo fui uno de ellos. De ahí el color de mi piel y de mis ojos. Los conozco bien y sé que no podemos derrotarlos.

–¿Por qué son tan fuertes? ¿Acaso son descendientes de los dioses? No lo creo, porque sangran como nosotros cuando clavamos nuestras flechas en sus cuerpos –dijo Río Manso.

–Han dedicado a ello todo su tiempo y su esfuerzo. Solo el oro y el poder les interesan.

–¿Qué es oro? ¿Tienen poderes?

–El oro es una piedra que brilla como el sol. Quien la tiene puede conseguir pieles, comida y armas. Conseguir eso es poder –respondió Árbol Fuerte después de pensar un rato.

—Somos fuertes y valientes –intervino Trueno Blanco–. Conocemos esta tierra mejor que ellos. Seguro que algunos caeremos si hay guerra, pero digo que no debemos rendirnos y llorar como niñas.

—Dudo mucho que pudiéramos vencer a los que ya están aquí. Nuestras flechas nada pueden contra sus caballos de hierro, pero aunque lo consiguiéramos la victoria sería breve. Vendrán más, muchos más, desde el otro lado del mar.

—¿Cuántos?

—¿Eres capaz de contar las hojas del bosque?

—¿Qué podemos hacer entonces?

—Los hombres blancos llegan por el lugar de donde sale el sol. Propongo que caminemos en dirección opuesta.

—¿Estás diciendo que abandonemos la tierra de nuestros antepasados? –gritó Trueno Blanco con enorme fastidio.

—La otra posibilidad es reposar junto a ellos convertidos en antepasados nosotros también, pero yo prefiero no tomar parte en esta decisión. Con todo respeto, pido permiso para abandonar el Consejo –dijo Árbol Fuerte, poniéndose en pie pero sin dar un paso hasta que el anciano Río Manso asintió con la cabeza autorizándole.

Su nueva esposa hizo ademán de levantarse para seguirle, pero él la detuvo con un gesto de mano y se dirigió al interior del bosque. Sentado bajo un arce pasó varios días y varias noches sin moverse, sin comer, respirando apenas, en busca de la visión que guiara con sabiduría los pasos de su pueblo, pero solo veía entre las sombras el rostro de miles de Ted Neligan burlándose de él. No tenía la menor seguridad de que abandonando su tierra el pueblo carancagua pudiera salvarse, pero sí la absoluta certeza de que si no se marchaban de allí sus días estaban contados.

–No hay visión porque no hay elección –dijo, mientras se incorporaba, a un búho de las praderas que parecía muy interesado en sus cavilaciones.

Al regresar supo que el Consejo había aceptado la propuesta y, en su ausencia, habían realizado los preparativos para marchar hacia el oeste.

Convertidos en nómadas, se asentaban por largas temporadas en cualquier lugar que les ofreciese agua y caza. La nueva generación carancagua crecía como los salmones del río, ajena a su pasado y llevada por la corriente hacia un futuro desconocido. Conservaban la alegría, las ganas de vivir y también la crueldad cuando sin saberlo pisaban las tierras de otro pueblo y eran atacados, pero Martin sentía –porque esto no era Árbol Fuerte sino Martin quien lo sentía– que algo muy importante había quedado atrás, perdido sin remedio para siempre. Por eso algunas noches recordaba a los jóvenes quiénes eran, de dónde venían y por qué no caminaban hacia ningún destino. O hacia todos, porque caminar era ya el único destino.

Eso estaba haciendo la noche que el cielo y la tierra se abrieron al mismo tiempo, como si las estrellas se hubieran soltado de su lugar y cayesen, una tras otra, sobre el medio centenar de carancaguas que convivían junto a la hoguera. Para aumentar el desconcierto, se desató un ruido ensordecedor acompañado de llamaradas. Árbol Fuerte no tardó en comprender que se trataba de un ataque del hombre blanco y a pleno pulmón gritó a quienes pudieron escucharle que corriesen, rápido y en todas direcciones.

Imposible. Demasiado tarde. Demasiado ruido. Demasiados mosquetes disparando a la vez. Él mismo tuvo que extraerse un proyectil de la pierna y otro del costado. Reptando llegó hasta su arco y alcanzó a dos enemigos guiado por las luces de la pólvora antes de recibir un tercer balazo. El impulso le hizo caer al suelo y allí descubrió, en atroz revoltijo, los cuerpos inertes de quienes eran su familia hasta hacía solo un instante. Sin fuerzas para levantarse, cerró los ojos y murió, al menos por dentro, hasta que uno de los soldados le propinó un puntapié en el abdomen. De manera instintiva, su cuerpo se encogió.

–Parece que este aún respira, capitán –exclamó el tipo en francés.

–Pues quítale ese placer –respondió otra voz.

–Si eres tan valiente, tira el arma y hazlo con tus propias manos –dijo Árbol Fuerte mirando a los ojos de quien le apuntaba.

–Señor, es un joven de piel blanca y ojos claros que habla nuestra lengua –gritó el soldado sin apartar el mosquete de su pecho.

Lo trasladaron al fuerte, donde lo asearon, alimentaron y cambiaron de ropa. Como no volvió a abrir la boca, los franceses dieron por cierto que era un niño robado y confuso después de pasar años viviendo como un salvaje. Ninguno llegó a sospechar que aquel silencio se debía al puro espanto, a la culpa, a un vacío tan inmenso que hubiese podido engullir el universo entero.

En el primer buque que partió a Francia lo embarcaron. Le aseguraron que aquello era lo mejor para él, pues la autoridades se encargarían de buscarle un hogar para que rehiciera su vida. Martin obedeció sin oponer resistencia, ajeno al mundo, al futuro y a las odiosas ropas occidentales que volvían a cubrir su cuerpo.

VI

Los tanques alemanes no cesaban en su asedio y la última torre estaba a punto de caer. Aferrada a su brazo, Matsuko le miraba con sus ojos rasgados, implorantes, y él le devolvía un gesto de confianza que Molière aprobó con un pulgar. Llovían las flechas y Alicia iba y venía, ocultándose entre las columnas, mientras Esteban insistía en que lo urgente era cavar, pues bajo aquel suelo no había conejos sino oro, irlandés, del bueno que nunca encontramos. Gipsy Gómez se reía desde las almenas del rascacielos, guardando entre los aros de plástico que balanceaba en su cintura cada bala que los ingleses disparaban contra aquella posición.

—No te preocupes, hijo, nunca ocuparán nuestra tierra —le dijo su padre, entregándole la espada que había buscado durante años.

—Pues de esto voy a tomar nota —replicó el padre James amenazando a todos con una pluma de ganso—. Proceda, señor Neligan.

Desde el puesto de mando, Neligan miraba a la tripulación con la superioridad del que se siente a salvo, y Michael calculó el arco que trazaría la espada si la lanzase hacia su corazón.

–¿Qué hacemos, Kotobuki San? –insistía Matsuko, oprimiendo su brazo con más fuerza.

Siguiendo el ejemplo de Gipsy Gómez, Michael se liberó con suavidad de la mano de su esposa y recogió del suelo, erosionado por los impactos, primero una bala, que hizo girar sobre su cabeza, después una flecha, luego un obús, y otro; más tarde, añadió a los malabares trozos de metralla y cascotes que rodeaban la nave. Hasta veinte objetos giraban a la vez trazando un arco perfecto desde sus pies hasta la copa de un árbol próximo.

Durante un instante, el tiempo pareció quedar suspendido y los aplausos que sucedieron parecían abrir la puerta al diálogo. Fue un espejismo. Ted Neligan sonrió con sus dientes podridos desde la torre de control y pulsó con tranquilidad el botón rojo que tenía junto a la mano izquierda. Sonó un potente zumbido y la sacudida fue tan violenta que los ocupantes quedaron pegados a las paredes de la aeronave con la sensación de que una fuerza descomunal los impulsaba hacia el infinito.

–Dad señal de que estáis vivos –bramó la voz de Michael, pero nadie respondió a su llamada.

Samuel Wark llevaba horas sentado en aquella silla. No podía apartar los ojos del muchacho que yacía en la cama frente a él. Los efectos de la droga aún no habían remitido y de cuando en cuando se crispaba el gesto de su prisionero o un temblor le sacudía las piernas. Le fascinaba que ese cuerpo hubiese permanecido joven y sano durante tanto tiempo y, sin poder contenerse, a veces pasaba un dedo por sus mejillas o revolvía su pelo castaño. Aún no había conseguido su propósito, pero tenerlo allí ya era un éxito, como un trofeo de caza o una obra de arte largo tiempo buscada. Costaba creer que aquel adolescente desvalido hubiera vivido en primera persona los estragos de la peste negra, la gloria de los conquistadores, la Revolución francesa, dos guerras mundiales y a saber cuántas otras.

Había intentando averiguarlo todo sobre su rehén, pero más allá de los papeles del padre James, la historia parecía haber pasado por alto la presencia de aquel testigo privilegiado. Sus investigadores habían encontrado indicios de un joven irlandés en los tercios de Carlos V, que además habría participado en la conquista de Florida; de un samurái extranjero y aniñado en el Japón del siglo XVII a quien nadie pudo derrotar en combate, y de un siux de piel blanca que ayudó a Toro Sentado a derrotar al general Custer.

Si algo estaba claro es que el anciano mozalbete se había tomado mucho empeño en mantener a salvo su secreto de gente como él. Los rastreos de su fortuna tampoco arrojaban diferente resultado. Con varios nombres, poseía media docena de cuentas en otros tantos bancos de medio mundo y algunas propiedades alquiladas en diversas ciudades de Estados Unidos. Esas rentas le permitían vivir con desahogo, aunque sin lujos, y qué falta le hacían, tan poca como actuar en circos o tocar el piano en hoteles de tercera categoría. Dudaba entre admirarle o compadecerle, porque estaba seguro de que él, con seis siglos de vida, sería al menos dueño de medio mundo y estaría luchando por hacerse con la otra mitad. No había más propósito. Decidir cómo son las cosas era el único objetivo y le resultaba imposible entender que alguien pudiese tener otro. En cambio, en esa cama estaba aquel eterno luchador de causas perdidas, a su merced. Un ejemplar raro, sabio y estúpido como un árbol milenario.

–¿Está usted orgulloso, señor O'Muldarry? –preguntó mirando a su prisionero y después a su reloj.

Amanecía, pero tuvo la sensación de que aquel era el insomnio mejor aprovechado de su vida. Sentía el orgullo del cazador que ha abatido el último unicornio sobre la Tierra y por el móvil encargó que le trajeran un té mientras contemplaba desde la ventana el cielo de Madrid. Si hubiera sido capaz de pensar, habría llegado a la conclusión de que no soportaba en aquella ciudad la prisa de sus gentes, la falta de espacios abiertos, pero su cabeza no encontraba otro destino que su presa.

–Gracias –dijo a su asistente cuando llegó con la bandeja–. Dile al doctor Palmer que venga. Ahora.

–Sí, señor.

No había resultado sencillo encontrar para aquella operación un científico de la talla de Palmer, pero un completo expediente sobre su pasado le garantizaba la más absoluta discreción. Aquel portento de la medicina había aceptado años atrás importantes sumas de una industria farmacéutica a cambio de experimentar con enfermos marginados y gracias a eso también era su cautivo.

–Digan lo que digan los cretinos intelectuales, el verdadero poder está en la información y no en el conocimiento. ¿Estáis de acuerdo, chicos?

Pearl y Harbour movieron levemente una oreja, reconociendo que su dueño les hablaba, pero no abandonaron la postura en sus cojines.

–Señor Wark –se presentó Palmer después de llamar a la puerta.

–Adelante, doctor. Me gustaría que le echase un vistazo a nuestro inmortal conejillo de indias. Parece que empieza a despertar.

–Es imposible –replicó el calvo y nervioso científico de Boston–. El sedante que le administramos podría dormir a un oso durante días.

–Pues este dinosaurio parece que despierta del letargo. Compruébelo usted mismo.

Palmer tomó el pulso de Michael, examinó sus pupilas y volvió hacia Samuel Wark un rostro desconcertado.

–Es cierto. Nunca había visto nada semejante.

–¿Qué me dice de los análisis de sangre?

–El laboratorio está dedicado a ello por completo, pero no podemos tener resultados fiables en menos de cuarenta y ocho horas. Además, las pruebas completas de ADN tardarán algunos días.

–Esta vez el paciente no tiene prisa –sonrió Wark.

–Quizá cuando despierte esté confuso y se vuelva peligroso. ¿Quiere que le inyecte otra dosis?

–La única dosis eficaz es la chica. Déjeme a solas con él.

–Seguramente le pedirá agua, pero no conviene que beba al menos durante cuatro o cinco horas. Podría sentarle mal.

143

–Lo dudo mucho –susurró Wark, mirando ya la ventana con la taza de té entre las manos.

Aquella infusión tenía el sabor del triunfo y acarició a sus perros clonados como si a través de su mano ellos pudiesen percibir la grandeza del momento. Lástima que Margaret no estuviese allí para compartirlo. Desde que ella se fue, su vida se había convertido en un desierto de horas sin otro oasis que vengarse de la muerte.

–¿Dónde estoy? –balbució su presa, revolviéndose en la cama.

–Madrid, España, año 2013. Bienvenido, señor O'Muldarry.

–¿Podría darme un poco de agua, señor perfecto imbécil?

Wark no tenía por costumbre ser insultado; sin embargo, la situación lo merecía. Dejó una botella de agua fresca cerca de la cama, pero a una distancia suficiente como para obligar a su prisionero a esforzarse si quería beber.

–El doctor ha dicho que tal vez no le siente bien. En cambio, tengo más confianza en usted que en el doctor. ¿Qué le parece?

–Se lo acabo de decir, que es un perfecto imbécil. Ojalá tenga suerte –dijo el muchacho, antes de alcanzar la botella, con una mirada que desmentía su edad aparente y también el contenido de sus palabras.

–¿En serio lo desea? –preguntó Wark incrédulo.

–Por supuesto –dijo Martin–. No puedo imaginar una condena peor. Le aseguro que vivir casi siete siglos atrapado en el cuerpo de un adolescente no es fácil, pero en el de un anciano como usted tiene que ser lo más parecido al infierno.

144 Wark recibió aquella frase como un golpe directo en su orgullo y se sentó junto a la cama para no perder el equilibrio.

—Creo, señor O'Muldarry, que no valora lo que tiene porque siempre lo tuvo. ¿De verdad pretende hacerme creer que hay algo preferible a vivir eternamente?

—Lo hay —respondió el inmortal, y subrayaba su afirmación con un leve movimiento de cabeza.

—Lo dudo —protestó Wark—. Fíjese que la muerte es la principal causa de dolor humano desde el origen de los tiempos, y así lo atestiguan miles de documentos.

—Hay quien renuncia a su propia existencia por honor y dignidad. Aunque, como no están en venta, supongo que esos conceptos son extraños para usted.

—Habla usted como un samurái... Ah, claro, había olvidado que fue uno de ellos. Y ¿sabe por qué pudo serlo? —preguntó Wark, acercándose con los ojos muy abiertos—. Yo se lo diré. Porque vivió lo suficiente. De lo contrario, todo su honor hubiese consistido en labrar la tierra de su amo de sol a sol allá en Magennis, Irlanda. Eso, de no haber desparecido cualquier día en la nada víctima de la peste.

—Veo que se ha tomado muchas molestias en investigar mi pasado.

Wark tomó esa respuesta como un elogio y se incorporó de nuevo.

—Y le aseguro que no ha sido tarea fácil. Su historia es larga y se ha preocupado de borrar las huellas.

—Para librarme de cretinos como usted. Créame que no es el primero que lo intenta. He visto morir a muchos hombres en América buscando la fuente de la eterna juventud. ¿No le parece ridículo?

—Extinguirse es lo único en verdad ridículo, el resto solo son problemas.

—A pesar de su edad, señor Samuel Wark, para mí es como un bebé que empieza a dar sus primeros pasos y disfruta mucho sin saber que va a romperse la crisma. Adelante con su plan. No seré yo quien intente convencerle –dijo Michael tratando de abandonar la cama.

—Lamento comunicarle que está usted atado y salvo que pueda liberar sus brazos con alguno de sus trucos de magia, no podrá levantarse. ¿Conoció a Houdini? Es un personaje que siempre me pareció muy interesante.

—Espero que no se moleste, pero su conversación me aburre y no entiendo qué más necesita de mí. Ya tiene mi sangre, mis células o lo que sea que me hayan extraído. ¿Dónde está Alicia?

—La chica está bien, señor O'Muldarry, ya la verá a su debido tiempo. Por ahora descanse y si necesita alguna cosa no dude en pulsar el timbre que tiene en el lado derecho de la cama. Alguna de mis asistentes le atenderá.

Michael contempló aquella sonrisa cínica antes de que la puerta se cerrase y luego dejó que su cabeza cayese inerte sobre la almohada. Se sentía derrotado y torpe como un león en una trampa para ratones.

La damisela del ilustre teatro

Los marineros franceses con los que regresó a Europa comenzaron siendo tan amables como los que habían exterminado a su pueblo. Igual que hicieron ellos, le consideraban una pobre víctima de los indios y por eso le ofrecían sonrisas, las mejores raciones, le atosigaban con preguntas miserables o caricias que pretendían ser cariñosas y ante las que Martin reaccionaba con frialdad, cuando no con una repugnancia manifiesta. Debió de ser esa actitud suya la que provocó que pasara de niño inocente a maldito salvaje. Con el transcurrir de los días, aquel cariño inicial fue convirtiéndose en indiferencia y más tarde en una abierta enemistad. La situación estalló el día en que Bertrand, un grumete de estatura tan escasa como su inteligencia y mirada torcida, se acercó a él. Caminaba por la cubierta sonriendo de medio lado.

–Hola, amigo mío –dijo con un aliento que inundaba el aire de olor a pescado podrido.

–Hola –respondió Martin, sin los ánimos necesarios para explicarle por qué no eran amigos.

–Me he fijado en eso que llevas colgado al cuello y me gusta mucho. He pensado que a lo mejor querías cambiármelo por esta joya.

Eso que Martin llevaba colgado al cuello era un colgante de hueso con la figura de un árbol que Trueno Blanco había tallado para él, y la supuesta maravilla que el grumete exhibía en su mano sucia era un anillo de latón.

–No tengo ningún interés en tu joya –dijo Martin después de mirarle de arriba abajo.

–Dime entonces qué quieres por ese colgante –insistió el grumete.

–Es un regalo, no está en venta.

–Puedo darte también este puñal. ¿A que cuando vivías con los salvajes no tenías uno parecido? –preguntó sacando de sus ropas un pequeño cuchillo de cocina.

–Ya te he dicho que no está en venta. ¿Eres sordo o simplemente idiota?

Aquella pregunta no fue del agrado del marinero, que apretó los labios y levantó el cuchillo hacia su rostro con gesto de amenaza.

–Ya ves que lo he intentado por las buenas, pero está claro que no quieres atender a razones, así que dame ahora mismo ese colgante o aquí mismo te hago un tercer agujero en la nariz.

–Yo lo llevo con orgullo porque no lo pedí. ¿Cómo lo llevarás tú sabiendo que se lo quitaste a alguien contra su voluntad? –preguntó Martin, clavando los ojos en las pupilas retorcidas del marinero para adivinar su siguiente movimiento.

Confuso ante la pregunta, Bertrand extendió el brazo que sujetaba el puñal. Martin no se inmutó cuando la hoja cortó el aire a un palmo de su rostro.

–He dicho que me lo des.

–Y yo te he dicho que no.

El brazo volvió a prolongarse, esta vez con intención de alcanzar la piel. Martin vio llegar la estocada, se hizo a un lado justo cuando la hoja iba a tocarle y con la mano derecha atrapó la muñeca que sujetaba el cuchillo. La giró bruscamente y con la izquierda atrapó el arma. La maniobra fue tan veloz que el grumete quedó con los ojos y la boca abierta, unos por sorpresa y la otra de dolor. Martin arrojó el cuchillo al mar y soltó la mano de Bertrand esperando que aquello le hubiese calmado, pero el marinero, ciego de rabia, se abalanzó contra él. Martin se dejó caer de espaldas y, aprovechando el impulso de su oponente, flexionó la pierna contra su abdomen antes de impulsarla con todas sus fuerzas. Bertrand salió disparado como una bala de cañón y fue a incrustarse cabeza abajo contra un bidón de agua que se hizo añicos.

El estrépito convocó a un puñado de marineros. Algunos auxiliaron al herido y otros comenzaron a rodearle con gestos que dejaban muy claras sus intenciones. Martin levantó las manos en señal de paz con la intención de explicarles lo que había ocurrido, pero antes de que pudiera abrir la boca tuvo que concentrarse en esquivar el golpe que le llegaba de la derecha. Bajó la mano del mismo lado contra la clavícula del agresor y este quedó tendido a sus pies. Tres marineros se le vinieron encima y le propinaron algunos puñetazos, pero cada uno de sus golpes, dirigidos siempre a puntos vitales, daba con uno de ellos en cubierta.

Cuando el almirante Fontaine se presentó con sus oficiales, Martin se limpiaba con tranquilidad un hilillo de sangre que le caía de la nariz mientras a su alrededor una decena de marineros se retorcían sobre el suelo del barco. El militar francés contemplaba la escena con los ojos abiertos como escotillas y sin dejar de pestañear.

–Ha dejado usted fuera de combate a la mitad de mi tripulación –sentenció, con un tono que no dejaba averiguar si estaba enojado o divertido.

–Solo me defendí. Querían robarme.

–¿Robarle? ¿El qué?

Martin mostró su colgante.

–Venga conmigo, a no ser que tenga intención de golpearme también –sonrió Fontaine antes de dirigirse a sus oficiales–. Y ustedes, recuperen a esos idiotas y que vuelvan al trabajo si no quieren que los cuelgue a todos del palo mayor.

–Le aseguro que... –quiso explicar Martin.

–Verá, jovencito, le he dado al capitán Badou mi palabra de que usted sería entregado sano y salvo a las autoridades de París, y eso es lo que voy a hacer, pero como no quiero más problemas, le dejaré en un camarote hasta que lleguemos a Francia. No lo entienda como un arresto, pero preferiría que no lo abandonase.

Martin lo entendió como una liberación, y hasta que alcanzaron el puerto de Le Havre no cesó de entonar los cantos fúnebres que usan los carancaguas para honrar a sus muertos.

En cuanto desembarcaron, el almirante Fontaine ordenó a uno de sus oficiales que vigilase al pequeño salvaje hasta que él regresara y, sentado en la escollera del puerto, Martin observó cómo los marineros descargaban los fardos de las bodegas y le dedicaban de cuando en cuando una intensa mirada de odio. Pensó en escapar. Hubiese podido hacerlo sin dificultad, pues los largos años vividos al aire libre le habían proporcionado una extraordinaria velocidad y resistencia, pero de momento no tenía ningún lugar a donde ir, y la idea de volver a París le emocionaba. Había pasado... siglo y medio desde que tuvo que abandonar a toda prisa la ciudad después de quemar el castillo del duque de Armagnac. Eso le hizo recordar que tenía una valiosa espada con empuñadura de oro enterrada en alguna parte, y también al pobre Flocky, a Fritz, a los hermanos Klausen, a Núñez Cabeza de Vaca, a Estebanico, al padre Bob y a Río Manso. Su cabeza parecía un inmenso cementerio y tuvo la impresión de que su regreso a Europa no empezaba con buen pie.

–Jovencito –exclamó el almirante Fontaine asomado a la puerta de un carruaje–. Nos vamos a París. ¿Tiene algo que recoger?

–No, señor.

Durante cinco días viajaron desde la salida hasta la puesta de sol y se hospedaron en cualquier tipo de albergue, desde lujosas residencias hasta fondas de mala muerte. Martin tenía dos cosas claras: que el almirante estaba deseando terminar aquella misión que le fastidiaba y que a él le era por completo indiferente lo que Fontaine sintiera.

La llegada a París se produjo una tarde de lo que parecía ser primavera, a juzgar por el color de los árboles, el trasiego de gente en las plazas y los colores alegres de sus ropas. Según supo después de años viviendo sin otro calendario que el sol, se encontraba en abril de 1661 y la ciudad que se ofrecía a sus ojos bien poco tenía que ver con la que abandonó. Se la veía limpia y presumida como campesina que se hubiese casado con un duque.

–Vamos a ver al hombre más importante de París, el preboste de los mercaderes, una especie de alcalde. Quiere hacer gala de la eficacia del ejército francés, capaz de rescatar a un joven huérfano de esos bárbaros americanos. Mañana se celebrará un banquete en tu honor al que acudirá lo más selecto de la sociedad, y el propósito es que alguno de esos matrimonios ricachones decida adoptarte, así que lo mejor para ti es dar buena imagen si quieres llevar una vida mejor de la que has llevado hasta ahora. ¿Me has entendido? –preguntó el almirante Fontaine.

–Sí –respondió Martin sin apartar los ojos de la ventana.

El carruaje se detuvo delante de un edificio majestuoso y un lacayo se acercó para abrirles la puerta. Bajo la cúpula más grande que Martin había visto en su larga vida, Fontaine y él esperaron sentados en dos sillones de tela floreada sin intercambiar palabra, como había ocurrido durante la mayor parte del viaje, hasta que un funcionario los invitó a pasar a su despacho.

–El señor Henri de Fourcy tenía asuntos inaplazables que atender y no podrá recibirles esta noche, como era su deseo –dijo aquel individuo, de ojos pequeños y audaces que a Martin le recordaron los de una víbora–. Me ha pedido que les transmita que mañana les recibirá con mucho gusto antes del banquete y que, por supuesto, esta noche les ofrezca el mejor alojamiento. Por este motivo están preparando para ustedes dos habitaciones reservadas a los invitados ilustres... ¿Ocurre algo? –preguntó al advertir el gesto contrariado del almirante Fontaine.

–Era mi intención volver a Le Havre mañana a primera hora. Tengo negocios que atender y este asunto me está robando ya demasiado tiempo.

Martin entendió que él era *este asunto* mientras admiraba la magnífica pluma que reposaba en un tintero sobre la mesa. Con gusto habría dado media vuelta y abandonado aquella sala siniestra para perderse en las calles de París; sin embargo, entendió que aquel capricho podía esperar, que en realidad todo podía esperar, y acarició con delicadeza la pluma ante la mirada de espanto del funcionario.

Otra cosa que Martin tampoco había visto antes era una cama con columnas y una tienda con gasas cayendo por los lados, ni había probado el faisán relleno con coles y setas, que una criada muy pálida le sirvió en bandeja de porcelana. Después de la basura repugnante que había comido durante la travesía, aquel olor le pareció un regalo de los dioses. Transportó el manjar hasta el suelo y lo devoró con las manos, sin preocuparse demasiado de su ropa ni de la alfombra, hasta tal punto que allí mismo se tumbó a dormir cuando su apetito quedó satisfecho.

Grandes fueron los gritos cuando lo encontraron a la mañana siguiente embadurnado en grasa y encogido sobre la alfombra como un venado recién nacido. Con su gesto más inocente aparentaba no entender por qué los criados movían las manos y corrían en todas direcciones. Solo cuando quedó a solas con la reprobatoria mirada de Fontaine cambió su gesto.

—Esperaban un salvaje. No me pareció educado decepcionarlos —dijo, con tanta sensatez que el almirante sacudió la cabeza.

—Jovencito, no entiendo esta afición suya por meterse en líos. Le aseguro que cuando le pierda de vista voy a abrir una botella de vino de Burdeos para celebrarlo.

Para mayor irritación de Fontaine, el hombre más importante de París no podía recibirlos antes del banquete y, cuando al fin los criados encontraron para Martin un traje limpio de la talla adecuada, recibieron la noticia de que debían bajar inmediatamente al salón.

El recinto era inmenso y por un instante Martin se encontró aturdido ante la acumulación de personas, pelucas, luces, perfumes, voces, como si el mundo entero estuviese ocurriendo allí a la vez. Ni en la más exitosa de sus actuaciones había logrado reunir tanto público ni cosechar tantos aplausos como en el momento en que el hombre importante, después de abrazar a Fontaine y pellizcar su mejilla, le presentó ante la concurrencia, distribuida ya alrededor de las mesas.

—Estimados ilustres de esta ilustre ciudad de París —proclamó el ilustrísimo Henri de Fourcy después de tintinear una copa con su cuchara—. Todos sabemos por qué estamos hoy aquí reunidos. El glorioso ejército francés que extiende nuestras fronteras al otro lado del mar ha salvado a este muchacho...

—Martin —le susurró Fontaine.

—... Martin, que de niño fue arrebatado a sus padres por una tribu de los bárbaros que habitan aquellas tierras. Desde entonces fue obligado a vivir como ellos, sin ley ni razón, desnudo y practicando crueles rituales que en ocasiones incluyen comer carne humana –hizo una pausa en este punto para prolongar las exclamaciones horrorizadas de sus invitados–. Por suerte, todo eso ha terminado para él, pues aquí le tenemos de regreso a la civilización. Ojalá que después de esta comida también encuentre una familia que le acoja y le compense de todo el mal sufrido. Comamos ahora, mis buenos amigos. Ya más tarde, con el ánimo alegre por las viandas y los licores, escucharemos lo que este joven tiene que decirnos y se abrirá la puja por su custodia.

–¿Me están subastando? –preguntó Martin en voz baja a Fontaine.

–Ya asistir a esta comida cuesta un dineral. La mitad de lo que se recaude será para ayudar a la familia que te adopte y la otra mitad se destinará al orfanato de París.

–Entiendo –dijo Martin, acompañando su primer bocado con un buen trago de vino. Llevaba muchos años sin probarlo y le confortó el calor en su estómago y las cosquillas en la cabeza.

El banquete transcurrió entre risas y parloteos bajo las notas de una orquesta que tocaba sin mucho entusiasmo en un rincón de la sala. Cuando los dulces fueron retirados y se sirvieron los licores, el hombre importante volvió a levantarse, cucharilla y copa en mano, para acallar el gentío.

–Señoras y señores, el gran momento ha llegado –anunció con voz engolada–. Pero antes de comenzar la subasta, tal vez deseen hacer algunas preguntas al joven Martin para conocerlo mejor.

Fontaine se cubrió la cara con las manos intuyendo que cualquier desgracia podría ocurrir a partir de aquel momento.

—Dinos, Martin, ¿recuerdas algo de tu familia?

—No, solo que mi padre y mi hermano murieron luchando contra los ingleses.

Aquella respuesta provocó tímidos aplausos y relajó el rostro del almirante.

—¿Cómo has vivido todos estos años entre los salvajes? —preguntó una mujer que ocultaba la boca tras un abanico.

—No me parece que los carancaguas sean más salvajes que los soldados europeos que van a América, porque ellos solo matan para defenderse o comer y nunca para ocupar tierras que no les pertenecen. Son seres humanos que tratan de vivir de acuerdo con la naturaleza y la naturaleza a veces es violenta. Los esposos se aman, educan a sus hijos y respetan a sus ancianos. El honor vale para ellos más que la riqueza o el poder. ¿Es eso ser un salvaje? Entonces, yo lo soy, porque a su pregunta solo puedo responder que he vivido muy feliz.

Esta vez no hubo aplausos, sino un murmullo apagado que iba recorriendo las mesas como un reguero de termitas. Fontaine bajó la mirada y el hombre importante, congestionado por la confusión, tomó la palabra para justificarle.

—Hay que entender que ha pasado casi toda su vida con esos indios...

—¿Acaso no es verdad que van desnudos y comen carne humana, como ha dicho el preboste? —preguntó un hombre con peluca cenicienta desde el extremo de su mesa.

—Visten con las pieles de los animales que cazan para comer, casi siempre venados. Las mujeres las curten y cosen túnicas, camisas de gala para las ceremonias especiales o mocasines para los pies. Se adornan con plumas e incluso collares de perlas, como la mayoría de las damas presentes. Tampoco comen carne humana, al menos yo nunca lo presencié en todos estos años.

–¿Pretendes hacernos creer entonces que no estás contento por haber sido liberado? ¿Cómo te sientes entonces? –preguntó otro individuo, cuyo rostro Martin no logró distinguir, aunque la voz le resultó familiar.

–Es que no fui liberado, sino salvajemente agredido por sus soldados, que sin anunciarse aprovecharon la noche para atacar con cañones y mosquetes a un puñado de gente pacífica. No pudimos defendernos, porque estábamos conversando alrededor de una hoguera. Así fue como masacraron a mi pueblo a traición y después fueron rematando a los heridos uno a uno. Si yo estoy aquí es solo porque hablo francés y lo primero que siento es una vergüenza atroz por ser blanco, además de una pena infinita –añadió señalando con su índice al hombre importante– porque tengan como jefe a una persona sin honor de cuya boca solo salen mentiras.

En lugar del murmullo, en esta ocasión cayó sobre la sala un silencio sobrecogedor, que Henri de Fourcy aprovechó para indicar con un gesto al almirante que se llevase a Martin de allí inmediatamente.

–Sé lo que estáis pensando la mayoría de vosotros ahora mismo, que este joven es un miserable desagradecido incapaz de valorar lo que estamos haciendo por él. Yo, sin embargo, le entiendo y por eso le perdono. Apenas lleva una semana en Francia y a cambio toda una vida entre salvajes. ¿Qué haríamos cualquiera de nosotros...?

Martin no pudo enterarse de lo que harían porque Fontaine lo sacó del salón y cerró la puerta a su espalda.

–Como ciudadano francés te abofetearía, pero como soldado debo reconocer que admiro tu coraje, chaval.

–¿Por qué no dejas que me vaya? Si dices que te di un golpe y escapé será un problema menos para todos –propuso Martin.

–Porque soy un soldado.

–Recuerda que lo intenté por las buenas.

–¿El qué? –preguntó Fontaine antes de que la frente de Martin impactase contra la suya.

El almirante se desplomó hacia atrás con los ojos en blanco, como una estatua a la que hubiesen robado el pedestal de pronto. Aunque había procurado no excederse en la violencia, también Martin quedó aturdido durante varios segundos, lo que aprovechó uno de los criados para tratar de detenerle con un cuchillo de cocina.

Mientras se perdía por las calles de París en aquella luminosa tarde de primavera, Martin pensó que después de todo había tenido suerte, pues un cuchillo podría serle muy útil en una ciudad en la que no conocía a nadie ni tenía un lugar a donde ir. Su ropa, por el contrario, no le ayudaba en absoluto a pasar desapercibido; más bien le hacía parecer un monigote de provincias extraviado en la capital y, por eso mismo, en el candidato perfecto para que se le acercase la guardia real o algún maleante con ganas de diversión.

Menos mal que si algo hacía predecibles a los europeos era la codicia. En cuanto se cruzó con un granuja de su talla y le ofreció cambiar los atuendos, el mozalbete dibujó en su rostro una sonrisa de media luna y empezó a desnudarse.

–¿Y esto por qué lo haces? –preguntó, más pendiente de lo bien que le ajustaban los calzones de terciopelo.

–Por interés. Mi padre quiere casarme con una vieja desdentada y me he escapado de casa para evitarlo.

–Si no tienes donde dormir, conozco a alguien que podría ayudarte. No pide dinero. Solo te encargaría algún trabajo, ya sabes.

–¿Crees que voy a ir a alguna parte con alguien vestido así? –preguntó Martin señalándole con el dedo.

–Eres muy gracioso.

–No creas –dijo, y dando media vuelta dio por terminada la conversación.

Vestido como un mendigo, vivió varios días igual que ellos. Dormía en cualquier lugar resguardado junto al Sena y por la mañana recorría los mercados para conseguir algo que llevarse a la boca, ya fuera gracias a la compasión o al despiste de los vendedores. En más de una ocasión se vio obligado a correr entre los puestos y a defender o compartir el botín con otros pordioseros. Hasta que una noche de tormenta los ojos de una rata que le miraba con apacible curiosidad despertaron la visión. Era la culpa, la pena por haber perdido a su pueblo lo que paralizaba sus sentidos y sus emociones, pero eso en nada podía ayudar ya a su pueblo ni a él. El pasado estaba lleno de gente muerta y el futuro de gente que iba a morir. Esa era la única verdad, excepto para él. Aun no había logrado entender el motivo, pero estaba claro que pudrirse en aquella cloaca no era la respuesta.

159

Al despertar se zambulló en el río y a media mañana ya estaba frente al pórtico de la catedral haciendo volar sobre su cabeza piedras, palos, manzanas y hasta el zapato que un abuelo se empeñó en lanzarle. Sin necesidad de recurrir a los cortes en la piel, esa noche pudo comer un plato caliente, dos días más tarde dormir en un jergón y una semana después comprar ropa nueva y alquilar un caballo para salir a buscar la espada del duque de Armagnac. Entretanto, había tenido que realizar algunas investigaciones para averiguar dónde se encontraba el castillo, pues se veía incapaz de recordar el camino que hizo con los ojos vendados.

–Armagnac, ¡oh, sí!, una gran dinastía que desapareció misteriosamente. Dicen algunas crónicas que el duque era aficionado a la magia negra y algún hechizo le resultó como no esperaba, porque el caso es que su hacienda salió en llamas una noche –le explicó el anciano al que le habían enviado y que al parecer era el mayor experto en linajes aristocráticos de toda Francia.

–¡Un noble brujo! –exclamó Martin con desmedido entusiasmo para soltar la lengua del hombrecillo, a quien se veía entusiasmado.

–Rumores, hijo, solo rumores –respondió el viejo, sacudiendo la mano como si espantase una mosca mientras no cesaba de revolver papeles amarillentos en su escritorio–. ¡Aquí! –exclamó de repente clavando su dedo en un mapa arrugado.

–¿Rambouillet?

–Junto a ese bosque estaba su castillo, pero ya no encontrarás más que ruinas quemadas. Se trata de una tierra excelente, pero tal vez porque se extendió el rumor de la maldición nadie ha mostrado interés en comprarla... Y ¿puedo saber a qué viene su interés, jovencito?

—La persona que me envía cree tener documentos que le acreditan como descendiente del duque —Martin soltó la excusa que traía bien pensada para cuando llegase la inevitable pregunta.

—Si eso llegara a ser cierto y me traes esos documentos, te daré cincuenta veces la cantidad que acabas de entregarme —dijo el anciano con un brillo inesperado en sus pupilas de topo.

A pesar de que el caballo que montaba era un penco resabiado, tardó menos de lo que esperaba en llegar hasta aquellas ruinas negruzcas que se alzaban frente a él. Nada evocaban en su memoria ni las piedras ni el paisaje, lo que consideró normal teniendo en cuenta el modo en que había escapado de allí siglo y medio atrás. Trató de orientarse imaginando dónde estaría la entrada del castillo y empezó a temer que había perdido el tiempo en un propósito absurdo. Hasta que decidió actuar como un carancagua, no buscar la respuesta sino permitir que la respuesta le encontrase. Miró al horizonte, montó el caballo y puso rumbo al sol poniente hasta una colina, después giró hacia el sur y no paró hasta que el perfil de esas montañas grabado a fuego en su mente le indicó que estaba en el lugar preciso. Tal vez no fuese capaz de recodar con exactitud qué había hecho dos días atrás, pero reconoció de inmediato la silueta de una roca con figura de perro y detrás aquella otra que simulaba la cabeza de un gigante dormido.

Necesitó tres intentos con el pequeño pico que había comprado esa mañana, hasta que la encontró. No recordaba haberla envuelto en aquel trapo descolorido que se redujo a polvo en contacto con sus manos, pero se felicito por haber tenido esa idea, ya que la hoja, aunque ligeramente oxidada, se mantenía en perfecto estado y la empuñadura de oro, en cuanto la frotó contra sus ropas, recuperó el brillo original. Sin poder contenerse, lanzó el grito de guerra después de una buena jornada de caza, dio las gracias al Gran Espíritu, a los antepasados y, en lo que aquel pollino entendía como galope, regresó a París antes de que cayera la noche.

Gastó las pocas monedas que le quedaban en una habitación para proteger su tesoro durante la noche y a la mañana siguiente se presentó en casa del viejo.

–¿Traes los documentos? –preguntó el anciano con ojos codiciosos, paseando el pulgar por el resto de sus dedos.

–No, pero tal vez esto también le interese –respondió Martin sacando la espada de sus ropas.

–¿Qué haces, insensato?, ¿pretendes robarme?

–No sea estúpido, hombre, es la espada del ducado de Armagnac –dijo Martin ofreciéndole el arma por la empuñadura–. Quien me envía la encontró en su casa y de ahí sus sospechas sobre el parentesco. Me ha pedido que usted determine su autenticidad y su valor. El caso es que mi señor atraviesa un mal momento y quisiera saber cuánto podría obtener por su venta si alguien estuviera interesado en comprarla. Naturalmente, sus servicios serían recompensados en justa proporción.

El viejo había dejado de escucharle y estudiaba la espada, tendida como un enfermo sobre la mesa de su despacho, con diferentes cristales. A veces limpiaba aquí, frotaba allí, la giraba de un lado y después del otro, consultaba alguno de sus papeles y volvía a escudriñar el arma.

–Es auténtica –exclamó al fin, sonriendo como un niño.

Martin aprovechó aquel entusiasmo para retirar con una amable sonrisa la espada de su vista.

–Mi señor ha recibido interesantes ofertas, pero está convencido de que solo usted puede encontrar a la persona capaz de pagar su auténtico valor. Volveré a visitarle en unos días, si le parece bien.

–Es auténtica –repetía el anciano mientras le acompañaba hasta la puerta.

Martin había imaginado que por ser una pieza histórica y por el oro de la empuñadura recibiría una buena cantidad, pero nunca sospechó que alcanzase la suma que días más tarde le entregó el propio anciano, pues al parecer el comprador deseaba ocultar su identidad. Entendió entonces que el dinero es un problema para quien no está acostumbrado a tratar con él, pues no tenía la menor idea de qué hacer con tantas monedas de oro, salvo evitar que se las robasen. Pensó en utilizarlas para volver a América, pero no estaba seguro de que le agradase lo que iba encontrar. También en comprar una casa en París, pero después de tres siglos viviendo como un nómada la idea de echar raíces en aquel hormiguero tampoco terminaba de convencerle. Al fin, decidió comprar ropas y aparatos llamativos para sus números en la calle y enterrar la mayor parte de las monedas en Rambouillet, en el exacto lugar donde estuvo la espada.

–La vida es muy larga –dijo después de cavar el agujero, y por vez primera pensó que tal vez sí fuera un tipo gracioso.

Volvió a sus malabares junto a Nôtre Dame por la ma- ñana, aprendió por las tardes a jugar al ajedrez con un normando bebedor que en voz baja renegaba del rey y sus lacayos, y dormía en una fonda a la orilla izquierda del Sena. Su vida en general se asentó en una confortable rutina hasta que un sábado, curiosos detalles que guarda la memoria, un tipo de ojos saltones y bigote estirado se acercó a él mientras recogía sus bártulos.

–Tienes el don, chaval –dijo.

–¿Eso es bueno? –preguntó Martin sin prestarle mucha atención.

–No me refiero a tus habilidades como titiritero, que por otra parte son excepcionales, sino a tu presencia. Emana algo extraño que seduce. ¿Alguna vez has pensado en dedicarte al teatro?

–No.

–Pues deberías. Si permites que me presente, mi nombre es Jean-Baptiste, pero soy más conocido como Molière.

–Encantado, yo soy Martin Fontaine y en realidad no me conoce nadie.

–Bueno, eso puede cambiar si te decides a dejar la calle por mi compañía de teatro. Entre otras ventajas, no pasarías frío, porque el invierno está al caer y eso en París son palabras mayores.

Martin se fijó en él por vez primera. Vestía como un noble y se expresaba como un doctor, pero fueron su aspecto de pícaro y aún más la posibilidad de volver a sentirse parte de un grupo, las razones que le animaron a aceptar. Lo que desde luego no esperaba era verse instalado en el Palacio Real de Versalles una semana después formando parte del Ilustre Teatro, la compañía que financiaba con orgullo el mismísimo Luis XIV, al que no era extraño ver merodeando por los ensayos alguna vez.

—Hay nobles que pagan verdaderas fortunas por llevar la vela hasta sus aposentos, y no te digo ya por sentarse cerca de él en los banquetes. En cambio, es el Rey Sol quien viene hasta aquí para vernos a nosotros. ¿Qué te parece? —le preguntó Molière la primera vez que Martin le vio aparecer por allí con un séquito de nobles emperejilados.

—Ridículo... Todo el asunto, quiero decir —aclaró Martin para no ofender.

—Ni yo mismo lo hubiese expresado mejor —sonrió él.

Durante cinco años vivió en Versalles convertido en actor o, para ser precisos, en actriz. Había mujeres en el Ilustre Teatro. Sin ir más lejos, la joven Armande, con la que el dramaturgo se había casado poco después de que Martin entrase a formar parte de la compañía, interpretaba con gracia y soltura. Sin embargo, Molière se empeñaba en asignarle papeles de damisela cursi, e incluso llegó a escribir algún personaje femenino pensado expresamente para que él lo representara.

—¿Puedo preguntarte por qué siempre me das papeles de mujer? —le preguntó en algún momento.

Martin era de los pocos actores que gozaban del privilegio de dirigirse a Molière como y cuando le venía en gana. El resto sabía que el dinero del rey no estaba dirigido al Ilustre Teatro, sino a quien escribía, dirigía y representaba las obras. Por eso procuraban enfadarle lo menos posible.

—Porque los jóvenes de tu edad carecen de todo interés literario —respondió después de pensarlo un instante—. Y además lo haces muy bien.

Al principio le incomodaba la presión del corpiño que apenas le dejaba respirar, las bolas de gasa que simulaban

165

sus pechos o caminar arrastrando las faldas, pero terminó por acostumbrarse a eso igual que se acostumbró a los ensayos, a las representaciones ante aristócratas, que reían con ganas ante las situaciones absurdas pero afilaban sus bigotes en cuanto se veían reflejados en algún personaje patético. Se acostumbró a las escapadas nocturnas hasta París que solían terminar de madrugada, a los enfados de Molière cuando el rey se retrasaba en los pagos o le obligaba a modificar algunos pasajes para no enfrentarse con la Iglesia, a la depresión de quien ya no era Molière, sino solo una sombra de Jean-Baptiste cuando Armande y él se separaron.

A partir de aquella ruptura, la vida en el Ilustre Teatro dejó de ser divertida, incluso entretenida. Como director, a veces olvidaba la hora de los ensayos, corregía cualquier movimiento con una brutalidad innecesaria o cambiaba bruscamente de opinión. Como actor, costaba trabajo reconocerle en quien con un gesto era capaz de encandilar al auditorio, aunque lo hubiesen visto cien veces repetido. Como autor, escribía cada vez menos y sus obras resultaban más pesadas y solemnes, sin aquella frescura que tanto agradaba al público. La tristeza que se fue instalando entre los actores y el hecho de que ya le hubieran llegado un par de comentarios referidos a su permanente aspecto aniñado, indicaron a Martin que había llegado el momento de abandonar la compañía.

Nada dijo sobre sus intenciones a los compañeros ni a Molière. Al contrario, interpretó con su mejor empeño el personaje de Andrea en *El médico a palos* y solo después de la última función dio la noticia al grupo entero, que se había reunido a cenar para celebrar el éxito. Hubo ruegos, sorpresas, caras largas, preguntas, abrazos, brindis y alguna lágrima de Bernadette, cuyos sentimientos Martin conocía a la perfección.

–Si es por los papeles de mujer, no te preocupes. En la siguiente obra te daré el protagonista masculino –dijo Molière.

–No se trata de eso. Habéis sido mi familia durante más de cinco años. Más bien creo que la culpa es de mi padre. Era un marinero español y me dejó en herencia un alma nómada, por eso cuando paso mucho tiempo en un sitio empiezo a notar que me falta el aire.

–Y ¿si no actúas, qué vas a hacer? –preguntó Bernadette.

–Como sabéis, la reina María Teresa es española y a veces me ha llamado a su cámara para hablar conmigo con el único interés de escuchar su idioma. Así supe que se está preparando la primera expedición naval francesa para dar la vuelta al mundo y le rogué que me incluyera. Parte del puerto de Le Havre dentro de una semana y ya estoy acreditado como miembro de la tripulación.

VII

Martin llegó a perder la noción del tiempo que llevaba en aquella cama. Se sentía sin fuerzas, incapaz de pensar con claridad y con los sentidos embotados. A veces alcanzaba a entender que Alicia debía encontrarse en alguna parte del edificio o lo que fuese aquel maldito lugar, pero la claridad de su mente duraba muy poco, pronto se sumía en un sueño profundo en el que realidad y sueño se confundían mientras su memoria iba poblándose con recuerdos muy lejanos. Su casa de Magennis, el olor de la carne de búfalo, el tableteo de una ametralladora, la mirada extraviada de los enfermos de peste, Matsuko hablándole con la voz de Molière. La única explicación era que a través de la comida o del agua le estuviesen suministrando alguna droga, pero no tenía muchas posibilidades de evitarlo mientras continuase atado. En algún momento de lucidez había intentado liberarse, pero las correas de cuero que sujetaban sus muñecas y sus tobillos parecían firmes.

Solo existía una solución, pero para llevarla a cabo necesitaba una energía mental con la que no podía contar mientras aquella sustancia siguiera contaminando su cuerpo. Necesitaba eliminarla cuanto antes. La enfermera encargada de cuidarle durante el día era una tejana flaca e inexpresiva que no abría la boca más de lo imprescindible. Pero la abrió de asombro cuando Martin giró la cabeza para arrojar sobre ella la comida que le había hecho tragar unos minutos antes.

–Disculpe, señorita –dijo, con su mejor registro de actor–. La verdad es que no me encuentro muy bien.

–Mierda –fue todo lo que ella dijo antes de incorporarse para limpiar el vómito y retirarse con el plato de comida.

Enseguida llegó el doctor Palmer acompañado por un enfermero. Le tomaron el pulso, la temperatura, le extrajeron sangre y le dieron una pastilla que guardó bajo la lengua hasta que pudo escupirla dentro del pijama. Aquella noche no le dieron alimento, por fin descansó sin pesadillas y a la mañana siguiente se encontró con fuerzas para intentarlo. Lo hizo sin pensarlo dos veces. En cuanto la enfermera entró por la puerta, Martin la llamó a su lado.

–Tengo algo importante que decirle –susurró.

Ella frunció el ceño con desagrado, pero terminó por acercarse.

–¿Qué sucede? –preguntó.

–Usted sabe que estoy secuestrado, ¿verdad?

–Yo no sé nada. El señor Wark me paga para que lo cuide y eso es lo que hago –replicó ella retirándose de su lado.

–Espere, solo una cosa más. Escuche esa gota que resbala del canalón, ¿la oye? Tac...Tac... ¿Cómo se siente?

–Como todos los días.

–Míreme a los ojos, ¿no te sientes mejor, más tranquila? Fíjate lo relajante que resulta esa gota. Tac... Tac... Tac...

–¿Cómo...?

–Admítelo, Susan, cada vez te sientes mejor... Ese sonido ayuda mucho. Tac... Tac...

–No sé...

–Estás notando cómo tus músculos se relajan poco a poco y tus preocupaciones te abandonan, quieres dejarte ir, alejarte de los problemas, descansar un poco, ¿no es cierto? Tac... Tac... Escucha la gota.

–Sí, quizá...

–Eso es magnífico, Susan, tienes derecho –continuó Martin, notando cómo iba adueñándose de la voluntad de la mujer–. No pasa nada, nada, Susan, solo necesitas descansar y ahora el mundo es como una nube, ¿a que sí? Concéntrate en la gota, cómo suena... Tac... Tac... Tac...

–Sí –dijo la enfermera entregada por completo.

Martin respiró hondo. Hacía muchos años que no practicaba la hipnosis, pero Phil le había enseñado bien.

–Perfecto, Susan. Ahora vas a quitarme las correas de las manos para sentirte mejor que nunca, luego podrás dormir en esta cama porque lo mereces y cuando despiertes no recordarás nada de lo ocurrido, ¿estás de acuerdo?

–Sí –respondió ella, obedeciendo con una sonrisa ausente dibujada en el rostro.

–Y para dormir, nada mejor que un buen pijama, así que vamos a cambiarnos la ropa. Por mí no te preocupes, he estado casado doce veces.

–Qué gracioso –dijo ella con la mirada vacía mientras se quitaba la bata.

—Nunca tuve gracia, pero vestido así seguro que un poco más.

Sentado en una silla junto a la puerta, un esbirro leía el periódico.

—Hola, Sus... —fue lo que el tipo tuvo tiempo a decir antes de recibir un golpe que le hizo perder el conocimiento.

Esperaba encontrarse en un hospital, un laboratorio, un centro de investigación o en todo caso un sitio luminoso e impersonal de paredes blancas, techos altos, con científicos y máquinas por todas partes. En cambio, el lugar por el que caminaba parecía un piso corriente, más bien oscuro, con suelo de madera y pequeñas lámparas de pared situadas a lo largo del pasillo. Sin duda, Wark lo habría equipado en secreto para no llamar la atención.

Intentó abrir la primera puerta que encontró, pero estaba cerrada con llave y dentro no se oía nada. Como era previsible, en la bata de Susan no había herramienta alguna con la que forzar la cerradura, y derribarla por las bravas era una alternativa demasiado ruidosa.

—Alicia —susurró.

Como no se oyó ruido alguno, tamborileó con las yemas de los dedos la canción favorita de su novia, pero nada ocurrió. El pomo de la segunda, en cambio, cedió manso en cuanto puso la mano sobre él. Entró con sigilo cerrando la puerta tras de sí y se encontró en un dormitorio amplio y lujoso. Contaba con televisión de plasma frente a la cama, un sofisticado equipo de música y un ordenador portátil sobre el escritorio. Esto lo contempló de un vistazo antes de que sus ojos quedaran fijos en la ventana. Aunque pudiera escapar por allí, no tenía la menor intención de hacerlo sin

Alicia, pero se acercó a los cristales para hacerse una idea de dónde se encontraba. Resultó ser la segunda planta de lo que parecía un chalé, pues debajo se veía un manto de césped alrededor de una piscina y al fondo un tupido seto de aligustres que aislaba aquel lugar del resto del mundo. Un par de tipos con el mismo aspecto del que había noqueado paseaban de un lado a otro.

Tan concentrado estaba observando el panorama que tardó en percatarse de las pequeñas fuerzas que atacaban su tobillo derecho. Dos pequeños perros le mordisqueaban allí sin violencia pero también sin descanso. Por suerte, su acoso estaba más acompañado de gruñidos sordos que de ladridos, como si aquellos animales le considerasen un juguete y no un peligro.

–Hola, chicos, ¿cómo estáis? –dijo mientras los acariciaba, suponiendo que se trataría de las mascotas de Wark, pues parecían más acostumbrados a los mimos que al peligro. Los perros de verdad estaban en el jardín.

Tiró uno de sus huesos de goma bajo la cama y, en tanto los chuchos iban a buscarlo, él salió de la habitación.

En el piso de arriba había otras dos habitaciones, también cerradas, en cuyas puertas volvió a intentar comunicarse con Alicia sin obtener respuesta.

Asomado a la barandilla, espió el piso bajo y por allí vio transitar al doctor Palmer en compañía de una mujer. Descendió las escaleras para ver dónde entraban, pero el paso de otro esbirro le hizo agacharse y perdió la pista de sus perseguidos. Cuando consiguiera liberar a Alicia debería enfrentarse al menos a media docena de ellos. Eso no sería un problema si utilizasen armas en lugar de narcóticos, pensó mientras descendía los escalones reptando como un lagarto. Pegado a la pared y buscando refugio en el perchero llegó hasta lo que parecía el salón de la casa. Allí, sentados a ambos lados de una mesa, Wark y Alicia compartían desayuno.

El primer impulso de Martin fue saltar hasta ellos, derribar a Wark de un puñetazo en la cara, rescatar a Alicia y salir juntos de allí llevándose por delante a quien tratase de impedirlo, pero algo en la escena echó para atrás aquel propósito. Tal vez fuese la tranquilidad con la que Alicia untaba su tostada de mantequilla, o que no hubiese ningún vigilante cerca o la actitud tan relajada de Wark bebiendo su café, de modo que se quedó allí parado espiando.

–Ya empiezo a estar un poco cansada de todo esto –protestaba Alicia, componiendo el mismo adorable gesto de disgusto que acompañaba cualquier pequeño contratiempo cuando vivían juntos.

–Se le repito, señorita. El doctor Palmer me ha asegurado que hoy mismo tendrá los resultados y, sean cuales sean, todo esto habrá terminado para usted –decía el tejano con una sonrisa.

–Ya, pero recuerde que además...

–Puede estar tranquila, soy un hombre que cumple su palabra, aunque a veces mi palabra no sea muy amable –la interrumpió el anciano–. Por cierto, ¿qué tal le va a su familia en Houston?

–De maravilla. Ayer hablé con mi padre y está encantado –respondió ella con su mejor sonrisa.

–No sabe cuánto me alegro.

Aquella no parecía la conversación lógica entre un secuestrador y su rehén. Al contrario de lo que había imaginado durante sus duermevelas y delirios, Alicia no estaba encerrada en una celda ni sufría calamidades. Comía tranquilamente tostadas con mantequilla y trataba a Wark como se tratan dos socios o dos viejos amigos.

A la sorpresa siguió una indignación que revolucionó sus pulsaciones y, antes de pensar lo que estaba haciendo, abandonó su escondrijo y se plantó frente a la mesa.

–¿Puedo saber qué está pasando aquí? –preguntó, sin percatarse de que a su ridícula situación sumaba su ridículo atuendo de enfermera.

–¡Martin! –exclamó Alicia, poniéndose en pie.

–Señor O'Muldarry –saludó Wark sin alterar el gesto–, le sienta muy bien ese uniforme. ¿Quiere unirse a nuestro desayuno?

–Alicia, explícame por favor qué haces charlando con este tipejo que en teoría te ha secuestrado.

–Martin, es una larga historia, pero te aseguro que tiene un sentido –dijo Alicia al borde de las lágrimas.

–Tengo todo el tiempo del mundo –replicó Martin sentándose a la mesa.

–Esa es una gran verdad –intervino Wark con una sonrisa–. Veo que no ha perdido el sentido del humor. ¿Le apetece un café?

–Usted cállese si no quiere vivir mil años sin dientes –amenazó Martin con la mano extendida, y luego se volvió hacia Alicia–. Te escucho.

Estaba dispuesto a escuchar la historia con sentido que ella se disponía a contarle, pero antes de que empezara a hablar, Martin notó una punzada en el cuello y apenas tuvo ocasión de maldecir en gaélico antes de perder el conocimiento.

—Es mejor así —le pareció que Wark decía, o tal vez era Río Manso mientras expulsaba el humo de su tabaco.

Espectros en el bosque

El *Vol-au-Vent* era un navío similar al que le había traído de América y cuyo nombre nunca llegó a aprenderse. Por suerte, al mando no estaba el almirante Fontaine, que seguramente aún tendría en la memoria el cabezazo traicionero; en cambio, el almirante Levallois distaba mucho de ser un caballero como su predecesor. Sus órdenes caprichosas y el modo despótico de tratar a la tripulación traían a la memoria de Martin la figura miserable de Pánfilo de Narváez.

A diferencia de lo que hacían los reyes españoles, Luis XIV de Francia no estaba dispuesto a poner en juego su grandeza personal dejando aquellas expediciones en manos de cualquier aventurero con dinero y sin escrúpulos, de modo que los cinco barcos que mandaba Levallois viajaban y actuaban en nombre de la corona francesa. Para marcar otras diferencias con la hazaña española, que había durado tres años y causado más de doscientas muertes, se dirigieron hacia el este bordeando la costa africana, justo al contrario de la ruta que habían seguido Magallanes y Elcano un siglo y medio antes.

Cuando el agua dulce o los alimentos frescos empezaban a escasear, fondeaban cerca de alguna playa. En barcazas, un grupo de marineros se dirigía a tierra con toneles para llenar y arcabuces por si encontraban indígenas agresivos. Martin se ofrecía siempre voluntario para aquellas misiones y eso, que le hacía ganar el afecto de Levallois, le acarreó por otra parte el desprecio de sus compañeros. A veces algún marinero regresaba herido o no regresaba, y no entendían que él se ofreciese el primero. Tampoco Martin lo entendió hasta que tuvo el valor de reconocer ante sí mismo que no había abandonado el Palacio de Versalles y su confortable vida de actor por nada, sino para recuperar el sentido que le ofrecieron sus años como carancagua. Solo tenía la esperanza de que algo parecido pudiera repetirse detrás de cualquier palmera.

–¿Por qué te empeñas en viajar a tierra cada vez? –le preguntó Julien al regreso de una expedición hasta una playa que resultó infructuosa, porque después de la arena junto al mar solo había mucha más arena.

–Me alisté en este viaje porque tenía ganas de ver mundo y no veo cómo puedo hacerlo si me quedo en la cubierta mirando el agua.

–Por tu modo de manejarte con los aparejos, yo diría que has visto ya bastante.

Julien había sido un granuja en las calles de Marsella hasta que se enroló en un barco de pescadores y, según sus propias palabras, así aprendió el oficio de la mar, que no era mejor ni peor que cualquier otro, aunque eso de vivir sin mujeres durante tanto tiempo era el principal inconveniente.

–Una vez conocí a un africano que pensaba como tú.

–Me parece que eres demasiado joven para entenderlo –le explicó Julien con una sonrisa.

Bordearon el continente sin alejarse nunca demasiado de la costa y acercándose a tierra cuando encontraban el estuario de un río, pues el almirante Levallois sostenía que donde hay agua dulce hay plantas, donde hay plantas hay verdura y donde hay verdura hay animales que la comen, de modo que ese era el método idóneo para conseguir a un tiempo agua, fruta y carne frescas. Sin embargo, esa lógica tan europea no funcionaba siempre en África, donde a veces los ríos desembocaban en el océano de manera tan violenta que las barcazas debían alejarse mucho de la orilla para no volcar a causa del empuje de la corriente. En otras ocasiones, los animales que merodeaban por las orillas no eran tranquilos consumidores de verdura, sino que con frecuencia preferían la carne humana, en especial los cocodrilos que surgían de improviso del agua o del barro y atacaban a cualquier cuerpo en movimiento. O bien los recibía una lluvia de flechas capaz de provocar en Martin una nostalgia que ninguno de sus compañeros hubiese entendido. Tan fuerte era que por momentos sintió el arrebato de correr hacia ellas en lugar de arrancárselas del cuerpo, como un día le vio hacer Julien.

–¿Estás herido, Martin?

–Solo me ha rozado –dijo, mientras extraía aquel dardo de su costado.

—Me pareció que...

—No ha sido nada, estoy bien.

Salvo por los viajes a tierra, los días variaban poco: limpiar la cubierta, quitar cada mañana el rocío de las velas y reparar las que estuvieran defectuosas, hacer cuerdas nuevas con los cabos que ya no sirviesen o revisar los aparejos. Martin ponía su mejor empeño en cada una de aquellas rutinas y, de no existir Julien, apenas hubiese intercambiado palabra con sus compañeros de faena, todos ellos insustanciales y agresivos como el grumete Bertrand que años atrás se encaprichó de su colgante.

Una mañana de invierno llegaron al cabo de Buena Esperanza y allí los recibió la tormenta que parecía haberlos esperado durante todo el viaje. Martin recordó la que había sufrido en las costas de América en cuanto recibió en el rostro aquel viento húmedo y observó tonos violetas en el cielo que de pronto dejaba de ser azul.

—Buscad cabos y ataos fuerte. Lo que viene nos va a zarandear en serio —previno a quienes estaban cerca de él.

Julien le miró a los ojos y le imitó mientras Martin se ataba. Algunos hicieron lo mismo, otros se burlaron de la precaución hasta que el vendaval comenzó a sacudir las velas.

Eso fue solo el principio. En el tiempo que duró la travesía por el océano Índico, ni un día tuvieron la mar en calma. Cuando una tormenta se retiraba, otra llegaba con más fuerza para menear a su antojo las embarcaciones, rasgar las velas, inundar la cubierta y hacer malabares con cualquier cosa que no estuviese bien sujeta. Durante tres semanas, comer, dormir o realizar cualquier actividad cotidiana se convirtió en un auténtico desafío. A las costas de la India llegaron dos navíos medio destrozados y apenas un centenar de hombres exhaustos.

Casi dos meses pasaron en Calcuta mientras reparaban los barcos. Tres naves hundidas y más de doscientos marineros muertos habían restado muchos ánimos a la tripulación, y hubo un intento de motín que el almirante Levallois cortó de un tajo arrestando al cabecilla, pues lo mismo que tenía de torpe en el trato lo tenía de responsable con sus obligaciones.

Por el mundo que Martin había conocido hasta entonces, llegó a pensar que no podía existir una ciudad tan grande como París. Por eso le impresionó Calcuta. Tal cantidad de personas moviéndose a un tiempo con aquellos curiosos vestidos, pero más aún la amalgama de colores y olores tan distintos a los que tenía costumbre. La gente, en cambio, no parecía asombrada por la presencia de los franceses, y en cada calle y cada esquina los asaltaban para ofrecerles cualquier clase de mercancía. Eso, hasta que Levallois tuvo noticias de la rebelión y prohibió a los marineros abandonar el barco bajo ningún concepto.

Una vez estuvieron reparados, el *Vol-au-Vent* y el *Dauphin* zarparon rumbo al este después de una misa que el capellán Vartin ofició en la cubierta del primero para rogar a Dios que, en su infinita misericordia, perdonara los pecados de los presentes y no los castigara con nuevos azotes de la naturaleza. El Señor debió de escucharle, pues hasta Filipinas navegaron como si surcasen una balsa de aceite. Este hecho, unido a que las bodegas estaban repletas de comida, agua dulce y todo tipo de licores que con diversas artimañas los marineros habían introducido en los camarotes, volvió a levantar la moral de la expedición, hasta el punto de que el cabecilla, Belois, mostró público arrepentimiento de su conducta y fue readmitido entre la tripulación. Sin duda, la escasez de hombres y su habilidad como piloto favorecieron aquella medida de gracia.

La poca vestimenta de las mujeres que los recibieron en una pequeña isla, causando gran alboroto entre los marineros, y la puesta en fuga de una fragata de corsarios que trató de abordarlos cerca de Sumatra fueron las únicas peripecias señaladas antes de tomar tierra en Manila. Las bodegas andaban ya escasas de provisiones y Levallois estaba convencido de que en aquella costa, colonizada por españoles desde hacía más de un siglo, conseguirían con facilidad cuanto necesitaran.

No fue tan sencillo. Las relaciones entre Francia y España no pasaban por su mejor momento desde que Luis XIV había ocupado los Países Bajos y el gobernador de la isla, un recién llegado, solo atendía el consejo de los monjes agustinos, quienes consideraban a cualquier francés sospechoso de traidor o protestante. En cualquier caso, enemigos del Papa.

Para convencerlos de que nada sabían ellos de política o religión, pues llevaban un largo año navegando, y solo necesitaban alimentos y agua dulce para llenar los barriles de sus navíos, se creó una comitiva a la que Martin se sumó porque entendía el español.

Fueron recibidos dos días más tarde en el palacio del gobernador, donde media docena de monjes sentados en semicírculo los animaron a exponer sus peticiones. Lo intentó el capellán Vartin, dando su palabra de que él era sacerdote, todos los presentes católicos y aquella expedición contaba con el beneplácito de Su Santidad Clemente IX, como probaba el documento oficial que tenía en las manos y cualquiera de ellos podía consultar.

Martin tradujo aquellas palabras y aprovechó para dejar el papel en las manos del monje que parecía presidir aquella junta, pero este no mostró ningún interés en comprobarlo. Apenas le echó una mirada y con gesto despectivo lo pasó a su vecino.

–Como seguramente saben sus señorías, nuestras naciones mantienen un conflicto debido a la agresión que los territorios españoles en Europa del norte han sufrido por parte del ejército francés... Entenderán, por tanto, que no podemos prestarles la ayuda que nos reclaman sin recibir el visto bueno de nuestro rey, ya que de lo contrario corremos el riesgo de caer en traición –dijo el superior recostándose en su silla.

–¡Una carta al rey de España! –exclamó Levallois cuando Martin tradujo el mensaje–. Pero ¿se han vuelto locos? ¿Se hacen cargo del tiempo que llevaría esperar una respuesta? Vámonos de aquí, no pienso perder un minuto más negociando con estos fanáticos –añadió mientras daba media vuelta.

–Eminencias –dijo Martin con su mejor sonrisa de actriz–, supongo que se hacen cargo de que no podemos permanecer aquí el tiempo que proponen, más que nada porque sin agua potable no estaríamos vivos cuando la respuesta llegase. Les suplico que por un instante piensen que ante ustedes solo hay un grupo de marineros. Yo soy marinero y español porque mi padre, Esteban, era ambas cosas y de él aprendí que la primera regla de la mar es ayudar al necesitado. Dado que mi madre murió al alumbrarme y él pasaba su vida en el barco, me dejó al cuidado de unos monjes como sus eminencias y ellos no me enseñaron cosa distinta.

Levallois caminaba ya hacia la salida cuando el principal alzó la mano.

—Aguarden un momento —dijo.

—Almirante, nos piden que esperemos —tradujo Martin.

Durante varios minutos los monjes cuchichearon y al final el superior se dirigió a ellos con gesto amable.

—Tras analizar esta compleja situación desde diversos ángulos, mis hermanos y yo hemos alcanzado un acuerdo que acaso no les satisfaga por completo, pero creemos que tiene la virtud de no dejar a ninguna de las partes descontenta... Estamos de acuerdo en ofrecerles agua potable para que llenen sus barriles igual que haríamos con cualquier otra embarcación, pero no permitiremos que carguen sus bodegas de alimentos frescos para evitarnos conflictos por colaborar con fuerzas enemigas. Es nuestra última palabra y, si admiten un consejo, naveguen hacia el norte. Japón es una tierra rica, aunque sus habitantes, debo prevenirles, no siempre son amables.

Martin transmitió el mensaje a Levallois y este hizo una reverencia a los agustinos, quienes le devolvieron una bendición a modo de despedida.

—¿Qué has dicho para convencerles? —le preguntó el almirante cuando salieron.

—Que mi padre era un marinero español.

–¿Y lo era?

–No lo sé. Nunca conocí a mi padre –respondió Martin.

Levallois soltó una risotada y luego le propinó un pescozón amistoso.

Aquella intervención le supuso el ascenso a contramaestre y un nuevo motivo para ser odiado por los grumetes, que ahora se veían obligados a obedecer sus órdenes rumbo a Japón. Martin procuraba tratarlos con respeto y ser lo más equitativo posible en el reparto de las tareas pero, quizá por no estar acostumbrados, eso parecía irritarlos aún más.

–Anda con cuidado, señor importante, los mandos también pueden caer por la borda –le dijo uno de ellos mientras inspeccionaba el estado de las jarcias.

Sin mediar palabra, Martin agarró su nariz mientras le zancadilleaba y, una vez lo tuvo en el suelo, esperó a que abriese la boca para respirar. Entonces introdujo en ella el paño que siempre llevaba para limpiarse. Solo cuando el grumete empezaba a mostrar síntomas de asfixia liberó su nariz.

–Anda tú con cuidado, porque la próxima vez no tendré tanta consideración.

–¿Dónde has aprendido a pelear así? –le preguntó Julien, que había presenciado la escena con los ojos abiertos como escotillas.

–En otra vida fui un jefe indio –respondió Martin, tan serio que la sonrisa de Julien quedó congelada en su rostro.

Como si se tratase del peor de los presagios, en cuanto avistaron las costas de Japón se desató una tormenta, pero esta vez no parecía llegar del cielo, sino de dentro del mismo mar, que parecía haber perdido el juicio o despertar de un largo y pesado sueño. Las aguas empezaron a moverse igual que una tela que mil monstruos agitasen a la vez, subían las olas por encima de las velas y caían con un brutal estrépito de espuma antes de levantarse de nuevo. Eran ellas quienes tenían el gobierno de la nave, convertida en un juguete que tan pronto se inclinaba a estribor como parecía a punto de hundirse por la proa.

Sin noticias del *Dauphin* y cuando ya cada cual rezaba a gritos para escuchar su voz por última vez, el *Vol-au-Vent* hizo honor a su nombre, pues en verdad se elevó sobre las aguas y surcó los aires para estrellarse contra las rocas de la costa, donde quedó reducido a un montón de astillas.

Apenas una docena de hombres, entre ellos Levallois, quedaron en condiciones de valerse por sí mismos. Algunos cadáveres flotaban cerca de los acantilados y otros estaban descuartizados entre los peñascos. Julien, el capellán Vartin, un par de oficiales y un puñado de marineros arrastraban a los heridos tierra adentro. Martin se multiplicaba entablillando huesos, extrayendo esquirlas, vendando heridas, pero era consciente de que muy pocos de ellos conseguirían sobrevivir.

De los restos del naufragio salvaron dos cañones y unos cuantos arcabuces, dos arcones de alimentos en conserva y un puñado de mantas. Dispusieron aquellos despojos en el claro de lo que parecía ser un bosque y allí instalaron también a los heridos, en un pequeño refugio que construyeron con las maderas del barco. Sin fracturas visibles en su cuerpo, a Levallois se le había quebrado el ánimo y vagaba por los alrededores de aquel improvisado campamento como un perro sin amo. Era solo un militar del Rey Sol con una misión, y perdida la misión se había perdido a sí mismo, de modo que tan pronto impartía órdenes confusas como se alejaba hasta los acantilados por si divisaba al *Dauphin*, su única esperanza para no morir de fracaso.

Sin herramientas para cavar fosas, cada día arrojaban al mar los cuerpos de los fallecidos durante la noche, y una mañana, al regresar de aquella triste tarea, el bosque comenzó a moverse. Todos vieron cómo las ramas oscilaban de pronto con violencia sin que soplase una brizna de viento mientras los acorralaba un ruido enloquecedor. Abriéndose paso entre los troncos y la bruma de la mañana, algunos a pie, otros a caballo, surgieron entre el follaje unos espectros aterradores. Vestían armaduras, portaban largas espadas y remataban sus cabezas unos cascos en forma de tridente.

–Abrid fuego –ordenó Levallois.

–No –gritó Martin, que no sabía quiénes podían ser esas extrañas criaturas, pero sospechaba que dispararles era una muy mala idea.

Tarde llegó su advertencia. Sonaron cuatro disparos casi al mismo tiempo y uno de los espectros cayó fulminado de su caballo, otro que iba a pie hincó en el suelo sus rodillas llevándose las manos al pecho. Durante un segundo pareció que el tiempo se hubiese detenido y luego, al grito de uno de ellos, arremetieron a coro contra los atónitos europeos. Al galope, los jinetes descargaban sus espadas sin piedad, segando una vida tras otra. Mientras buscaba en vano algo que le sirviese como arma, Martin vio cómo un tajo atravesaba el vientre de Julien y cómo Levallois hacía frente a uno de los que avanzaban a pie. En un giro inesperado de su cuerpo, el espectro le cortó la cabeza con enorme júbilo antes de acercarse a Martin con paso seguro y desafiante.

Ninguno de los suyos quedaba con vida y él estaba desarmado frente a un batallón de fantasmas asesinos. Tuvo la certeza de que hasta allí había llegado su inmortalidad. Sin otra ocurrencia que el viejo truco de los magos para desviar la atención, recogió unas cuantas piedras del suelo y ofreció su mejor número de malabarismo ante aquel público tan especial. Quedaron quietos y al parecer divertidos ante el espectáculo, hasta que una de las piedras impactó contra la frente del que tenía más próximo y lo derribó hacia atrás como si fuese un muñeco. Martin robó la espada que su mano aún aferraba y con el filo apuntó a los demás.

–No sé de qué mierda estáis hechos vosotros, pero seguro que nunca antes os habéis enfrentado a un inmortal cabreado –gritó.

Que un jovenzuelo enclenque desafiara, catana en mano, a medio centenar de guerreros al mando de un samurái debió resultar tan grotesco que el bosque entero pareció estallar en una carcajada. Hasta el que fue noqueado por la pedrada despertó a causa del jolgorio y, después de sacudir la cabeza, se encaminó hacia él dispuesto a recuperar su arma. Martin estaba dispuesto a impedirlo. Ya levantaba aquel hierro ligerísimo cuando el jinete que había dado la orden de ataque alzó la mano y emitió un sonido gutural que detuvo en seco a su oponente. Luego, ese que parecía estar al mando se quitó el casco y descabalgó mientras Martin seguía con la hoja en alto.

A una distancia de cinco pasos, el samurái desenvainó su sable y apuntó el filo hacia el rostro del jovenzuelo. Tal vez comprobaba la autenticidad de su valor, quizá esperaba verle huir o pedir clemencia, pero encontró frente a él a un guerrero en posición de guardia. Eso pareció resultarle muy divertido y, como un eco, provocó la risotada de todos los demás. Entonces atacó. Fue una embestida imprevista pero suave, más destinada a probar su destreza que a causarle daño. Martin la repelió con facilidad, consciente de que se trataba de una simple broma para entretener a su tropa, pero también advirtió que no tenía costumbre de manejar una espada tan ligera. Como si fuese un malabar, pensó, antes de esquivar la segunda estocada. Y la tercera, que le llegó de improviso por donde menos esperaba. Se desternillaban con la función los espectros menores y Martin decidió aprovecharlo para lanzar un ataque con finta arriba para golpear abajo. Era su golpe favorito, pero como si hubiera leído su pensamiento, el rival giró sobre el pie de apoyo como un bailarín y le asestó un brutal puñetazo en el rostro que le hizo girar por el suelo para disfrute de su tropa.

–Escucha, cara de membrillo podrido, te aviso de que si pretendes cortarme en pedacitos vas a hacerte viejo de aburrimiento y puede que manejes este maldito cuchillo mucho mejor que yo, pero no soy motivo de risa –dijo Martin, incorporándose para volver a la posición de guardia.

A su pesar, lo fue unas cuantas veces más. Puso en juego todas las estrategias que conocía de ataque y defensa, pero el invariable resultado era terminar rodando entre carcajadas. Nunca había visto a nadie moverse con tanta rapidez y manejar la espada como si fuese una prolongación de su cuerpo. Si no le había traspasado ya era simplemente porque no quería, así que Martin se cansó de aquel juego humillante, arrojó el sable al suelo y señaló el arco que sostenía uno de los guerreros. El samurái siguió la dirección de su dedo y ordenó al soldado que se acercase. Mientras este llegaba, dio unas cuantas voces, agarró a Martin por el cuello, le obligó a recoger el sable que había tirado y le hizo limpiarlo a conciencia antes de entregárselo a su dueño. Estaba claro que la situación le estaba haciendo pasar un rato extraordinario.

–Yumi –dijo el membrillo ofreciéndole el arco y una aljaba llena de flechas.

Era un arco altísimo y al tomarlo en sus manos Martin quedó de nuevo sorprendido por su ligereza, como si a esa gente le molestara el peso. Por cortesía y porque pensó que se trataba de otra competición, ofreció el arco al japonés para que lanzase primero. Por toda respuesta recibió una bofetada y la orden de que disparase contra la naranja colocada sobre un tronco de árbol a unos treinta pasos.

Aunque diferente en sus dimensiones, no dejaba de ser un arco, y aquello sí era una prolongación del cuerpo que durante casi un siglo había dependido del acierto de una flecha para alimentarse. No corría aire, la naranja estaba muy cerca y a diferencia de los venados no se movía, de modo que sin mucha preparación la atravesó por el justo centro.

El murmullo de admiración que siguió a su disparo recuperó el maltrecho orgullo de Martin. Por señas pidió que alejasen el blanco y hasta en cuatro ocasiones lo hicieron sin que fallase una sola vez. A punto estaba de realizar su quinto tiro cuando el espadachín que todo mandaba levantó la mano. Martin retrocedió un paso por si le caía otro golpe, pero el samurái solo comenzó a dar voces que pusieron en marcha a todos sus soldados.

Unos recogían los cadáveres de sus compañeros para arrojarlos al mar, otros recuperaban los cuerpos de los dos japoneses muertos a causa de los disparos. Pero ni unos ni otros parecían sentir lástima, como si la historia los hubiese acostumbrado a las despedidas. Eso pensaba Martin cuando le ofrecieron un caballo.

VIII

Cuando abrió los ojos, lo primero que vio Martin fue la cara del doctor Palmer y a su lado la de Samuel Wark, que sonreía sin el gesto cínico de otras veces. Era más bien la suya una sonrisa triste y desangelada, igual que la de Kurt Weill cuando los nazis irrumpieron aquella noche en la representación de su ópera.

Sin apartar de Wark los ojos, trató de mover las manos para averiguar hasta qué punto habían tensado esta vez las correas y con absoluto desconcierto comprobó que podía levantar los dedos hasta tocar su cara. Aún vestía la bata de la enfermera, pero no estaba atado. Sin duda por ese motivo detrás de ellos dos había un sabueso armado que no le perdía de vista ni un instante.

–Como puede comprobar, señor O'Muldarry, está usted libre por completo, así que no tiene ninguna necesidad de hacer uno de esos números tan desagradables a los que nos tiene acostumbrados –pidió el tejano con toda calma.

–Imagino que eso es porque ya ha encontrado lo que andaba buscando, ¿no es cierto? Pues entonces le recuerdo que teníamos un trato y más de una vez le he oído presumir de ser un hombre que cumple su palabra –dijo Martin sentándose justo en el borde de la cama.

No se encontraba muy digno con aquella ropa, pero colocó las plantas de los pies en las barras inferiores y calculó que, con un buen impulso, podría saltar hasta el esbirro y hacerle fallar el disparo. Después no tendría más que dejarle sin sentido, robarle el arma y, reteniendo a Wark, salir de allí sería un juego.

–¿Puedo confiar en usted, señor O'Muldarry? –preguntó el anciano desbaratando sus planes.

–Teniendo en cuenta que ha secuestrado a mi novia, o eso creo, que me ha secuestrado a mí, y de eso estoy seguro, que me ha retenido con correas, narcotizado varias veces y extraído de mi cuerpo lo que le ha venido en gana, creo que soy yo el que debe preguntar por qué puedo confiar en usted.

–Muy cierto, amigo mío –aceptó Wark sentándose a su lado–. El caso es que este juego ha terminado y a mi pesar reconozco que no hemos ganado ninguno de los dos. Bueno, quizá yo algo más, porque al fin le he conocido. Usted, en cambio, solo recordará estos días como uno de los malos momentos que su inmensa vida le ha proporcionado, ¿me equivoco?

–Creo que ha estado equivocado siempre, pero ahora mismo no estoy seguro de entenderle –reconoció Martin.

–Deme su palabra de que no intentará hacernos daño al doctor Palmer o a mí y se lo explicaré o, mejor dicho, el doctor se lo explicará, porque mis conocimientos de medicina no dan para mucho.

–Tiene mi palabra –dijo Martin separando los pies de las barras.

Wark inclinó la cabeza y el guardaespaldas abandonó la habitación como un autómata.

–¿Tú sabes por qué no envejeces y tus heridas se curan con tanta rapidez? –preguntó, tuteándole por vez primera, como si de ese modo asegurase la nueva confianza creada entre ellos.

Martin bajó la cabeza igual que un niño pillado en falta.

–No –reconoció.

Wark pidió al doctor que le acercase una bolsa que estaba apoyada en la pared y se la entregó.

–Es ropa nueva. Digamos que no me parecía elegante darte una noticia como esta vestido así. Se trata de unos vaqueros y una camisa, nada especial, lo que tu novia quiso comprarte.

Sin dar las gracias, Martin se cambió allí mismo advirtiendo que el anciano admiraba en silencio su cuerpo juvenil.

–Le escucho –dijo cuando terminó.

–Doctor...

El doctor Palmer se frotó las manos mientras le observaba con un gesto paternal que no terminaba de gustarle.

–Martin, ¿sabes algo de química o de biología?

–No demasiado, reconozco que mi especialidad es la historia –bromeó Martin para quitarse la tensión.

–Lo que nos hace envejecer y finalmente nos mata es lo mismo que nos da la vida: el oxígeno... Supongo que sabes que nuestros órganos están formados por células –continuó con maneras de profesor.

–Hasta ahí alcanzo.

–Bien, pues cada una de estas células se replica a sí misma continuamente. En el caso del ser humano, unas dos mil veces a lo largo de su vida, y en cada una de estas repeticiones la copia es un poco más imperfecta que el original porque una parte, los telómeros, se desgasta poco a poco en el proceso, ¿me explico?

–Más o menos.

–Imagina una fotocopiadora. Haces una copia y luego una copia de esa copia, y después una copia de la copia de la copia y así sucesivamente. Como puedes imaginar, la calidad del original se va perdiendo.

–¿Se acaba la tinta? –preguntó Martin, intentado con la broma sacudirse el nerviosismo que le empezaba a causar aquel discurso.

–No es del todo correcto, pero me sirve –prosiguió el doctor Palmer sin alterar su gesto–. Digamos que el oxígeno absorbe parte de la tinta y las copias son cada vez más defectuosas. Por eso aparecen las arrugas, las canas, la columna se curva, los músculos se descuelgan... En fin, nos hacemos viejos hasta morir. Eso es lo que ocurre en condiciones normales. Otra posibilidad es que la máquina se atasque y empiece a sacar una copia tras otra sin ningún criterio hasta formar un amasijo en la bandeja. Entonces hablamos de cáncer, pero creo que me estoy alejando del asunto que nos ocupa.

–O sea, yo.

Palmer movió la cabeza arriba y abajo con gravedad.

–O sea, tú. Además de sacar las copias diez mil veces más rápido, la tinta de tu fotocopiadora no se agota nunca. La circunstancia opuesta, aunque muy poco frecuente, sí existe, se llama progeria, y provoca ancianos de doce años. Pero no hay constancia de ningún caso de reproducción celular parecido al tuyo –añadió el doctor mientras le señalaba con el dedo–. La única excepción son las células del cerebro, las neuronas, que no se regeneran, al contrario, se van perdiendo en grandes cantidades cuando el individuo termina su desarrollo biológico.

–Y ¿entonces? –preguntó Martin, con el corazón latiendo tan fuerte que parecía a punto de escapar por su boca.

–Eso es lo más increíble, porque en realidad tú no has terminado el desarrollo biológico, así que eres... la fotocopiadora perfecta.

El doctor se cruzó de brazos y guardó silencio, quizá para comprobar el efecto que habían causado sus palabras. Wark, aún sentado sobre la cama, miraba el suelo sin moverse, tal y como había permanecido durante la explicación de Palmer. Martin observó con atención a uno y después al otro sin saber qué decir, debatiéndose por dentro entre el orgullo, la sorpresa y por momentos el pánico.

–Y ¿puedo saber cuál es la causa? –preguntó al fin, rascándose la nuca para fingir una tranquilidad que no sentía.

–La única posibilidad es que sufras una mutación en el gen de la telomerasa –respondió el doctor–. Vamos, que tu máquina extraterrestre de hacer copias es capaz de producir por sí misma la tinta, los folios y hasta la energía –añadió al advertir el gesto perplejo de Martin.

–¿Pretende decirme que soy un mutante?

–Para ser precisos, pequeños mutantes somos todos, pero comparados contigo el resto no llegamos siquiera a la categoría de aprendices... De modo que sí, lo eres. Es más, te diré que considero colmada mi vida de científico solo con haberte conocido, y ahora mismo me da igual si el señor Wark hace públicas mis estafas y acabo con mis huesos en la cárcel.

–Palmer, no se crezca tanto o terminará por enfadarme –advirtió Wark mientras se incorporaba despacio–. Ya lo ha oído, señor O'Muldarry. Es una verdadera lástima, pero no me resulta usted de ayuda. Aunque pudieran implantarse sus perfectas células en mi espina dorsal, nunca pasaría de ser un viejo inmortal con demencia senil –añadió encogiéndose de hombros.

–Le recuerdo que me dio su palabra de que no quedaría constancia escrita de nada de lo que sucediese aquí –dijo Martin.

–Y bien conoce ya el valor de mi palabra, ¿no es cierto? –preguntó empujándole con suavidad hacia la puerta.

Martin asintió sin demasiada convicción.

–Siento mucho que haya empleado tanto tiempo, esfuerzo y dinero para nada –mintió.

–No crea. Jamás seré inmortal, pero siempre he sido un hombre de negocios que sabe cuándo ganar y cuándo perder. Por cierto, esto es para usted –dijo ofreciéndole un cheque de diez mil dólares–. Espero que lo acepte como disculpa por las molestias causadas.

Martin lo rompió en pedazos muy pequeños delante de su cara y abrió la puerta.

—Hasta la vista, que espero sea nunca. Doctor Palmer, un placer.

—Lo mismo digo.

—Espere —le retuvo Wark—. Falta un último detalle. Prefiero que no sepa cómo volver aquí, de modo que mi chófer los llevará donde le digan, pero tendrán que abandonar la casa con los ojos vendados.

—¿Tendrán? ¿Quién viene conmigo?

—Hay una preciosa joven que hace rato espera en la cocina el final de esta conversación —respondió Wark antes de guiñarle un ojo.

—Pues me temo que su chófer tendrá que hacer dos viajes, porque yo me voy solo —replicó Martin dirigiéndose hacia la salida.

—Como usted prefiera, no tengo por costumbre entrometerme en conflictos de enamorados.

Matsuko

Martin cabalgó en silencio entre aquel curioso séquito de fantasmas acorazados como si se moviese a través de un sueño. Los sonidos y olores desconocidos aumentaban la sensación de irrealidad y tuvo la absoluta certeza de que empezaba una vida nueva. Otra más. Se dio ánimos pensando que, después de todo, era eso precisamente lo que había estado buscando desde que convenció a María Teresa de Austria para que le enrolase en ese absurdo viaje.

El poblado de los espectros se encontraba en un fértil valle tan verde como las tierras de Irlanda. Entre los árboles y en las laderas se alzaban pequeñas construcciones de madera, con tejados que recordaron a Martin las angulosas máscaras de los espectros. Su llegada fue un verdadero acontecimiento anunciado por el eco de montaña a montaña y, cuando se detuvieron en el centro de la aldea, ya estaba allí congregada una muchedumbre de niños, mujeres y ancianos. Bajo la sombra de una higuera, un hombre joven al que faltaba una pierna seguía cada movimiento con mirada penetrante.

A una orden del que todo mandaba, varios guerreros desmontaron los cuerpos inertes de los que habían caído por las balas francesas y los depositaron en el suelo, a la vista de todos. Martin esperaba llantos, lamentos, gritos de dolor, tal vez algún insulto hacia él por ser el enemigo, pero con asombrosa dignidad dos mujeres envolvieron en telas blancas a los difuntos y se arrodillaron junto a ellos para honrar su memoria. El resto callaba mirando al suelo, salvo el cojo, que no apartó ni un instante los ojos del extranjero hasta que el espadachín jefe le hizo bajar del caballo y se lo llevó de allí.

Martin estaba seguro de que el gran jefe no iba a hacerle daño. Había tenido oportunidades de sobra, pero con el tiempo aprendió también que su condición de inmortal no le hacía invulnerable y la idea de pasar años encerrado en una mazmorra, como le tuvo el duque de Armagnac, le producía terror. De modo que caminaba con sus sentidos alerta, dispuesto a huir o matar si la situación lo exigía, aunque no estaba claro que pudiese hacer ni una cosa ni otra con aquel individuo a su lado. El jefe se había quitado la máscara, como el resto de los guerreros, y bajo su pelo negro, sujeto en la nuca con una coleta, mostraba un semblante serio y altivo. Martin observó que ni un momento se había separado de su espada, lo que confirmaba su sospecha de que, en efecto, se trataba de una parte más de su cuerpo.

Después de cruzar la fila de piedras colocadas sobre un pequeño riachuelo, se detuvieron frente a una de las casas.

El japonés dio otra de sus voces, con un tono más afectuoso esta vez, y la puerta corredera al abrirse mostró la silueta de una mujer menuda envuelta en una bata de flores. Nada más verla, el jefe juntó las manos e inclinó su cuerpo en señal de respeto. Martin hizo lo mismo, intuyendo que de ese modo se ahorraría una bofetada, y sin duda acertó, porque su movimiento fue examinado con suma atención por el guerrero antes de dirigirse a la mujer. Hablaba sobre todo él, mientras ella asentía con monosílabos a cada una de sus indicaciones y, cuando la conversación terminó, el japonés dirigió a Martin una mirada que no necesitaba traducción antes de alejarse.

–Matsuko –dijo la mujer señalándose a sí misma cuando quedaron a solas.

–Martin –dijo él imitando el movimiento.

–*Matin* –repitió ella.

Matsuko le invitó a entrar en la casa y Martin iba a obedecer, pero en el umbral ella le detuvo en seco señalando sus botas. Por gestos entendió que debía descalzarse y así lo hizo, ante evidentes muestras de repugnancia en el rostro de la japonesa. Después fue obligado a frotar las sucias plantas de sus pies en una esterilla rugosa hasta que recuperaron el color natural. Solo entonces ella cambió su mueca de asco por algo que podía recordar a una sonrisa, y le franqueó el paso hacia el interior.

Martin nunca había visto un hogar semejante. En nada se parecía a las casas europeas, sobre todo españolas y francesas, abarrotadas siempre de alacenas, estanterías, mesas, sillas y baúles. Allí dentro no había más que una mesita baja, dos cojines y, en el centro, un cuadrado de arena, con brasas aún calientes sobre el que pendía un puchero. El suelo era mullido y las paredes de papel inundaban el espacio de luz. Tan solo un arcón blanco, perdido en una esquina, rompía aquel vacío con lo que parecía ser un árbol enano encima.

Aquella mujer, que parecía moverse sobre el aire, le condujo hacia otra estancia más pequeña en la que había una gruesa alfombra a modo de cama, otro arcón de madera y un cojín que ella le señaló con su índice estirado. Martin se sentó en él esperando alguna nueva indicación, pero la mujer cuyo rostro recordaba la luna se limitó a inclinar su cuerpo, cerrar la puerta corredera y desaparecer.

Martin no tenía la menor idea del tiempo que debía permanecer allí hasta que llegase una orden nueva. Desde luego, aquello no parecía un encierro y aliviado por esa idea cerró los ojos, extenuado por el intenso día.

Le despertaron dos sonoras palmadas y tardó en comprender dónde estaba y qué estaba haciendo frente a él esa mujer pequeña, con el moño recogido y una cara tan blanca.

–Matsuko –dijo, recordando de golpe.

Ella corrigió su pronunciación, pero compuso un mohín agradable para celebrar la memoria del extranjero. Luego, hablando con idénticos gestos a los que empleó para indicarle que se descalzase, le pidió que se quitase la ropa. Martin fingió no entender el mensaje, pero de nada sirvió. La mujer luna era tozuda y no descansó hasta dejarle solo con su maltrecha ropa interior. En ese estado lo llevó del brazo hasta un pequeño jardín que había en la parte trasera de la casa. Allí esperaba una tinaja rebosante de agua, tan perfumada que a cinco pasos Martin percibió el aroma de mandarinas, y ya estaba a punto de meterse dentro cuando ella le detuvo con una voz seca.

–*Ofuro*, Matin–exclamó como un agrio reproche.

–¿Ofuro? –preguntó Martin.

Si tenía alguna respuesta, Matsuko no se la dio. Con un pequeño cuenco empezó a verter cazos de aquella agua casi hirviendo sobre su cuerpo mientras lo frotaba con un paño suave. Realizaba los movimientos con una curiosa mezcla de paciencia y energía que iba relajando sus músculos uno a uno. Cuando terminó, Martin se sentía más limpio de lo que recordaba haber estado nunca, de ahí su sorpresa cuando justo entonces la japonesa le señaló el agua de la tinaja con gesto permisivo.

–Ima, ofuro –dijo.

Martin no encontró fuerzas para responder ni preguntar. El sol se escondía tras la montaña, pero la temperatura del agua acariciaba cada palmo de su piel y, sumergido en aquella especie de sopa de frutas, disfrutaba de un bienestar de otro mundo pensando que el jefe guerrero tenía que ser como poco el guardián del paraíso.

Aunque de buen grado hubiese permanecido un rato más dentro del agua tibia, Matsuko le hizo salir, secó su cuerpo con el mismo cuidado que había puesto en lavarlo, le colocó encima una bata gris y le llevó de nuevo al cuarto donde antes se había quedado dormido. Del arcón de madera extrajo diversas telas, que iba nombrando ante los asombrados ojos de su huésped, y las colocó sobre la esterilla. Luego le quitó la bata y, nombrándolas de nuevo, empezó a vestirle con ellas. Primero una pieza con lazos a ambos lados que, a modo de calzones, dobló alrededor de su cintura sin parar de hablar ni gesticular. Martin entendió que debía fijarse cómo se hacía aquello porque ella no tenía intención de repetirlo. Después, una camisa abierta que dobló con fuerza sobre su pecho, unos pantalones anchos y llenos de pliegues que incluían el cinturón, y por encima una casaca negra. Como último detalle, sacó del arcón unas sandalias blancas, que nombró tres veces mientras él las calzaba. Terminada la tarea, retrocedió unos pasos para contemplar el resultado y sonrió satisfecha.

Sin que Martin acertase a entender cuándo había tenido tiempo de encender el fuego, unas pequeñas llamas calentaban el puchero en el cuadrado de arena y Matsuko le enseñó a sentarse en el cojín frente a la mesita baja sin dejar de dar nombre a todo lo que hacía. Sirvió el contenido en dos escudillas después de lanzar un grito cuando él hizo ademán de levantarse para ayudarla y luego se sentó enfrente. Martin, desfallecido de hambre, miró el contenido. Arroz, verduras y algo que parecía pescado crudo; después buscó la cuchara, pero solo encontró un par de palos redondos, parecidos a los que usaban en Europa para tocar el tambor, aunque algo más pequeños. Matsuko sonrió, tomó los suyos entre sus dedos y, hablando todo el tiempo, le enseñó cómo manejarlos para conseguir la comida. Para sorpresa de su anfitriona, Martin comprendió al instante. Usar dos palillos era una tarea muy sencilla para quien hubiese podido mantener en el aire todo lo que había sobre la mesa al mismo tiempo.

Desacostumbrado a que le sirvieran sin pagar por ello y a sentir el estómago feliz, Martin no sabía cómo agradecer lo que la mujer llevaba haciendo por él durante las últimas horas y se limitó a inclinar el cuerpo como había visto hacer al gran jefe. Ella agradeció el gesto con otra inclinación y lo acompañó al cuarto, abrió el arcón para sacar dos mantas y le dedicó un discurso para él indescifrable antes de dejarlo a solas con sus agotados pensamientos. A decir verdad, solo tuvo uno: que llevaba más de un año sin dormir en tierra firme, porque durante la pausa en Filipinas siguieron instalados en el *Vol-au-Vent*.

Apenas una tenue luz entraba por la ventana cuando le despertaron dos palmadas de Matsuko. Vestía una bata oscura que contrastaba con su cara tan blanca y con la mano le apremiaba para que se levantase. Descansado como un niño, Martin la siguió hasta el exterior de la casa. Allí le mostró el corral donde podía aliviar sus necesidades y una especie de palancana para lavarse. De vuelta en la casa, le encargó que se vistiera y luego retocó el pliegue de su camisa, ajustó a la izquierda los pantalones y recogió su pelo con una coleta en la nuca como Martin había visto que peinaban los hombres del poblado. Una vez que el conjunto resultó de su agrado, le sirvió en la mesa una escudilla de sopa con verduras. Ella no comía. Sentada frente a él admiraba su habilidad en el manejo de los palillos hasta que llegó desde la calle la inconfundible voz del jefe. Matsuko se puso en pie y le pidió que la siguiera.

Parado en la puerta, entre dos caballos, estaba el espadachín, que contempló con evidente satisfacción el nuevo aspecto de Martin y sin duda debió felicitar a la responsable, porque Matsuko sonreía halagada y respondía con inclinaciones de cuerpo a las palabras del jefe.

Martin montó el caballo que el japonés le ofrecía y le siguió al trote montaña arriba, hasta un edificio fortificado mucho más grande que el resto y muy parecido en su diseño a los castillos europeos. No se equivocaba. En cuanto se abrieron las puertas penetraron en un patio de armas donde un buen número de guerreros se ejercitaba con espadas, arcos y lanzas, o peleaban cuerpo a cuerpo con una técnica y una velocidad que dejaron a Martin boquiabierto. Hubo algunas risas y burlas al verle vestido así, pero cesaron de inmediato en cuanto tuvo un arco en las manos y demostró que era capaz de acertar cualquier blanco a cualquier distancia y tanto daba si disparaba quieto o montando el caballo.

El jefe, a quien todos llamaban daimio y a veces Kotaro, le situó frente al grupo de arqueros, y de sus incomprensibles palabras dedujo que su misión consistía en enseñarles a disparar como él.

–Para eso hace falta un siglo de práctica y el hambre de tu gente –dijo Martin mientras asentía.

Colocó los troncos que servían de blancos y pidió a los guerreros que disparasen. Estaban muy lejos de la precisión de los carancaguas, pero no eran malos arqueros. Su problema era que estaban más pendientes de la flecha, de la cuerda y de la posición de su cuerpo que del objetivo. Estuvo largo rato con ellos tratando de explicarles que la atención no debía ponerse en el lugar del que partía la flecha, sino en el punto al que debía llegar.

Después le tocó a él aprender, y para eso le dieron una vara idéntica en peso y forma a esa espada que llamaban catana. Martin recordaba las lecciones de esgrima con

Estebanico, pero de nada le servían con un arma que se usaba con las dos manos y cuyo propósito no era pinchar el cuerpo del contrincante, sino arrancarle un pedazo. Recibió unos cuantos golpes y rodó por el suelo varias veces, pero al final consiguió repeler cinco ataques consecutivos y el daimio le felicitó por ello, o eso le pareció, antes de empezar con la lucha cuerpo a cuerpo.

Si aquellos soldados eran casi invencibles con la catana, aún resultaban más peligrosos sin ella. A diferencia de los europeos, no peleaban solo con los puños, sino también con los pies, los codos, las rodillas. Cada hombre era un arma completa moviéndose a la velocidad del relámpago. Martin se sabía tan fuerte como cualquiera de ellos, pero sin que acertase a entender cómo ocurría, cada ataque que iniciaba terminaba por volverse contra él. Aunque sus rivales medían con exactitud cada impacto para no causarle daño, no recordaba haber recibido tantos golpes seguidos en su vida, y eso que hasta entonces se tenía por un buen luchador.

Terminado el entrenamiento, el daimio le ofreció un caballo. Martin no estaba seguro de si se trataba de un regalo o de un préstamo, pero lo agradeció igual con una inclinación de cuerpo que le fue devuelta. Luego siguió una perorata de la que solo captó la palabra Matsuko, suficiente para entender dónde debía dirigirse. Mientras cabalgaba montaña abajo, con el cuerpo y el ánimo pletóricos por el ejercicio y el sol que inundaba el valle, entendió al fin por qué había iniciado aquel viaje. Volvía a sentirse libre, fresco, joven, deliciosamente inmortal y con unas ganas inmensas de ver a la mujer lunar.

A pesar de que no era muy propensa a mostrar sus emociones, un Martin optimista quiso leer en el rostro de Matsuko que también se alegraba por su llegada. Rigurosa como un monje, le obligó a lavarse en el jardín exterior y luego compartieron arroz, pescado crudo y carne frita. Tras la comida, ella colocó sobre la mesa dos tazas de té. Para él añadió un pequeño cuenco rebosante de un líquido blanquecino y caliente que le animó a beber. Aunque el aroma lo anunciaba, Martin no esperaba que se tratase de un licor tan fuerte y rompió a toser para diversión de su anfitriona.

–Sake –dijo ella por toda explicación.

Cuando acabaron el té, Matsuko retiró las tazas, le indicó con la mano que no se moviese de donde estaba y abandonó la estancia para regresar con un rollo de papel y un tintero de porcelana. Del arcón que había bajo el árbol enano sacó un puñado de pinceles y, sentada de nuevo frente a la mesa, empezó a trazar dibujos con una maestría deslumbrante. Un gato, un caballo, una casa, el cielo, las nubes, ella, él. Después llegaron las acciones. El gato entra en la casa, ella mira las nubes, él monta el caballo, el cielo está azul.

Martin se sentía igual que un niño mientras Matsuko pronunciaba cada palabra, cada frase, con infinita paciencia, y él repetía los sonidos con su mejor voluntad. Cuatro siglos de vida le habían dado tiempo a expresarse en una buena cantidad de idiomas, pero el japonés en nada se parecía a ninguno de ellos. Aun así, igual que había hecho durante los ejercicios de la mañana, puso todo su empeño en aprender hasta que el sol empezó a perder fuerza tras los muros transparentes de la casa. Entonces Matsuko dibujó la tinaja del jardín.

–¿Ofuro? –preguntó.

–¡Ofuro! –exclamó Martin.

En tanto él se aseaba en la palancana, ella preparó aquel baño aromático y, mientras lo disfrutaba, Matsuko le dejó a solas con el agua tibia. Jugueteando con las flores que flotaban en la superficie, Martin trató de entender por qué esa gente le ofrecía tanto solo a cambio de enseñar el manejo del arco a hombres que ya sabían. Como no encontró respuesta, se le ocurrió pensar que tal vez el problema fuera hacerse preguntas occidentales en un mundo tan distinto. Mejor sentir como carancagua hasta que pudiera actuar como japonés, se dijo, y esperar el momento oportuno para devolver todo lo que había recibido.

Perdió la cuenta de los meses, incluso de las estaciones, que dedicó a entrenarse como guerrero cada mañana y a estudiar el idioma cada tarde con Matsuko, cuya compañía era cada vez más valiosa para él. Fue una rutina que únicamente alteraron dos bodas en la aldea y la celebración del O-Bon para honrar a los espíritus de los antepasados.

Gracias al tiempo empleado y, desde luego, al esfuerzo que puso en ambas tareas, su progreso resultó demoledor. Llegó a ser capaz de mantener cualquier conversación en japonés y un buen día, después de considerar que su habilidad con los malabares consistía en no pensar en ellos y acaso su problema con la catana fuese estar más pendiente del arma que del rival, derrotó al daimio en combate a la vista de todos. Se produjo un silencio de cementerio y solo entonces Martin cayó en la cuenta de que había luchado sin pensar un segundo en la catana ni en el resto de su vida. Por eso había vencido. Confuso, arrojó su vara al suelo y se inclinó para pedir disculpas, momento en el que recibió una sonora bofetada.

–Un guerrero nunca se excusa por vencer, idiota –dijo el daimio, inclinándose a su vez–. Enhorabuena, Matin, nadie me superaba desde hace más de veinte años. Ya solo te falta un paso –añadió, y sin volver la cabeza se dirigió al interior del castillo.

Sus compañeros de armas le felicitaron con sincera alegría sin que Martin acertase a entender la causa de tanto regocijo. Ante sus peguntas solo obtenía sonrisas y palmadas de ánimo. Tuvo que ser Matsuko quien le explicase el significado de lo que había ocurrido aquella mañana.

–En Japón hay solo veintitrés daimios. Son las personas más importantes después del emperador, y Kotaro está entre los más poderosos, uno de los pocos a los que el divino permite vivir en sus tierras. Los teme –añadió bajando la voz– porque los necesita demasiado, son sus brazos y sus piernas, pero las manos y los pies son los guerreros, y los guerreros solo obedecen a su daimio. Por eso ha obligado a muchos a reducir su ejército y a vivir un año cerca de la corte imperial, donde pueda tenerlos bajo su control. Kotaro se negó y el emperador se lo ha permitido, pero no sabemos por cuánto tiempo... ¿En serio venciste a Kotaro con la catana?

–Una vez y creo que solo porque la fortuna estuvo de mi lado.

–Y dijo que te falta un paso.

–Eso me dijo, ¿qué significa, Matsuko? Pregunté a todos, pero nadie quiso explicarme.

La mujer lunar, por quien ya no tenía la menor duda de que palpitaban todos sus sentidos, cerró los ojos, inclinó hacia atrás la cabeza y sus labios rojos se fueron curvando muy despacio hasta formar una media luna creciente.

–Matin, esta noche voy a compartir contigo sake y ofuro, porque tengo la sensación de que nos queda muy poco tiempo para estar juntos y tu compañía ha sido tan grata que merece una despedida de corazones abiertos.

El corazón de Martin pareció detenerse un segundo, como si tomase aire antes de lanzarse al galope por una cuesta abajo.

–¿Por qué dices eso? Yo me siento bien aquí, mejor de lo que estuve nunca en cualquier otro sitio. Si algo me molesta es que no me dejes ayudarte y también la sensación de que me cuidas a cambio de nada.

–No soy yo quien te cuida, querido Matin, sino Kotaro. Él me pidió que me hiciera cargo de ti y te enseñase el idioma, y yo, al igual que los guerreros, solo obedezco a mi daimio –explicó Matsuko, levantándose para servir dos tazas de sake templado.

–Daría mi vida por ser tu daimio o que tú fueras el mío –dijo Martin, pero Matsuko no le escuchó, o fingió no escucharle–. Estás haciendo ambas cosas de una manera excelente –añadió con un tono de voz más alto cuando ella regresó a la mesa–. Y ya que hablamos a corazón abierto, te diré que sois gente curiosa los japoneses. Las normas guían vuestra mente, como la ambición manda en el corazón de los europeos y la pasión en el alma de los americanos.

—Tú también eres un hombre curioso, Matin, cuerpo de niño, mirada de anciano, espíritu limpio y cabeza clara. Serás un gran samurái —declaró ella ofreciéndole una taza.

—¿Yo?

Martin sabía lo que era un samurái. Kotaro tenía seis. Se trataba de los mejores guerreros que a su vez mandaban a otros guerreros, como los oficiales de los ejércitos europeos, pero con un prestigio personal muy superior.

—Sí, Matin, un gran samurái, pero eso significa no solo ser el mejor en la batalla, sino vivir según las reglas del *bushido*. Ese es el paso que te falta y, conociendo a Kotaro, seguro que a partir de mañana comienzas la instrucción con un monje.

—¿Es difícil?

—¿Ves los siete pliegues de tu pantalón?

—Sí —dijo Martin, que nunca los había contado.

—Cada uno de ellos recuerda una de las siete virtudes del samurái. Si crees en ellas, vivir así es un honor; si no, es simplemente imposible. Piensa que convertirse en samurái es el sueño de todo guerrero japonés.

—Pero yo no soy japonés.

Matsuko sirvió otras dos tazas de sake y miró a Martin como si le viese por vez primera.

—Cierto. No sé hasta dónde quiere llegar Kotaro con sus desafíos al emperador, porque el divino odia a los extranjeros.

—No me gustaría ser un problema...

—Tú no eres el pájaro, solo una pluma —dijo ella con una débil sonrisa—. Por cierto, nunca me has dicho de dónde eres.

–De Irlanda. También es una isla.

–¿Es grande?

–No.

–*Ilanda* suena bonito –repitió ella como si paladease la palabra–. ¿Es una tierra hermosa?

–Lo era, sí.

Matsuko percibió un dolor profundo en la voz de Martin y decidió no seguir preguntando.

–¿Ofuro, Matin?

–¡Ofuro!

La maestra de japonés se aseaba sin prisa en la palancana mientras él, mirando el cielo, trataba de escapar del monstruo que el recuerdo de Irlanda había desatado en su interior.

–Cuando seas samurái tendrás tierras y sirvientes. Trátalos bien –dijo antes de meterse en la tinaja.

–Desde que tengo memoria he sido sirviente y nunca he tratado mal a nadie, salvo a un tipo que quiso encerrarme.

–¿Qué le hiciste?

–Incendié su castillo con él dentro. Era una persona perversa y lo merecía. No me arrepiento.

Matsuko soltó una carcajada, hundida en el agua como una sirena. Martin le secó el cuerpo cuando salió y ella hizo lo mismo cuando llegó el momento. Cenaron sopa y unos fideos alargados mezclados con carne y verdura. Después, como ya había hecho otras veces, Matsuko trajo su laúd para terminar la noche interpretando alguna canción, pero cuando se disponía a tocar, Martin le pidió el instrumento. Ella se lo ofreció con una sonrisa incrédula, hasta que empezaron a sonar las notas de una giga irlandesa, de un villancico español, de aquella balada que Molière repetía sin descanso cuando se separó de Armande. Para finalizar, tomó de la mesa la enorme púa con forma de abanico que Matsuko utilizaba para pulsar las cuerdas y reprodujo esa única melodía que ella siempre incluyó en su repertorio.

–Matin, tú también eres una persona perversa –dijo su amada japonesa con los ojos húmedos–. ¿Cuántos secretos no me has contado aún?

–Creo que si sirves dos tazas más de sake encontraré las fuerzas que necesito para hacerlo.

Ella obedeció sin hacer ningún comentario, desplazándose con esos pasos rápidos y cortos que parecían transportarla sobre el aire.

–Cuéntame, Matin –pidió después de servir el licor.

Martin apuró el suyo de un trago.

–Matsuko, te amo –dijo sin darse tiempo a pensar–. Es la primera vez en mi vida que pronuncio estas palabras y estoy seguro de que si las explico las voy a estropear. Solo sé que me dueles en el pecho cuando respiro y lates en mis párpados cuando abro los ojos cada mañana.

Por el rostro de porcelana de la mujer rodaron despacio dos gruesas lágrimas, que secó con un gesto nervioso de sus dedos.

–Matin... Hace tiempo que conozco bien tus sentimientos, tan parecidos a los míos que tengo miedo de causarte daño, de que tú me lo causes, de lo extraño que se volvió el mundo desde que llegaste. Cuando estás a mi lado, tiemblo como una rama de cerezo agitada por el viento y cuando no estás me vuelvo flor de loto, serena y luminosa a la vista, pero que alimenta sus raíces en el fango de tu ausencia.

Esta vez las lágrimas surcaron el rostro del irlandés y, sin que ninguno supiese explicar cómo había ocurrido, se encontraron de repente fundidos en un abrazo tan intenso que hubiese sido la envidia de un millón de primaveras.

–Matsuko, ¿me concederías el honor de convertirte en mi esposa?

–Nada podría hacerme más feliz, Matin, pero soy una sirviente del daimio y solo él puede darme permiso para contraer matrimonio.

–Será lo único que le pida cuando me convierta en samurái. Espero que no le importe que sea extranjero.

–Mi pequeño Matin –dijo ella tomando su cara entre las manos–. Ya nadie en Kochi te tiene por extranjero. Vistes como un japonés, en un año has conseguido hablar nuestro idioma con más elegancia que muchos campesinos, eres el mejor arquero del ejército de Kotaro y el único que le ha vencido con la catana, pero yo pronto voy a cumplir treinta años y tú eres tan joven...

Martin la interrumpió posando su dedo índice sobre aquellos labios rojos.

–Tengo más años de los que mi cuerpo aparenta, incluso muchos más de los que con acierto has adivinado en mis ojos. Soy incapaz de morir y hasta que te conocí no entendía el motivo.

–Hablas como un loco, Matin.

–Si miento, que las brasas de esta hoguera destrocen mi mano para que nunca pueda volver a sostener un arco –dijo Martin, hundiendo sus dedos en el cuadrado de arena humeante.

Matsuko lanzó un grito mientras se abalanzaba contra él para retirarle del fuego.

—Tengo que curarte, mi amor —exclamó cuando rodaron por el suelo.

—¿Curar qué, vida mía? —preguntó él, mientras mostraba su mano perfecta antes de acariciar con ella el rostro lunar y estupefacto de su amada.

—Por eso nunca he encontrado en tu cuerpo señales de un golpe, de un moratón, ni un simple rasguño a pesar de que pasas horas luchando —dijo cuando el aliento regresó a su boca.

Martin abrió las compuertas de su alma y, con la fuerza de un torrente mucho tiempo contenido, sus palabras fluyeron sin descanso hasta quedar en paz con su pasado, con su amada y con él mismo.

—Yo también quisiera saber más de ti.

—Mi querido Matin, mi vida nada tiene de emocionante. Jamás he salido de Kochi y apenas de esta casa. No conocí a mi padre y mi madre murió hace cinco años. Kotaro me da cuanto necesito para vivir a cambio de coser para él o tocar en alguna de sus fiestas... Siempre he pensado que en verdad soy hija suya, pero ni él ni mi madre me dijeron nada.

Hacía largo rato que el sol ya se había ocultado, pero ninguno encontró fuerzas para separarse del otro, de modo que durmieron abrazados cerca de las brasas.

El amanecer despertó a Martin junto al cuerpo frío de su amada. Con delicadeza cargó con ella hasta el lecho, la arropó, besó su frente, tomó una manzana y cabalgó hacia el castillo del daimio convenciéndose de que el *bushido*, cualquier cosa que eso fuera, pronto dejaría de tener secretos para él.

Durante dos días no ocurrió nada extraordinario. Se ejercitó por las mañanas con más coraje del acostumbrado y cada tarde volvió a casa de Matsuko, aquel paraíso donde el tiempo se detenía entre caricias y confesiones. Solo de vez en cuando brotaba algún plan para el futuro que un dedo de ella aplastaba contra sus labios en cuanto nacía. La tercera jornada, en cambio, Kotaro le pidió que le acompañase al interior del castillo. Nunca antes había entrado y, aunque las salas eran mucho más grandes que en la casa de Matsuko, advirtió que estaban igualmente vacías de muebles.

–Este es el maestro Tsunetomo –dijo cuando llegaron ante un japonés de corta estatura, cráneo pelado y gesto severo–. Le he pedido que te instruya en el Camino del Guerrero. Es imposible que te conviertas en samurái sin conocer nuestro código de conducta. Ser valiente en combate es solo el primer paso.

–Será un honor para mí aprender –dijo inclinando su cuerpo para saludar al monje, que sin variar su gesto devolvió el saludo.

–Hablas bien nuestra lengua –observó el instructor.

–He tenido una maestra excelente.

–Matsuko –aclaró el daimio antes de dejarlos a solas.

La clase empezó mal. Tal vez porque resultaba evidente que no era del agrado del monje Tsunetomo enseñar el *bushido* a un europeo o bien porque la primera lección consistió en que entendiese que el único camino del samurái se encuentra en la muerte, algo que para Martin no pasaba de ser un pensamiento ilusorio. Con el paso de los días, sin embargo, la relación mejoró de manera muy notable. El monje agradecía el empeño y la astucia de su alumno, mientras Martin descubría que el código de conducta del samurái era en realidad un conjunto de normas muy sesudas para explicar aquello que los carancaguas habían hecho desde siempre de manera natural: ser honrado y compasivo con los suyos, mostrar coraje en batalla, comportarse de manera sincera y honorable, respetar la naturaleza y a los antepasados no eran valores nuevos para alguien que dirigió los destinos de un pueblo durante casi un siglo. Si acaso, la cortesía con el enemigo y la lealtad absoluta hacia quien mandaba eran detalles que el propio Río Manso hubiese cuestionado. Martin no lo hizo. Había conocido ya tantas verdades que ninguna le parecía más importante que otra. Después de la inmensa cantidad de gente a la que había tratado en la vida, su conclusión es que solo había dos clases de personas, las que actuaban por principios y las que se movían por interés. Resultaba por completo indiferente que se tratase de guerreros, músicos, marineros o emperadores. Y, sobre todo, estaba dispuesto a convertirse en samurái a cualquier precio para pedir a Kotaro la mano de Matsuko.

Así transcurrió el invierno. Martin siguió instruyendo a los arqueros, practicando la espada y la lucha cuerpo a cuerpo, continuó el Camino del Guerrero con creciente entusiasmo a medida que las lecciones del severo Tsunetomo trataban más sobre la mente ágil de un samurái que sobre sus estrictas normas de conducta. Entretanto, Matsuko aprendió a voltear cuatro naranjas a un tiempo y se atrevió a pronunciar sus primeras frases en español, idioma que eligió tras pedirle que le declarase su amor en todos los idiomas que conocía. Solo el ritual del ofuro, al que se había hecho adicto, faltó a causa del frío para que la perfección fuera absoluta.

Transcurrían los primeros días de la primavera de un año al que no hubiese sido capaz de poner número cuando Martin se convirtió en samurái ante todos los guerreros de Kochi en la explanada del castillo. El propio Kotaro le hizo entrega de una catana que había mandado forjar para él. Martin la aceptó con una sentida reverencia antes de hacer con ella una ofrenda al sol ante sus compañeros de armas, que celebraron su nombramiento con cánticos y palmadas. Tsunetomo, con quien al fin había llegado a trabar un afecto profundo, contemplaba la escena sin mover un músculo de la cara, solo vigilando la suya para ver si brotaban lágrimas de emoción, algo que resultaba imperdonable en un samurái. Según la tradición del *bushido*, en aquella espada residía a partir de ahora su alma y solo para dormir debería separarse de ella. La colocó en su cintura junto al *wakisashi,* la espada corta que completaba el uniforme cotidiano del samurái.

–Ven –dijo el daimio dirigiéndose hacia el castillo, y Martin le siguió después de inclinar el cuerpo con respeto ante Tsunetomo.

Sentados en una mesita baja frente a dos tazas de sake, Kotaro le anunció la cantidad de tierra que había pensado concederle, la suficiente para vivir con desahogo, y una docena de sirvientes para trabajarla.

–Será un honor, daimio.

Entre los daimios y los samuráis no había contratos escritos. Sus palabras eran los contratos.

–¿Acaso no estás contento? –preguntó el daimio ante el gesto concentrado de su guerrero.

–Tan solo una cosa me falta para que mi dicha sea completa, señor, y tan importante me resulta que con gusto renunciaría a todo por tenerla.

Kotaro dio un sorbo a su taza de sake y le miró con fijeza.

–Habla.

–Quiero su permiso para convertir a Matsuko en mi esposa.

Kotaro quedó largo rato en silencio al oír esas palabras. Era imposible adivinar lo que ocurría detrás de su rostro de piedra, y en la mente de Martin no cesaban de resonar las palabras de Matsuko convencida de que aquel hombre era su padre.

–¿Ella está de acuerdo? –preguntó al fin.

–Lo está, mi daimio.

–¿No eres demasiado joven?

–No.

–Entonces nada tengo que decir, no soy amo de vuestros corazones. Dispondremos la boda para dentro de un mes.

–Estoy muy honrado, señor. Pensábamos que tal vez...

–La naturaleza del cielo originalmente es clara, pero a fuerza de mirarlo la vista se oscurece –le interrumpió Kotaro con una sonrisa mientras levantaba su taza de sake.

–Gracias –dijo Martin imitándole.

Ambos apuraron el resto de un sorbo.

–Solo una última cosa –dijo el daimio cuando ya se despedían, helando la sangre en el cuerpo de Martin–. Matin no me parece el nombre adecuado para un samurái. Elige uno japonés, el que más te guste. O mejor aún, deja que Matsuko lo decida por ti.

–Eso haré.

De regreso a casa imaginaba el rostro de su amada cuando le diese la noticia, notaba el contacto de la catana en su cintura, sentía el sol de primavera en la cara y, de no ser porque su nueva condición le impedía hacerlo, hubiese llorado de felicidad. Entonces escuchó el silbido inconfundible de una flecha cortar el aire y un segundo después recibió el impacto brutal contra su pecho que le tiró del caballo.

Tan fuerte era el ansia por llegar hasta Matsuko que su primera intención fue levantarse del suelo, arrancarse la flecha como tantas veces había hecho y continuar camino; sin embargo, el instinto le aconsejó quedarse inmóvil, fingiendo estar malherido, hasta que se acercase quien hubiera disparado contra él. Durante aquel breve instante fue repasando los habitantes de Kochi tratando de averiguar quién le odiaba hasta el punto de intentar quitarle la vida en el día más perfecto. Y resultó ser uno en el que ni siquiera había pensado. Nitobe, el hombre sin una pierna que no apartó de él la mirada en el momento de su llegada, se acercaba por el camino, el arco en una mano y la muleta en la otra.

–Maldito extranjero, ¿quién te has creído que eres para ocupar mi vida? –le preguntó con el rostro desencajado de furia y lágrimas.

–Pero ¿qué dices, necio? Si apenas tengo control sobre la mía –respondió Martin simulando que hablar le costaba gran esfuerzo.

–Sé que hoy el daimio te ha hecho samurái y ese era mi sueño. Luchando como un lobo para llamar su atención fue como perdí la pierna, y ahora tú, un extranjero de ojos azules, llevas en la cintura esa catana. Ya ves que no la mereces y te la voy a arrebatar, aunque ya solo pueda usarla para abrirme con ella las entrañas.

En cuanto Nitobe puso la mano en la empuñadura, Martin barrió su pierna de apoyo y le hizo caer de bruces. Desde el suelo, el japonés cojo contempló, con los ojos y la boca abiertos de espanto, cómo el samurái se incorporaba, rompía la flecha y la extraía de su cuerpo si dejar en el kimono más que un pequeño resto de sangre.

–Debería cortarte la cabeza por cobarde –dijo Martin.

–¿Cómo diablos...?

–Si quieres conservar la vida, ninguno de los dos volverá a mencionar nunca lo que ha ocurrido aquí esta mañana. Como samurái, necesito un consejero y secretario. Tú conoces mucho mejor que yo las normas de este lugar y sin duda tu apoyo me será más valioso que tu muerte. Esa es mi propuesta.

–Pero...

Martin desenvainó la catana.

–Tienes un segundo para decidirte.

–Acepto, señor. Gracias.

Fue difícil saber si Matsuko mostró más alegría por saber que ya era samurái y ella debía buscarle un nombre o por la noticia de la boda; en cambio, le resultó indiferente conocer las tierras que el daimio le había concedido o que Nitobe fuera a ser su consejero.

–Kotobuki será tu nuevo nombre –dijo ella después de pensar un buen rato–. ¿Te gusta?

–¿Qué significa?

–Larga vida –respondió Matsuko con una sonrisa.

–Creo que me va muy bien.

Nadie en Kochi faltó a la boda de Matsuko y Kotobuki, el joven samurái de ojos azules. La celebración se prolongó tres días y los regalos fueron abundantes, entre ellos una casa en sus nuevas tierras y la armadura de guerrero. Martin ya se había casado al menos media docena de veces con mujeres carancaguas, por alguna de las cuales llegó a sentir verdadero afecto, pero esa vez todo era distinto. Su corazón estaba rebosante de amor por aquella pequeña mujer, que solo necesitaba una mirada para convertirle en el ser más afortunado del universo.

Matsuko era una esposa casi perfecta y solo su exceso de sumisión a veces enojaba a Martin. Acostumbrado a las mujeres carancaguas, que con frecuencia explotaban en gritos o lanzaban lo primero que encontrasen a mano, Matsuko parecía un remanso de paz dedicada solo a su bienestar. A cambio, Martin tocaba el laúd, le contaba viejas historias o hacía trucos de magia y malabares, algo que a ella le fascinaba y en lo que iba logrando día a día notables progresos.

Durante varios años el tiempo pareció detenerse. Kotobuki seguía entrenando a los arqueros y ejercitándose cada mañana, Matsuko atendía la casa con una delicadeza exquisita y encargó una tinaja más grande para compartir el ofuro. Nitobe se encargaba de administrar las tierras. Solo de vez en cuando una sombra cruzaba como nube de verano el rostro lunar de la mujer.

—¿Qué sucede, mi amor? —preguntó él la primera vez.

—Cada día soy un poco más vieja y en cambio tú estás igual de bello que cuando te conocí —respondió ella con tristeza.

–Es verdad que no estás igual, sino mucho más hermosa y adorable. Eso dice mi corazón, y el corazón nunca se equivoca.

–Además no soy capaz de darte un hijo.

–No estoy seguro de querer un hijo para que sufra lo que yo he sufrido o para que sufra yo viéndole morir. Nada me hace más feliz que estar a tu lado, Matsuko San. Prohibida la tristeza mientras podamos tocarnos, ¿de acuerdo?

–De acuerdo, Kotobuki San.

Aquella paz se rompió la mañana que un emisario del emperador entró galopando en el castillo. Traía la noticia de que un daimio del norte había reclutado a miles de *ronin* y desafiaba la autoridad del divino. Kotaro reunió a todos sus hombres en la explanada para anunciarles que al día siguiente estuvieran preparados, pues a la salida del sol partirían hacia la capital.

–¿Qué es un *ronin*? –preguntó Kotobuki esa noche a su esposa.

–Son samuráis sin amo que luchan para quien les paga. Creo que voy a ser la única mujer de Kochi que hoy pueda dormir tranquila –le sonrió Matsuko mientras disfrutaban del ofuro–. Aun así, cuídate mucho.

–Sabes que no me hace falta.

–También de que nadie descubra tu secreto. El divino es envidioso –añadió bajando la voz como siempre que hablaba de él– y no soportaría que tuvieses un poder del que él carece.

Más de doscientos jinetes partieron al amanecer con sus relucientes armaduras siguiendo la estela del daimio Kotaro. Tras él, los siete samuráis, con Kotobuki al frente

223

de los arqueros. Otros grupos leales al emperador se iban uniendo a medida que avanzaba el viaje. Solo se detenían para reponer fuerzas y dar descanso a los caballos, de modo que en dos semanas llegaron a Edo, donde se reunieron con las fuerzas del emperador.

La batalla contra los rebeldes que intentaban tomar la ciudad duró varios días y resultó brutal y miserable como todas las batallas. Martin luchó con furia porque eso es lo que se espera de un samurái. Su habilidad con el arco y la catana llegó a oídos del emperador Nakamikado, que quiso conocer en persona al joven samurái extranjero que jamás fallaba el destino de sus flechas y cuya intervención había resultado decisiva en la victoria.

Kotaro, nervioso si tal cosa podía decirse de él, le aconsejó cómo comportarse en presencia del divino, y así llegó Martin, convertido en el samurái Kotobuki, hasta el trono del emperador de Japón después de entregar sus espadas, atravesar espléndidos jardines, estanques con nenúfares y salas fastuosas aunque casi vacías de muebles, como era costumbre en aquel país.

La primera impresión de Martin frente al trono del divino Nakamikado, rodeado de cortesanos, es que se trataba de un joven enfermizo para quien la vida había resultado siempre muy sencilla. Recordó que bajo ningún concepto debía hablar hasta que no fuera preguntado, ni mirarle directamente a los ojos.

Le preguntó su nombre, dónde había nacido, cómo y cuándo había llegado a Japón, de qué modo había conseguido hablar tan bien su idioma y convertirse en samurái, quién le había enseñado a manejar el arco, cuál era su religión y cuestiones de ese tipo. Diciendo la verdad cuando era posible y mintiendo en lo que convenía mentir para agradar sus divinos oídos, Martin respondió a todas las preguntas sin mayor dificultad, hasta que el jovenzuelo del trono le propuso que se trasladara a la corte para ejercer de consejero y entrenador de sus soldados.

—Nada podría hacerme más feliz, alteza, y tenga por seguro que siempre podrá disponer de mi espada y de mi vida como desee, pero mi familia está en Kochi y pido la gracia de continuar allí con ella.

—A la vista de tu entrega en combate nada puedo negarte —dijo el divino levantando una mano con evidente desagrado.

Uno de los cortesanos se acercó a Martin con una bolsa de cuero y le acompañó hasta las puertas del palacio, donde un guarda le devolvió sus espadas. Dentro de la bolsa había una buena cantidad de monedas de oro.

—¿Eso le has dicho? —le preguntó Kotaro.

—Sí.

Martin vio a Kotaro reír por vez primera.

—Eres muy gracioso —sentenció.

A pesar del dolor por algún amigo caído, en el retorno de los guerreros predominaba la alegría por la victoria y por los botines conseguidos en combate. Tal vez ninguno de ellos, sin embargo, cabalgaba tan feliz como el samurái Kotobuki, con las alforjas de su montura repletas de las mejores telas y alhajas que encontró en la capital para obsequiar a su esposa.

Puesto que ni un solo día habían estado separados desde que se conocieron, el reencuentro de Martin y Matsuko fue

225

como una tormenta de primavera en el jardín. Llovieron los besos, las caricias, los abrazos, los regalos, las palabras de amor. Todo aquello que no había faltado desde el primer momento en que se conocieron se multiplicó desde entonces, y así fueron pasando las estaciones. Matsuko envejecía, pero no por ello Martin dejó de amarla un solo instante. Cada mañana ella le maquillaba arrugas y le dibujaba canas en el pelo para que su secreto continuase a salvo entre los guerreros y cada noche cálida él preparaba el ofuro y tocaba el laúd, o era ella quien lo hacía.

Durante aquellos años ocurrieron pocas cosas. Kotaro murió y su hijo Hiromi le sucedió como daimio de Kochi. Nitobe contrajo matrimonio con una campesina y tuvo tres hijos varones a los que el samurái Kotobuki instruyó en el manejo de la catana y el arco. Unos piratas filipinos cometieron el inmenso error de intentar saquear la ciudad sin saber quién la defendía. Y una noche de invierno, después de pasar varios días luchando contra la fiebre y los vómitos, Matsuko falleció entre sus brazos.

Le habían enseñado que un samurái nunca llora, pero en aquel momento Martin era apenas un niño que queda huérfano por segunda vez. Si hubiese podido acabar con su vida, lo hubiese hecho sin vacilar para no dejar sola a Matsuko en su viaje, pero tampoco el destino le concedía ese consuelo. Habló toda la noche con el cuerpo de su esposa prendido del cuello, maldijo en cada lengua que conocía y a la mañana siguiente Matsuko fue incinerada, como era su deseo.

Durante cinco días con sus noches Martin permaneció encerrado en la casa sin recibir a nadie. Al sexto hizo llamar a Nitobe.

–Mi señor Kotobuki, yo... –dijo su consejero.

–Mi fiel Nitobe, necesito tu ayuda para terminar algunos asuntos que tengo pendientes.

–Lo que disponga, señor.

–Toma –dijo, entregándole unos papeles.

–¿Qué debo hacer con esto? –preguntó su sirviente.

–Lo que quieras. Es un documento por el que te nombro propietario de todos mis bienes, quiero decir, ya tus bienes.

–Pero, señor, yo...

–Silencio. No te he llamado para discutir mis decisiones. Hay algo más –dijo Kotobuki incorporándose y extrayendo la catana de su cintura–. Por fin es tuya. Solo espero que no la utilices para lo que me dijiste hace algunos años.

Nitobe temblaba como una rama mientras se resistía a coger la espada.

–Pero...

–Es la penúltima orden que te doy y si no me obedeces la desenvainaré y te cortaré la otra pierna –dijo quien estaba dejando de ser Kotobuki para convertirse de nuevo en Martin.

–Es un honor que no merezco. A veces todavía me quita el sueño recordar que intenté acabar con su vida, pero no puedo aceptarla. La catana es el alma de un samurái.

–Nitobe, mi alma ardió hace seis días y, aunque sé que un samurái lo es hasta la muerte, te aseguro que no vivo desde entonces. Sin Matsuko ya nada me retiene en Japón.

–¿Qué quiere decir, señor? –preguntó Nitobe, tomando la catana entre las manos como si estuviera fabricada de cristal.

—Mi última orden es que vayas al puerto y me consigas un pasaje en cualquier barco que zarpe esta misma noche. No importa dónde se dirija, siempre que sea lejos. Sé discreto, oculta quién es el pasajero. Espero que con esto sea suficiente —añadió entregándole un puñado de monedas.

—¿Algo más, señor?

—Sí, no vuelvas por aquí. Solo envía a uno de tus hijos para que me diga el nombre de la embarcación... Ah, y dame un abrazo.

Cuando se separaron, Nitobe abrió la boca, pero no dijo nada. Hizo una lenta reverencia y salió de la casa. Martin fue entonces en busca de un cuchillo para cortar su cabellera de samurái.

IX

Además del conductor, otro sicario viajaba al lado de Martin en el asiento trasero para evitar que se quitase la venda de los ojos. Eso puso en guardia el resto de sus sentidos. Olió pan caliente y luego el hedor de un vertedero. Escuchó las horas en un campanario, el suspiro de un avión que aterrizaba. Iba sentado en el asiento trasero derecho junto a la ventanilla y, aunque salieron a mediodía de una mañana luminosa, el sol apenas rozó su cara, de modo que viajaban hacia el sur o hacia el oeste.

Media hora más tarde le dejaron en el punto de la calle Atocha donde le habían secuestrado, de lo cual dedujo que se trataba del mismo conductor o tenía instrucciones muy precisas, y allí quedó memorizando la matrícula del BMW plateado que se perdía en el tráfico. Después empezó a caminar hacia su casa con ritmo cansino. Sentía la cabeza pesada y no sabía si la causa era la noticia sobre su inmortalidad, las drogas que le habían administrado o la decepción por el engaño de Alicia.

Pasó la tarde tumbado en el lecho sin atender las continuas llamadas que ella le hizo, y al caer la noche salió a correr para desentumecerse. La idea de cambiar de país, ya que no podía hacerlo de cuerpo ni de planeta, se iba abriendo paso en su mente a cada metro que avanzaba. Durante toda su vida había conservado la dulce sospecha de que Ailyn, su madre, fue de verdad una bruja a la que habían quemado por conocer el secreto de la inmortalidad que en algún bebedizo le había transmitido. Se trataba de un pensamiento que le había ayudado a conciliar el sueño más de una noche de tristeza y ahora, de repente, un doctor le revelaba que era un simple mutante. Se sentía desconcertado, como si aquella verdad científica hubiese arrebatado a su existencia toda poesía, toda grandeza, toda dignidad. No era en absoluto la fotocopiadora perfecta, solo un inmenso error de la naturaleza.

Cuando regresó a casa, en su móvil había veinte llamadas de Alicia. Lo desconectó antes de meterse en la ducha y con el agua cayendo sobre su cuerpo rompió a llorar. La última vez que recordaba haberlo hecho fue tras la muerte de Matsuko, y ya habían pasado casi tres siglos. Demasiado tiempo, incluso para un inmortal.

Pensó que le costaría trabajo dormir, pero mientras lo pensaba cayó en un sueño agitado, repleto de colores luminosos entre los que se movían pequeñas figuras a las que no conseguía acertar con su arco por más que apuntaba.

Para librarse del recuerdo de Alicia, que le acosaba con la insistencia de una pesadilla, en cuanto abrió los ojos salió a correr, a remar, a jugar al ajedrez con los jubilados del Retiro. Volvía para quitarse el sudor, considerando sin ningún motivo aparente que tal vez Chile fuese un buen destino para vivir los próximos años, cuando la encontró apoyada en un coche junto al portal.

–Hola, Martin.

Martin la miró de arriba abajo como si se tratase de una desconocida.

–Veo que tu amigo el ricachón ya te ha liberado.

–Martin... Estoy muy dolida por lo que ha ocurrido.

–No es para menos. Los secuestros con café y tostadas por lo general son muy duros –ironizó Martin antes de proseguir su camino hacia el portal.

–No te pido que me perdones aún, pero creo que antes de juzgarme tengo derecho a ser escuchada.

–Habla.

–¿Aquí? –preguntó Alicia mirando alrededor–. Déjame subir, por favor. Es una historia larga y me gustaría contártela con calma. Luego responderé todas tus preguntas y si quieres desapareceré de tu vida para siempre, te doy mi palabra.

–¿Tu palabra? Bueno, tratándose de algo tan valioso supongo que no puedo negarme –sonrió Martin mientras abría la puerta y la invitaba a entrar.

Alicia le amenazó con su dedo índice como si estuviese a punto de responder una grosería, pero finalmente bajó la cabeza y se dirigió a la escalera. Esperó a que Martin abriese la puerta y se quedó un instante parada en el recibidor.

–¿Te importa si me preparo un té? –preguntó.

–Creo que recuerdas dónde está todo. Con tu permiso, voy a ducharme. Llevo toda la mañana corriendo para no pensar en ti.

–Qué suerte –dijo ella.

Cuando Martin llegó al salón, Alicia había preparado dos tazas y removía el saquito de la suya con la mirada perdida en la ventana.

–¿Has comido? –preguntó Martin, más relajado después del atracón de agua caliente.

–No tengo hambre. ¿Y tú?

–Tampoco.

–No sé por dónde empezar, porque en el fondo es todo tan normal y a la vez tan absurdo... –dijo ella, antes de apurar un sorbo de té–. Aunque te cueste creerlo, llevo un día entero tratando de ponerme en tu punto de vista y quiero dejar claro que no voy a pedirte nada. Por lo tanto, no tengo ninguna razón para mentir.

–Tampoco la tenías antes.

–Sí la tenía, Martin. Es justo lo que pretendo explicarte.

Martin no esperaba aquello. Se dejó caer a su lado en el sofá.

–Adelante.

–Empezaré por el principio –dijo Alicia tomando aire–. Mi familia es gente muy normal. Vivimos de un puesto de embutidos que mi padre tiene en el mercado. Mi hermano mayor estudia Derecho y yo, esto ya lo sabes, acabo de empezar Medicina... Como ves, nada especial. Hasta que un día mi padre enfermó. Empezaron las visitas a los médicos, las pruebas y luego el diagnóstico. Cáncer de médula. Le hicieron tratamientos de todo tipo, pero aquello no tenía buena pinta. Empecé a investigar y descubrí que en Houston hay un hospital especializado en esa precisa enfermedad, con un porcentaje de curaciones impresionante, el MD Anderson. El problema es que se trata de un centro privado y el precio estaba muy por encima de nuestras posibilidades, así que no se me ocurrió otra cosa que exponer el caso en internet pidiendo ayuda. No tenía ninguna esperanza de que aquello sirviese para algo, pero resulta que una semana después alguien respondió, nada menos que un multimillonario y precisamente desde Texas.

—Nuestro amigo Samuel Wark —adivinó Martin.

—El mismo. Se ofrecía a pagar el tratamiento, la estancia en un hotel de la ciudad para toda la familia e incluso mi carrera universitaria. A cambio solo pedía un favor muy especial por mi parte que me contaría en persona, y estaba dispuesto a viajar hasta Madrid para hacerlo. Imaginé cualquier clase de atrocidad, pero mi desesperación había llegado a tal punto que le dije que sí.

—Y vino a Madrid.

—Así es. Me citó en una cafetería del centro y nos entendimos en una mezcla extraña de español e inglés. Me dijo que a cambio de su ayuda lo único que tenía que hacer era seducir a un joven.

—Yo.

—Tú.

—Y ¿te explicó el motivo?

—Me dijo que tu organismo posee unos anticuerpos muy poderosos que podrían salvar muchas vidas, pero que tú te negabas a colaborar con sus laboratorios, y me enseñó unos documentos que demostraban que en Texas existen efectivamente los laboratorios BioWark. Ya ves que, dentro de la rareza, todo parecía bastante coherente, así que acepté. El plan era conseguir que te enamorases de mí, luego fingir un secuestro y en cuanto tuviera las pruebas de tu cuerpo que necesitaba, te soltaría sin que nadie sufriese daño. Contrató a unos tipos para simular que me atracaban cuando tú pasaras por la calle, y el resto creo que ya lo sabes. Bueno, hay algo que no. Mi padre está en el MD Anderson de Houston y al parecer reacciona muy bien al tratamiento, tú estás sano y salvo, así que... si quieres que te sea sincera, no me arrepiento de lo que hice.

–De modo que todo fue una maldita trampa desde el primer momento –resumió Martin con tristeza–. A lo largo de mi vida me han perseguido, secuestrado, disparado, encerrado y no sé cuántas cosas más, pero no recuerdo que nunca me hayan engañado tanto.

–Lo siento, Martin. Lo hice por mi padre y volvería a hacerlo. Pero ¿sabes una cosa? Hay algo que no estaba previsto en el plan, y es que yo también me enamorase como una imbécil –dijo ella levantándose.

–¿Te dijo algo sobre mis especiales anticuerpos y por qué me negaba a colaborar con él?

–No, y ahora que lo dices es algo que, después de conocerte, me he preguntado muchas veces. No me gustaría quedarme con esa duda.

–Sufro una mutación en el gen de la telomerasa.

–¿Cómo? –preguntó Alicia con los ojos muy abiertos.

–Soy inmortal.

–Yo te he hablado con el corazón en la mano, Martin. Eso no ha tenido ninguna gracia.

Sin decir palabra, Martin hizo estallar entre sí las dos tazas vacías. Luego eligió el fragmento más afilado y lo hundió sin contemplaciones en su brazo ante la atónita mirada de Alicia, horrorizada de espanto y tan pálida que hubo de sentarse de nuevo para no desplomarse sin conocimiento. Su boca simpática estaba abierta como un túnel, y al verla era difícil averiguar si iba a gritar a pleno pulmón o buscaba aire.

–¿Qué dices ahora? –preguntó Martin mostrando su brazo impoluto.

–Pero ¿cómo demonios...? –preguntó ella cuando recuperó el aliento.

Martin le resumió la explicación del doctor Palmer y ella, como estudiante de medicina, la entendió a la perfección.

–Ninguno de los dos conocíamos la causa hasta ayer... –concluyó–. ¿Ya entiendes para qué me quería?

–¡Es alucinante! –exclamó ella, mirándole como si lo viese por vez primera–. Lo que no entiendo es cómo podía saberlo un tipo que vive en Texas.

–En el siglo XIV yo aún no era consciente de lo que me ocurría y cometí el error de permanecer demasiado tiempo como novicio en el monasterio de Warrenpoint. El padre James observó que no crecía, ni me salía barba, que ni siquiera enfermaba cuando todos los hermanos habían comido algún producto en mal estado, y dejó todo aquello registrado en su diario. Por alguna maldita razón esas páginas han circulado luego por demasiadas manos hasta acabar en las de Samuel Wark.

Michael habló con el tono de quien piensa en voz alta. Todas las precauciones mantenidas a lo largo de su vida se habían esfumado de pronto y ni siquiera se daba cuenta, como si ser víctima de un hechizo fuese un secreto que debía ser guardado con el mayor de los cuidados y, en cambio, ser un mutante no mereciese ningún respeto.

–¿Has sido monje? –preguntó Alicia, ya un puro parpadeo aplastado contra el sofá.

–Benedictino, para más señas. Eran otros tiempos.

–Pero ¿cuántos años tienes?

–El dieciocho de abril cumplí seiscientos cincuenta –respondió él después de pensarlo un momento–. Y nadie me felicitó.

–Felicidades, Martin.

–Gracias. Ahora que lo sabes todo puedes llamarme Michael. Es mi verdadero nombre.

–Michael... Ahora entiendo por qué sabes pelear de ese modo, tocar el piano, hacer magia, malabares, hablar un montón de idiomas y no quiero pensar cuántas cosas más. A veces llegué a sentirme un poco boba a tu lado... Claro, imagino que para ti soy una cría sin ninguna experiencia.

–¿Tú me ves como un anciano decrépito? –preguntó Michael acercándose a ella.

–Mirándote es difícil.

–Pues cuando yo te miro veo a una joven preciosa que me vuelve loco. Si lo he pasado mal, es solo porque te quiero. Lamento haberte juzgado con tanta ligereza –añadió él, buscando su boca para besarla cuando una mano le detuvo.

–Me pregunto de cuántas mujeres antes de mí habrás estado enamorado en todos esos años.

–De una –respondió él con absoluta seguridad.

–¿Era hermosa?

–Sí.

–¿Cómo se llamaba?

–Matsuko. De eso hace casi tres siglos.

–¿Has matado a mucha gente? –volvió a preguntar ella, negándole aún el beso pero sin apartar su cara.

–Pensaba encargar una pizza –dijo él, esquivando la cuestión y tomando el teléfono–, pero si continúas empeñada en que te cuente mi vida exigiré la carta completa.

Cuando terminó de hacer el pedido, Alicia le observaba con una seriedad formidable, como si hubiese crecido diez años de golpe. Michael no se arrepentía de haberle revelado su secreto. Al contrario, igual que ocurrió cuando lo hizo con Matsuko, sentía el alivio de quien puede al fin compartir una carga muy pesada, pero temía que su manera de hacerlo hubiese sido quizá precipitada.

–Alicia, lo siento mucho si...

–Martin... digo Michael, ¿esos cerdos te tomaron muestras de ADN? –le interrumpió.

–Me drogaron, así que tomarían lo que les viniese en gana. Por suerte, las pruebas demostraron que no se puede hacer una transfusión de mi gen anormal, porque ya antes de esto el viejo bastardo había llegado a ofrecerme una fortuna a cambio de convertirse en inmortal. Con ochenta años, el muy imbécil.

–Y ¿tú lo creíste sin más?

–Lo que dijo el doctor Palmer tenía sentido. Además, hasta Wark comprendió que, aunque hubiese podido conservar su cuerpo, nada podía hacerse por evitar el deterioro de su cerebro.

237

Alicia sacudía la cabeza con un movimiento nervioso, como si apartase una a una cada palabra por inútil.

–No estoy hablando de Wark. Me refiero a tu huella genética.

–Creo que me estoy perdiendo –reconoció Michael.

–¿Has oído hablar de la clonación, de Dolly?

–Sí, claro. Era una oveja creada en laboratorio a partir de otra oveja adulta y por lo tanto genéticamente idéntica. El primer mamífero al que consiguieron clonar, ¿no?

–Exacto... A partir de una huella genética –dijo Alicia.

Aquellas palabras estallaron en el salón con más violencia que las tazas vacías de té. El silencio que dejaron en el aire durante algunos minutos fue devastador. Michael, tantas veces acostumbrado a enfrentar situaciones nuevas, boqueaba como pez fuera del agua sin conseguir coordinar sus movimientos ni sus ideas. Solo una frase de Wark, abriéndose paso en su memoria como un rayo de sol en mitad de la tormenta: «Siempre he sido un hombre de negocios que sabe cuándo ganar y cuándo perder».

–¿Quieres decir que...?

–Imagina un ejército de clones tuyos entrenados para matar. Nada podría detenerlos, Michael. Sería el arma perfecta.

El conde de Saint Germain

En el puerto encontró sin dificultad el barco que el hijo de Nitobe le había indicado. Desde cubierta, un hombre le hizo señas invitándole a subir. Martin obedeció y, sin que ninguno pronunciase una sola palabra, caminó tras él hasta un pequeño camarote. Dentro había una litera minúscula y una mesita sobre la que reposaban una botella de sake y un cuenco de arroz con carne. Martin se tumbó en la litera con los ojos fijos en el techo. Si no hubiese existido el techo, ni su mirada ni su gesto hubiesen sido diferentes.

Poco tiempo después de que el barco comenzara a bambolearse, escuchó tres discretos golpes en la puerta. La abrió un japonés ya entrado en años, con el rostro curtido por muchas horas de sol.

–Saludos, soy el capitán Takumi –dijo–. El hombre que me pagó me pidió que no hiciera preguntas, pero hay una que debo hacer.

–Adelante.

—¿Dónde quiere desembarcar? Dentro de tres días podemos dejarle en Filipinas, allí hay personas de ojos redondos como usted. Más abajo, ya solo las islas del sur, gente primitiva. Usted decide, a mí me da igual.

—¿Cuál es el destino de este barco?

—Esto es un ballenero, amigo —sonrió el capitán—. Vamos hasta las aguas heladas.

—¿Cazar ballenas es peligroso? —preguntó Martin de pronto.

—Lo es.

—¿Admite un hombre más?

—Pero no fue eso lo que... —arrugó la nariz Takumi.

—Le aseguro que no huyo de Japón por un delito. He sido marino y disparo mejor que cualquiera de sus hombres. Póngame a prueba si lo duda. Ayudaré en lo que sepa a cambio de comida.

—Disculpe mi insolencia, pero en Kochi se hablaba de un samurái de ojos azules que...

—Se oyen muchas tonterías. ¿Acepta mi trato? —le interrumpió Martin.

—Además de peligroso, cazar ballenas es duro. Allí abajo hace frío, las manos sangran, los huesos duelen, el rostro se agrieta y si no lo soporta tendrá un problema, porque podemos tardar meses en regresar —advirtió el capitán Takumi.

—Lo soportaré, créame. Es justo lo que necesito para aclarar mi cabeza. A la vuelta le diré dónde puede dejarme.

—Como usted decida.

—Una cosa más. Si le menciona a sus hombres esa ridícula leyenda del samurái el que tendrá un problema será usted, capitán.

—Entendido, señor.

—No soy su señor. Soy su marinero, señor.

—Pues sube a cubierta ahora mismo, hay cosas que hacer —ordenó el capitán con una sonrisa cómplice.

—Sí, señor.

De los múltiples oficios que había ejercido en su vida, ninguno alcanzaba de lejos la aspereza de ser marino en un ballenero en la Antártida. De las velas no colgaban cada mañana gotas de rocío, sino afilados fragmentos de hielo, por lo que era necesario repararlas de continuo. Los cabos de cuerda se volvían rígidos como si estuvieran hechos de metal y las manos y los rostros de los hombres se entumecían antes de cubrirse de grietas. Martin se había ingeniado con trapos una especie de guantes para ocultar sus palmas impolutas y, al igual que hacía el resto de los marineros, embadurnaba su rostro con grasa de ballena para mostrar lo menos posible que en su piel no había el menor estrago.

Ya fuese por indiscreción del capitán o porque la leyenda del samurái de ojos azules se había extendido son rapidez, Martin estaba seguro de que toda la tripulación sabía quién era. Nadie en el barco hizo preguntas sobre su presencia, nadie alabó su precisión con el arpón ni su resistencia al manejar los remos de las barcazas cuando tenían que agotar al enorme animal sin que se hundiera, arrastrarlo después hasta el barco y dejarlo colgado del casco para ir quemando su grasa y troceando su carne. Michael realizaba aquellas tareas con tanta eficacia como falta de entusiasmo. Aquellos inmensos y nobles animales despertaban en él una profunda compasión y fue persiguiendo a uno de esos bellos gigantes marinos cuando su corazón, igual que una brújula precisa, le indicó cuál debía ser su próximo destino. Era hora de regresar a Irlanda.

Aunque era difícil en aquel rincón del mundo seguir la cuenta de los días, Martin calculó que había transcurrido al menos un año cuando el ballenero, con las bodegas repletas, puso rumbo a Japón. Entonces pidió a Takumi que le desembarcase en las costas de Filipinas. Solo allí podría encontrar el modo de regresar a Europa. El capitán no encontró inconveniente y además se empeñó en pagarle.

–Ese no era el trato. Además donde voy estas monedas no sirven de nada –protestó Martin.

–Por eso te ofrezco oro, siempre puedes fundirlo. Has trabajado como el mejor de mis marineros, y es justo que recibas tu salario –dijo–. Y aunque no me considero digno de explicarle a un samurái qué es la justicia, déjame decirte al menos que ha sido un honor cazar a tu lado.

–Lo mismo digo.

Takumi no quería problemas con las autoridades españolas de la isla y por eso le llevaron a tierra de noche en una de las barcazas. A punto estuvo de perder su prestigio como samurái derramando unas lágrimas cuando, al despedirse de la tripulación, cada uno de ellos le dedicó una silenciosa reverencia.

La suerte que tantas veces le había sido esquiva le sonrió en Filipinas, pues un carguero español llevaba una semana reparándose en el puerto de Borongan. Viéndole vestido como un pordiosero asiático, el capitán Valverde compuso un gesto de desprecio y trató de apartarlo de su camino como si fuese un perro enfermo, pero cuando Martin le habló en su idioma se detuvo a escuchar la triste historia de aquel joven grumete, cuyo miserable padre, ya fallecido, había entregado como sirviente a un jefe nativo para pagar las deudas que contrajo a causa del juego y la bebida. Acostumbrado durante tantos años a infundir respeto, no fue sencillo para Martin suplicar a aquel hombre uniformado. Solo gracias a lo que Molière le había enseñado sobre interpretación pudo camuflar su orgullo y enrolarse como grumete en el *Santa Clara*.

Ni amigos ni enemigos hizo durante aquel viaje. Permaneció tan discreto y silencioso como pudo, realizó cada tarea encomendada con obediente eficacia y, puesto que todos debían conocer ya la penosa vida del joven vendido por su padre, nadie le importunó. De este modo llegó al puerto de Huelva en el verano de 1733.

En cuanto el *Santa Clara* fondeó en puerto y los marineros bajaron a tierra, Martin aprovechó para desaparecer sin despedirse de nadie. Su objetivo era encontrar una herrería donde pudiese convertir en oro las monedas japonesas y así comprar ropa nueva y un pasaje hasta Irlanda. El herrero resultó ser un tipo grande y amable que mientras fundía el oro le advirtió de la dificultad para conseguir un barco hasta las islas británicas en Huelva.

–Tendrás que ir a Lisboa, muchacho. El tráfico con Inglaterra es más fluido desde allí.

–Deje para usted lo que considere justo por su trabajo –le dijo Martin señalando el oro.

Llevaba demasiado tiempo sin pisar tierra firme, no tenía ninguna prisa y el tiempo era excelente, de modo que empezó a caminar hacia el sol poniente. Así, durmiendo bajo los árboles y recurriendo a las infalibles trampas de Fritz para alimentarse, continuó un mes antes de alcanzar Lisboa.

El herrero estaba en lo cierto. Allí el tráfico con Gran Bretaña era frecuente. Mucho más con Inglaterra, pero conseguir un pasaje a Irlanda no le supuso esperar más de una semana en aquella hermosa ciudad, de la que no hubiera sabido muy bien decir si le sugería ser una anciana a medio vestir o a medio desvestir.

Una semana duró la travesía en barco y dos días le llevó cubrir a pie la distancia entre Dublín y Magennis. Dos días caminando entre miseria. Como si a la isla le hubiera sucedido lo mismo que a su cuerpo, el tiempo allí parecía haberse detenido para siempre. Magennis no era una excepción. El pueblo había cambiado muy poco y encontró con facilidad la vieja hacienda familiar, en la que ahora se levantaba una humilde casa que en bien poco se diferenciaba en aspecto y olores de la que él habitó.

Contemplaba ensimismado el lugar exacto donde quemaron a su madre cuando salió a su encuentro una sonriente campesina. Le estuvo contemplando un rato sin decir nada, hasta que Michael se sintió en la obligación de explicar su presencia.

–Buenos días –dijo en gaélico–. Mis antepasados eran de aquí y siempre tuve ganas de conocer este lugar. Soy pescador, mi barco ha fondeado en Dublín y aproveché para escaparme.

–Aquí la gente no viene, chico. Se va. No hay futuro en esta tierra –respondió ella en el mismo idioma.

–Dígame, ¿vive en el poblado algún O'Muldarry o algún Neligan?

–El dueño del almacén se llama Louis Neligan. ¿Es pariente suyo?

—Tal vez —respondió Michael antes de despedirse con una inclinación de cabeza.

Detrás del mostrador, encontró a un viejecillo miope que en nada le recordaba a su posible antepasado criminal. Le compró una gorra y al salir a la calle supo que aquella vieja herida se había cerrado. Aunque solo fuera por ese motivo, el viaje a Irlanda había merecido la pena, pero no tenía el menor deseo de permanecer allí. Quizá su cuerpo de diecisiete años fuera inmune al cansancio, pero su alma empezaba a mostrar síntomas de fatiga. Llevaba encima demasiadas vidas y el recuerdo de Matsuko aún pesaba en su corazón como un ancla.

Desde que fue mendigo en París no había vuelto a sentir una desolación semejante. Solo deseaba dormir cien años. Por otra parte, sus reservas de oro comenzaban a agotarse y no se encontraba con ganas de volver a ganarse la vida volando malabares en las calles. Decidió volver a Rambouillet, desenterrar las monedas de oro, comprar una pequeña casita cerca del mar y retirarse del mundo hasta que volviera a tener ganas de habitarlo. Con ese propósito caminó hasta Dublín y allí embarcó en el primer navío que partía hacia Francia.

Tenía la intención de caminar desde el puerto de Le Havre hasta sus monedas; sin embargo, al tercer día de marcha la vida salió una vez más al paso de sus planes. Esta vez en forma de jinetes comandados por un jovenzuelo que no aparentaba más edad que él y cuyo rostro le resultaba vagamente familiar. Pensó si se trataría de un descendiente del duque de Armagnac.

—Apártate del camino, asqueroso vagabundo —le gritó.

Nada le hubiera costado obedecer, pero al parecer el samurái que llevaba dentro no había muerto del todo.

–No tendré inconveniente en hacerlo si me pedís disculpas por vuestra insolencia y lo solicitáis de un modo más educado.

Grande fue la carcajada entre el grupo de soldados, lo cual envalentonó al muchacho que los dirigía.

–Te lo repetiré por última vez: o te apartas de mi camino o mis hombres te darán una lección que no olvidarás. Soy el conde de Saint Germain, estas tierras me pertenecen y estás en ellas sin permiso.

–Decidme qué hicisteis para merecerlas y me apartaré con gusto. Si solo las habéis heredado no encuentro razón para obedeceros.

–¿Será bellaco el deslenguado este? –gritó muy enojado–. Claude, Emile, dadle una lección antes de que huya.

–¿Quién te ha dicho que tengo intención de huir? –preguntó Martin, dejando a un lado su hatillo y adoptando la posición de guardia.

El joven noble reía hasta que el primero de sus hombres, que avanzaba espada en mano, giró de pronto en el aire hasta desplomarse sin sentido enfrente del vagabundo, en cuya mano estaba ahora el arma. Martin echó de menos la caricia ligera de la empuñadura de la catana, pero le llenó de emoción sentir de nuevo una espada en las manos y, como si de una catana se tratase, la levantó. El segundo soldado quedó desconcertado durante unos segundos que Martin aprovechó para golpear con el talón su plexo solar, haciéndole caer al suelo como un abanico roto. Los cinco jinetes que aún quedaban en sus monturas descabalgaron, pero no fueron suficientes para derrotar al único hombre que venció a Kotaro con una espada en la mano. Sin que ninguno de ellos resultase herido de gravedad, siete cuerpos yacían esparcidos poco después alrededor del vagabundo.

–Y vos, ¿no venís? –preguntó Martin al noble, arrojando la espada al suelo.

–Reconozco que me has dejado impresionado –dijo el joven aristócrata sin bajar de su montura–. ¿De dónde has salido tú?

–Del camino ya ves que no, ¿me dejas continuarlo?

–Viendo tu lamentable estado, te propongo algo mejor. Trabaja para mí, instruye a mis hombres y a mí mismo.

–¿Habitación, comida y jornal? –preguntó Martin.

–Y todo de primera, te lo aseguro.

–De acuerdo –dijo Martin sin pensarlo demasiado. Las monedas de Rambouillet podrían esperar.

El castillo del conde de Saint Germain nada tenía que envidiar al de Armagnac. Al contrario, el esplendor de aquel lugar resultaba asombroso. Solo en el palacio del emperador de Japón había encontrado más lujo. Según le confesó el propio conde, cuyo rostro le recordaba quizá a un marinero español, sus padres habían fallecido tres años antes a causa de una enfermedad infecciosa y por eso él, siendo tan joven, gobernaba aquella inmensa propiedad.

Después de quedar instalado en una enorme habitación con todas las comodidades, Martin tomó el encargo de adiestrar en combate a los soldados del conde. Como a él le habían enseñado, trató de inculcarles también el código de honor de un guerrero, una labor que resultó bastante más compleja que las técnicas de lucha, pues se trataba de hombres más propensos a la diversión que a la disciplina, y su mente se distraía con cualquier banalidad en lugar de prestar atención a lo importante.

La única excepción era el conde. Se había reservado a solas sus horas de instrucción y absorbía cualquier conocimiento y destreza con el mismo empeño que Martin empleó en Japón. En apenas dos años manejaba la espada y el arco como un auténtico samurái y, no satisfecho con eso, a partir de ese momento quiso ampliar sus conocimientos con una curiosidad insaciable. Hizo que Martin le enseñara japonés, alemán, español, música, magia y malabares. Además, tenía una afición desmedida por las joyas y los metales, hasta tal punto que en el sótano del castillo había hecho construir un auténtico laboratorio de alquimia donde fundía, componía y mezclaba toda clase de materiales, experimentos que a veces le invitaba a compartir. El conde de Saint Germain apenas dormía y durante meses podía desaparecer dejándole a cargo de su hacienda.

A todas esas rarezas Martin añadió el gesto sorprendido del criado más veterano la noche que casualmente le preguntó por los padres del conde.

–Que yo recuerde, en esta casa nunca ha habido más señor que el señor conde –dijo, como si hubiera escuchado una absoluta estupidez.

Tras regresar de una de aquellas largas ausencias, el conde invitó a Martin a una cena en la que no faltaba ningún manjar ni los vinos más selectos de la bodega. Conociendo al conde, prefirió no hacer preguntas y esperó a que fuese él quien pronunciase la primera palabra. Lo hizo cuando los criados retiraron el último plato.

–Hace ya tiempo que, más que señor y empleado, somos casi familia, ¿no te parece, Martin? –preguntó, escanciando licor en dos copas.

–Así es.

–En este tiempo he aprendido mucho de ti y espero también haberte enseñado algo.

–Desde luego, no tenía el menor conocimiento sobre cetrería ni sobre alquimia. Además, la biblioteca del castillo es excelente –dijo Martin.

El conde asintió con un leve gesto de pena en la mirada.

–Sin embargo, yo te estoy ocultando algo y sé que tú también me ocultas algo a mí.

–No sé a qué te refieres.

–Martin, si te empeñas en ofender mi inteligencia vamos por muy mal camino –dijo el conde meneando la cabeza–. Desde hace cinco años no solo vives en mi castillo, sino que lo conoces y conoces mis negocios mejor que yo mismo. Mis hombres a día de hoy te respetan más que a mí, mis riquezas han aumentado desde que tú te haces cargo y ni siquiera te pago. Imagino que tú tomas lo que consideras que te corresponde.

–Conde, yo... –quiso explicar Martin.

–Nada tengo que decir a eso –le interrumpió el noble–. Sé que mis negocios no podrían estar en mejores manos. El caso es que creo haberte demostrado una confianza absoluta y a veces me pregunto por qué tengo la sensación de que tú no me la devuelves. En realidad, somos más parecidos de lo que crees.

–No sé a qué te refieres –dijo Martin, a quien empezaba a inquietar el giro de la conversación–. En cuanto al parecido, es cierto que tenemos la misma estatura y el mismo color de piel, diría incluso que la misma edad.

El conde rellenó de nuevo las copas de licor. Sus ojos brillaban.

–Te propongo un juramento de lealtad y silencio –dijo tomando un puñal y rajando la palma de su mano–. Haz lo mismo.

Martin tomó el puñal y obedeció, pero cuando el conde iba a estirar la suya para sellarlo, la palma de Martin estaba tan impoluta como antes del corte. Saint Germain sonrío sin mostrar excesiva sorpresa.

–¿No decís nada? –preguntó Martin.

–¿Ves a lo que me refiero? –se limitó a decir mientras envolvía su mano en un pañuelo–. Aparentas ser un mozalbete, pero los ojos no saben mentir. Nadie a tu edad puede hablar tantas lenguas y comportarse con tanta prudencia, por no mencionar la lucha y la música. ¿Qué eres, Martin? ¿Un ángel? ¿El mismo demonio? Respondas lo que respondas no cambiará mi afecto por ti, pero quiero la verdad.

–No soy nada de eso que dices.

–Para que aprecies mi buena intención, yo también voy a confesarte algo que no debería, pues pone en juego mi vida y el futuro de Francia. Soy espía. Por eso a veces desaparezco para cumplir alguna misión que nuestro rey Luis XV me encomienda. El mundo pronto estallará en una guerra sin precedentes y tus enseñanzas sobre otras lenguas me están siendo muy útiles para estas labores. Prusia y Gran Bretaña son nuestros enemigos. No voy a darte más detalles, porque imagino que tampoco tu interés por estos asuntos es muy elevado. Ahora es tu turno.

Martin apuró el licor de su copa antes de hablar.

–Estoy vivo desde el siglo xiv. Mi madre fue quemada por bruja y pocos años después dejé de envejecer y sufrir heridas, como has comprobado. He vivido en los lugares más diversos de las formas más diversas. He sido saltimbanqui, mago, marinero, fraile, guerrero indio, actor, samurái, cazador de ballenas y puede que algunas cosas más que no recuerdo. He perdido la cuenta de las lenguas que hablo y he estado casado más de media docena de veces, aunque solo amé a una mujer y por su pérdida he llegado hasta aquí –resumió Martin su larga vida.

–¡Inmortal! –exclamó el conde–. Martin, enséñame la manera.

–¿Crees que si lo supiera hubiese dejado envejecer y morir a la mujer que amaba? He pensado que tal vez fuera algún hechizo de mi madre, si de verdad era bruja, o quizá el veneno de una serpiente en el bosque de Lam...

–¿Se lo has dicho a alguien más?

–A dos personas, pero ninguna está con vida.

–Hazme caso, es mejor para ti que nadie sepa esto. Lo importante es que el elixir de la eterna juventud existe. Eres tú, no mentían los papeles de ese monje. Con paciencia y mi laboratorio encontraremos la clave –añadió alzando su copa con gesto triunfal.

–¿Tienes los papeles del padre James? –preguntó Martin con el pulso acelerado.

–Los estaba buscando, pero teniéndote a ti ya no los necesito.

A partir de aquella conversación el conde de Saint Germain empezó a pasar más horas en el laboratorio, donde a veces contaba con Martin y a veces no. A tal extremo llegó su obsesión que incluso se encerró por dentro. Le pedía pelos, saliva, sangre y realizaba mezclas que probaba en ratas, gatos y perros, a los que después hería para comprobar si sus heridas se cerraban. Cada fracaso no le detenía, sino que impulsaba su demencia como si el resultado final estuviera siempre un paso más atrás. De poco servía hablar con él. Las pocas veces que lo encontraba parecía enajenado. Sonreía, pero su mirada parecía ausente y cada vez pasaba menos tiempo fuera del laboratorio, donde con frecuencia había que llevarle la comida y con no menos frecuencia retirarla sin que hubiese probado bocado.

Durante ese tiempo, Martin no solo se ocupó de administrar las propiedades y entrenar a los soldados sino que, haciéndose pasar por el conde, realizó dos misiones secretas que llegaron al castillo con el sello real. Mantuvo una entrevista con el embajador de Suecia y entregó un documento en la dirección que se le indicaba. Lo hizo solo para mantener a salvo el prestigio del conde, pero nada hubiera ocurrido si se hubiese hecho pasar siempre por él, pues de hecho su estatura y complexión eran idénticas.

Unos meses más tarde estalló la guerra contra Gran Bretaña que el conde le había anunciado y probablemente él había contribuido a provocar. Duró siete años y con ese nombre quedó registrada en los libros de historia.

Una mañana, después varios días en los que ningún sonido se escuchaba en el laboratorio y un hedor insoportable emanaba del interior, echaron la puerta abajo y descubrieron el cuerpo del conde irreconocible, ya casi descompuesto. Martin reunió a los criados y soldados más antiguos para decidir entre todos cuál era la mejor decisión que tomar. El conde no había dejado testamento y sus sirvientes temían que apareciese algún pariente lejano para quedarse con la hacienda, por lo que resolvieron darle cristiana sepultura dentro de los muros del castillo, ocultar el suceso y que, aprovechando el parecido, Martin siguiera comportándose como si fuese el propio conde. Como entre sus muchas dudas no encontró una idea mejor, terminó por aceptar.

Durante aquellos años vivió como un auténtico noble. Cazaba, se ejercitaba por la mañana en el patio de armas, leía junto al fuego, practicaba con el piano o acudía hasta París para asistir a galas y funciones de teatro. Solo Matsuko le hubiese hecho falta para no necesitar nada más en el mundo.

Todo eso cambió el día que el pueblo de Francia se rebeló contra su gobierno. Luis XV no había sido un rey capaz de ganarse el afecto de sus súbditos, pero su hijo, Luis XVI, había logrado en poco tiempo ganarse el odio más atroz. Y su esposa, una austriaca altanera y vanidosa, aún más. Era comentario habitual en las calles y los campos que el niño gordo y la extranjera vivían encerrados en el palacio de Versalles celebrando lujosas fiestas, mientras la gente en las calles mataba por un pedazo de pan. Varias haciendas de nobles habían sido invadidas por cuadrillas de campesinos y sus dueños ajusticiados. Martin era consciente de que cualquier día aquella muchedumbre asaltaría el castillo de Saint Germain. No temía por él, sino por quien se le enfrentara, ya que simpatizaba con aquellas personas hambrientas, pero estaba seguro de que no se detendrían a escuchar sus simpatías, así que la mejor alternativa era huir antes de que eso ocurriera.

Una mañana, después de echarse encima quince años de maquillaje, como ya era costumbre al despertar, introdujo una buena cantidad de oro en las alforjas de su caballo. La riqueza dentro del castillo era inmensa y nadie iba a reclamarla. Después convocó a los principales sirvientes y soldados para comunicarles sus temores sobre lo que podía suceder, y su decisión de marcharse. Les aconsejó también que repartiesen con justicia las riquezas que encontrasen y las pusieran a buen recaudo hasta que las aguas volvieran a su cauce.

–Cuando llegue la multitud no opongáis resistencia. Decid que el señor ha huido. Al fin y al cabo, vosotros también sois pueblo. En fin, estos son mis consejos, pero la decisión es vuestra –concluyó antes de montar.

Los sirvientes le despidieron a las puertas del castillo con las manos en alto.

–¿Te importa si te llamo Flocky? –preguntó al caballo mientras cabalgaba rumbo al sur–. Se trata de una vieja y bonita costumbre de la que me cuesta deshacerme.

X

—¡**U**n ejército de inmortales! –repitió Michael con el trozo de pizza en la mano.

—Y todos iguales que tú –matizó Alicia después de dar un bocado.

—Si no es por ti, nunca hubiese caído en la cuenta de lo que puede hacer ese malnacido con mi ADN. Me he dejado capturar en su trampa como un ratoncillo de campo. Pero ¿cómo he podido ser tan estúpido?

—Porque me quieres, tonto –respondió ella con una sonrisa de tomate–. No te preocupes: estoy segura de que conseguiremos recuperarlo.

—¿Conseguiremos? De eso ni hablar, guapa. Creo que no tienes claro a quién nos enfrentamos y porque es verdad que te quiero no voy a poner tu vida en peligro. La mía no corre ese riesgo y, además, ya está acostumbrada.

Alicia arrojó la pizza sobre la mesa para señalarle con el dedo índice mientras le dirigía una mirada desafiante.

–¿Acaso tu querida japonesa te hubiera dejado ir solo?

–Claro. Es lo que hacían las esposas de los samuráis.

–Ya, pues los tiempos han cambiado, Martin, digo Michael. Ya has visto que te he sido útil. Tú mismo has reconocido que sin mí no habrías caído en la cuenta, así que me lo debes.

–No quiero meterte en esto, Alicia. Es peligroso.

–Pues yo quiero estar contigo en esto y en todo. Además, soy yo la que te ha metido a ti, si recuerdas bien.

–Y ¿qué pasa con tus estudios?

–¿Crees que sería capaz de concentrarme sabiendo que un ejército de *martines* asesinos puede dominar el mundo?

–Eres muy graciosa –dijo él, mordiendo al fin su pedazo sin ningún apetito.

Cuando Michael regresó de la cocina con dos tazas de café, Alicia tenía un pequeño cuaderno de notas y el ordenador abiertos sobre la mesa.

–¿Por dónde empezamos? ¿Las matrículas de los coches?, ¿la casa en la que te hizo las pruebas?

–Tú estuviste allí. ¿Sabrías llegar?

–No. Me llevó con los ojos vendados.

–Sería perder el tiempo, querida Watson. Por lo que vi desde el piso de arriba, era un chalé de lujo dentro de una urbanización en la que todos serán idénticos por fuera. Y en cuanto a las matrículas, te aseguro que ese tipo no ha traído sus coches desde Texas, de modo que serán alquilados. Es más, mucho me temo que ni él ni su gente estén ya en España.

Michael paseaba de un lado a otro del salón con la taza entre las manos y Alicia le seguía con la mirada.

–Entonces, ¿qué hacemos?

—Comprobarlo. Búscame el teléfono de la comisaría más cercana —pidió, y lo introdujo en su móvil a medida que ella lo dictaba—. Ahora, el de la administración del aeropuerto de Barajas... Buenos días, le habla el inspector Narváez, de la comisaría de Distrito Centro. Póngame con quien esté al mando de la torre de control... Bien, pues si usted no está en condiciones, páseme a quien sí lo esté y no me haga perder el tiempo. Es una emergencia... —Michael guiñó el ojo a una asombrada Alicia—. Buenos días, señor Velasco, soy el comisario Narváez y necesito información inmediata sobre un vuelo privado. Páseme con torre de control... Gracias... Buenos días, Joaquín, ya sabe quién soy, ¿no?... Bien, pues compruebe si ha despegado un Dassault Falcon 2000EX, de nombre *Pearl Harbour,* en las últimas horas... ¿A las doce?... ¿Y el destino era Austin?... Perfecto, gracias.

Alicia parpadeaba con la boca abierta.

—¿Puedes hacer que salga en la pantalla de un móvil cualquier número?

—Tecnología rusa. Es bastante ilegal, pero funciona.

—Y ¿conoces su modelo de avión y su nombre...?

—Si quieres salir vencedor en la batalla, debes conocer a tu enemigo como a ti mismo. Lo dijo Sun Tzu, un gran estratega chino. Ese tipo lleva años persiguiéndome. Nos vamos a Houston. ¿Tienes pasaporte?

—Claro. ¡Qué bien! ¡Voy a ver a mi padre!... O no... —añadió al observar el rostro preocupado de su compañero—. Michael, ¿qué sucede?

—Ese bastardo me ofreció un cheque de diez mil dólares por las molestias y yo lo rompí en su cara. Vamos a necesitar dinero... ¿Cuánto tienes?

—Unos dos mil euros en el banco.

–Suficientes para llegar a París.

–¿París?

–Con un poco de suerte, allí conseguiremos más –dijo Michael besando su cuello–. Reserva dos billetes en un vuelo para mañana, hotel discreto en el centro y un coche de alquiler. Tengo que hacer un par de gestiones.

–Necesitaré tus datos.

Michael sacó un libro de la estantería, extrajo de su interior un manojo de pasaportes, los ojeó y le tendió uno. Alicia lo abrió con curiosidad.

–¿Lothen Eriksen, danés?

–Los nórdicos nunca levantamos sospechas –respondió Michael con una sonrisa antes de salir.

Alicia expulsó despacio el aire de sus pulmones y se concentró en la pantalla.

París los recibió con un intenso aguacero, que contemplaban desde la ventana de su hotel en la Place de la Madeleine. La ducha y un par de bocadillos de queso los habían reanimado.

–Michael, llevo todo el viaje mordiéndome la lengua para no ser indiscreta, pero, ya que nos hemos metido juntos en esto, me gustaría saber qué estamos haciendo en París en lugar de estar en Austin –dijo Alicia, mirándole con la cabeza inclinada.

–Buscar dinero. En Austin nos hará falta: tendremos que alquilar un piso, un coche, comprar quién sabe qué, y allí no puedo ganarlo del modo en que suelo hacerlo porque el desgraciado de Wark daría conmigo en un suspiro. Me encontró en Australia, así que imagina al lado de su casa.

–¿Tienes dinero en París?

–Tenía, pero no estoy seguro de que podamos recuperarlo, y si eso ocurre vas a pensar que soy un imbécil, por eso me da vergüenza contártelo.

–Pues si no me lo cuentas pensaré que eres un cretino integral –amenazó ella, desafiante dentro de su bata con el emblema del hotel.

–Está bien –dijo Michael dándose por vencido–. En el siglo... XV, creo, el duque de Armagnac consiguió los diarios del padre James y me secuestró con las mismas intenciones que nuestro amigo Wark. Le dije que aceptaba enseñarle cómo fabricar la pócima de la eterna juventud, pero lo que preparé fue dinamita y volé por los aires su castillo. En la huida me llevé su caballo y su espada. Imagina lo que suponía entonces llevar encima la espada de un noble que acaba de morir quemado, así que la enterré. Dos siglos después la vida me trajo de nuevo a París, necesitaba dinero y la vendí. Me pagaron una cantidad considerable de luises de oro y, como no sabía qué hacer con todo aquello, lo dejé donde había estado la espada. Supongo que seguirá allí, pero también es posible que encima hayan construido un edificio o una carretera.

–Yo alucino contigo –exclamó Alicia.

–Mañana lo averiguaremos. Esta tarde vamos a pasear por Montmartre y a cenar cogidos de la mano. ¿Le apetece, querida Watson? –preguntó Michael besando su oreja–. Parece que la tormenta se va.

–Suena irresistible, señor Holmes –dijo ella rodeándole con los brazos.

Alicia nunca antes había estado en París y Michael reconocía la ciudad a duras penas, como un amigo a quien no se ve desde hace mucho tiempo y se identifica por el lunar en la mejilla o su forma de sonreír. Caminaron, se besaron, se perdieron buscando soportales para guarecerse de los latigazos de lluvia que regresaban de cuando en cuando. Cualquiera al verlos los hubiese tomado por estudiantes enamorados, no por dos locos que al día siguiente saldrían en busca de un tesoro incierto para enfrentarse a uno de los tipos más poderosos del planeta.

–¿Has pensado qué vamos a hacer si encima han construido un edificio o una carretera? –preguntó ella cuando se sentaron en una esquina del pequeño restaurante.

–Tengo algunas propiedades que puedo vender, pero eso nos retrasaría una barbaridad.

–Espero que no estén bajo tierra también –bromeó Alicia.

–Nunca me interesó la riqueza, lo cual es una suerte, porque para un nómada las propiedades son una carga.

El camarero anotó el pedido que Michael le hizo sin dejar de observarle con una lerda impertinencia.

–¿Por qué te ha mirado así? –preguntó Alicia.

–No estará acostumbrado a que le hablen en francés del siglo XVII, y eso que tuve al mejor maestro, nada menos que Molière.

–¿Conociste a Molière?

–Un gran tipo que perdió la cabeza por amor. Trabajé en su compañía como actor, o más bien como actriz.

–Por favor, cuéntame eso –pidió Alicia.

Mientras cenaban sopa de verduras con queso y dos rodajas de salmón marinado, Michael le contó sus aventuras y desventuras en la Francia de Luis XIV.

A la mañana siguiente desayunaron en la cafetería del hotel, recogieron el coche de alquiler y se dirigieron a Rambouillet. A pesar del caótico tráfico que retrasó su salida de París, tardaron poco más de una hora en llegar.

–¿Qué buscamos? –preguntó Alicia, no muy confiada al observar que Michael cambiaba de dirección continuamente sin ningún criterio.

–Una enorme roca con figura de perro delante de otra que parece un gigante dormido... El problema es que siempre estuve aquí de noche.

–Eso me deja más tranquila.

–No seas iróni... ¡Mira! –exclamó de pronto señalando un monte próximo–. ¿No ves la cabeza de un perro? Es allí, estoy seguro.

–¿Cabeza de perro? Qué imaginación.

Michael condujo en una y otra dirección, se bajaron del coche, anduvieron a lo largo de un sendero, regresaron al coche y se bajaron de nuevo a orillas de un lago. Por fin, en el lugar donde Michael decía estar seguro de haber enterrado sus monedas descubrieron que no había un edificio ni una carretera, sino un camping municipal.

–Vamos a comprar –dijo Michael entusiasmado.

–¿El qué?

–¿Qué va a ser? Una tienda de campaña, sacos de dormir, una linterna y un pico. Nos instalamos.

Dos horas más tarde ya estaban en una preciosa parcela con fuente incluida y Alicia no daba crédito a la habilidad de Michael para montar la tienda.

–Has hecho esto muchas veces, ¿verdad?

–No creas, es solo que los tipis indios y las carpas de circo son más complicadas. Esto ya está. Voy a dar una vuelta para orientarme y reconocer el sitio exacto. Si te aburres, puedes ir inflando la colchoneta –dijo él, guiñando un ojo y esquivando a la vez la zapatilla que buscaba su cara–. En tu huella genética, sin duda, hay una pequeña carancagua.

Veinte minutos después, Michael estaba de vuelta y la colchoneta a medio inflar.

–¿Lo tienes? –preguntó Alicia soltando la boquilla.

–La mala noticia es que está en una parcela ocupada.

–Y ¿la buena?

–Que el tipo está solo y si nos descubre tendré que noquearle. No será un problema –aclaró Michael.

–No, claro, ir por ahí noqueando a pacíficos campistas nunca fue un problema.

–Esperemos que no sea necesario.

Pero lo fue. Justo cuando sacaban de la tierra la taleguilla de cuero el individuo se acercó a ellos con gesto de pedir explicaciones, pero no tuvo tiempo de pedir ninguna. Antes de abrir la boca, Michael le asestó un golpe seco en la carótida y se desplomó igual que una marioneta.

–¿Lo has matado? –preguntó Alicia horrorizada.

–No digas tonterías. Coge la bolsa y ayúdame, este tipo pesa.

Una vez que lo instalaron en la tienda de campaña, Michael sacó de su bolsillo un tubo de pastillas, introdujo una en la boca inerte del sujeto y le obligó a beber agua.

–¿Qué le das?

–Un somnífero. Los traje por si finalmente ocurría esto. Mañana el pobre hombre solo despertará con un terrible dolor de cabeza y un moratón en el cuello. Dame una moneda.

–No he traído dinero.

–De las que acabamos de sacar, cariño. Cuando se causa un daño innecesario es de justicia repararlo –explicó Michael dejando el luis de oro sobre la ropa del sujeto.

De regreso a su tienda vaciaron la taleguilla enmohecida sobre la colchoneta. Iluminadas por la linterna, las viejas monedas parecían brillar con la alegría de haber vuelto a la vida.

–Hay más de treinta –dijo Alicia.

–Ni siquiera recordaba la cantidad. Era de noche –dijo Michael con una sonrisa.

–No quería decirte esto por si había un edificio o una carretera, pero esta mañana mientras te duchabas consulté en internet el valor de un luis de oro del siglo XVII..., y puede alcanzar los tres mil por moneda, así que en este montoncito hay casi cien mil euros, Michael.

–En nuestras condiciones tendremos suerte si conseguimos la mitad –respondió él, que no parecía en absoluto impresionado por la cifra–. Aun así, creo que puede ser suficiente.

Dos semanas, varios contactos y muchas mentiras necesitó Michael para cambiar aquel puñado de monedas por setenta mil euros. Entre unos y otras, aprovechó para comprar un escáner, una impresora láser, una plastificadora, un sello de caucho y todo tipo de tintas y plumillas.

–¿Vas a explicarme de una maldita vez para qué necesitamos todos estos artilugios? Porque empiezo a sentirme una Watson de tercera categoría y te aseguro que no es agradable –explotó Alicia una noche.

–Tienes razón, lo siento. Imagino que llevo demasiado tiempo desacostumbrado a compartir, sobre todo los asuntos sucios... Estos artilugios sirven para hacerte un pasaporte estadounidense: no hay otra forma de vivir tranquilo allí, y menos con tu nombre, que Wark conoce muy bien. Si buscas la excelencia en grandes niveles, debes cuidar los pequeños detalles. Lo dijo Sun Tzu.

–Parece que admiras mucho a ese tipo. ¿También lo trataste? –preguntó ella, todavía molesta.

–Pues no. Aunque te parezca increíble, nació dieciocho siglos antes que yo.

Alicia abandonó el sillón para encerrarse en el cuarto de baño con un violento portazo. Michael ya consideraba la posibilidad de volar solo hasta Austin cuando ella abrió la puerta, el pelo mojado y las manos en las caderas.

–¿En serio te estás tomando estas molestias porque te he pedido acompañarte?

–Claro.

–Bien, pues lo agradezco de corazón, pero tómate la última molestia de acompañarme también a mí, ¿de acuerdo?

–De acuerdo. ¿Qué nombre te gusta?

–Helen Turner –dijo ella después de pensarlo un momento.

Dos días después, Helen Turner y Lothen Eriksen cruzaban el Atlántico desde París hasta Texas con una sonrisa en la boca y una sombra de peligro en las pupilas.

Toro Sentado

Martin puso rumbo al sur evitando las ciudades importantes, incluso las aldeas siempre que podía. Nunca pasaba más de una noche en el mismo lugar y en todos ellos procuraba pasar lo más desapercibido posible. Para su fuga había elegido ropas discretas que, con el paso de los días, se habían convertido en el disfraz perfecto. Francia entera estaba demasiado desquiciada para prestar atención a un joven solitario y, a medida que se alejaba de París, la situación parecía más tranquila. Una sola vez en todo el viaje necesitó usar su espada para liberarse de un puñado de maleantes que codiciaban su caballo.

Cruzó los Pirineos solo y a caballo, igual que hizo trescientos años atrás y, como entonces, supo que había llegado a España por las voces alegres y el olor de la comida que inundaba el primer pueblo que atravesó. Su intención era instalarse en cualquier ciudad con mar, sin otro motivo que tener siempre aquella posibilidad de escapar que tantas veces le había salvado. Sin embargo, en la posada de un pueblo de Aragón escuchó que una importante hacienda estaba en venta y, sin pensarlo demasiado, como si el tiempo pasado en Francia hubiese sido solo un paréntesis en su propósito inicial, decidió comprarla con el oro del conde de Saint Germain. Se hizo pasar por el hijo de un noble enfermo que había huido de Francia a causa de la revolución y se convirtió en propietario de mil doscientas hectáreas de viñedos, tierras de labor y una casa solariega.

Allí consiguió la paz que durante tantos años había buscado, hasta que las tropas de Napoleón ocuparon España. En un primer momento decidió mantenerse al margen, pero al observar las atrocidades que los soldados cometían se alistó en una de las partidas que se enfrentaban a ellos. A diferencia de los códigos del samurái, la guerra contra los franceses nada tenía de noble ni de honrosa. Aprovechaban la oscuridad o los desniveles del terreno para sorprender a los soldados, muy superiores en número y armas. Atacaban con rapidez usando hondas y también arcos y lanzas que Martin les había enseñado a fabricar. Por cada soldado francés muerto, ellos entraban en una aldea, tomaban dos ciudadanos al azar sin importarles el sexo ni la edad y los fusilaban sin miramientos. Aquello le parecía a Martin aún menos honorable que su tipo de guerra. Valiéndose de su dominio de la lengua del invasor y del uniforme de uno de los soldados caídos, conoció muchos de los planes del enemigo con antelación y las victorias de su grupo llegaron a ser célebres en la comarca.

En una de las últimas escaramuzas antes de que los ocupantes se marcharan, un campesino llamado Agustín, con el que Martin había llegado a entablar amistad, recibió un balazo mortal. Terminada la guerra, Martin acogió en la casa a su viuda como asistenta y más tarde se casó con ella, para escándalo de los aristócratas de la provincia y también de los trabajadores de su hacienda. No estaba enamorado de Mariana, una mujer sencilla que nunca había hecho otra cosa que trabajar el campo. En parte lo hizo por Agustín y, de manera más egoísta, porque el hijo de ambos, Lorenzo, le permitiría conocer qué significaba ser padre. Era consciente de que esa situación no podía prolongarse, pero mientras duró conoció la vida en familia y vivió años de sosiego. Enseñó a Mariana a leer y a tocar el piano. A Lorenzo, a luchar con la espada y los secretos de la lucha cuerpo a cuerpo. Con frecuencia le hablaba de su padre, e inventaba para él gloriosas hazañas.

Como era inevitable, en secreto tuvo que recurrir de nuevo al maquillaje para simular que envejecía y, cuando Mariana murió, entendió que su presencia allí por más tiempo carecía de sentido. Esa misma noche dejó sobre una mesa el legado de la hacienda a nombre de Lorenzo, tomó el dinero suficiente para vivir una temporada, su caballo y se marchó sin despedirse de nadie. Después de años de vida tranquila, su cuerpo pedía actividad.

–Lo bueno de este caso es que tú ya te llamas Flocky –le dijo al primer animal de su propiedad en el que huía.

Igual que una melodía pegadiza, la idea de regresar a América no se apartaba de su mente, así que dirigió su rumbo hacia el oeste y dos semanas más tarde, después de vender a Flocky con gran pesar, embarcaba desde Vigo hacia Nueva York. El carguero iba lleno de españoles y portugueses que huían de la miseria en busca de una vida mejor. La mayoría eran hombres que, según escuchó, lo habían vendido todo para comprar el pasaje y viajaban hacinados en las bodegas e, incluso, en cubierta. Martin llegó a sentir vergüenza por disponer de un camarote para él solo, y terminó por cedérselo a una mujer cuyo hijo no cesaba de toser.

En cubierta conoció a Joaquim, un portugués incapaz de estar callado que solía amenizar las noches con su guitarra.

–Tú no eres español, con esos ojos azules y esa piel tan blanca, aunque hablas perfectamente el idioma. ¿Por qué viajas solo? –le preguntó.

–Mi padre fue asesinado por los franceses y en España no veo futuro –dijo Martin–. Y ¿tú?

–Si crees que España no tiene futuro es porque no has estado en Portugal.

Cuando no tocaba la guitarra, la principal ocupación de Joaquim era tratar de seducir, sin mucho éxito, a las pocas mujeres jóvenes que viajaban en el barco.

–Se fijan más en ti, no sé cómo lo haces –le decía con cara de fastidio.

Puesto que no tenían otra compañía ni amistad y ninguno conocía la ciudad, en Nueva York se instalaron juntos en un pequeño apartamento en Brooklyn, que empezaron pagando gracias al dinero de Martin. Luego trabajaron de estibadores en el puerto, de camareros, de repartidores y de albañiles, hasta que Martin encontró un local nocturno donde tocar el piano y consiguió poco después que Joaquim le acompañase con la guitarra.

Fueron años de fiesta continua. No cobraban mucho dinero, pero Vasilis, el griego que regentaba el local, les ofrecía la cena y, como se acostaban y se levantaban tarde, esa era con frecuencia la única comida que hacían. Joaquim no podía ser más feliz: aquella abundancia de vino, alegría y mujeres representaba el paraíso que había venido buscando. En cambio, a Martin esa vida, al principio estimulante, terminó por aburrirle y, cuando el portugués le dijo que se había enamorado y tenía intención de casarse, encontró la oportunidad esperada para despedirse de su compañero y de la ciudad.

–No tienes por qué marcharte, socio, aquí podemos vivir los tres. Se lo he dicho a Julie y no le importa en absoluto. Le caes muy bien.

–Suerte, Joaquim –dijo Martin, dándole un abrazo por toda explicación.

La última ciudad hasta la que llegaba el ferrocarril se llamaba Kansas y hasta allí sacó un billete solo de ida.

Hasta ese momento había visto luchar a ingleses contra irlandeses, franceses contra españoles, españoles contra indios, *ronin* contra el emperador, franceses contra ingleses y a casi todos ellos entre sí. Él mismo había participado de esa interminable locura. A veces sin saber por qué y otras sí. Pero aquel lugar en mitad de la nada era el peor en el que había estado desde que presenció los estragos de la peste. Los hombres vestían un arma de fuego al cinto igual que los samuráis ceñían sus catanas, pero la empleaban por los más estúpidos motivos. Sin el menor sentido del honor, los blancos del norte peleaban contra los del sur, contra los negros, contra los chinos que trabajaban en la construcción del ferrocarril y contra los indios siux que no aceptaban las tierras ofrecidas por el gobierno.

Martin intentó mantenerse al margen de tanta barbarie y lo consiguió durante algunos meses, en los que únicamente dormía y tocaba el piano en la cantina a cambio de comida y una habitación. Desde su taburete fue acumulando tanto rencor ante aquel continuo sinsentido que una mañana metió sus escasas propiedades en un morral y puso rumbo al norte, donde la gente decía que se encontraban los temibles indios siux. Si tenía que tomar partido en esa guerra absurda, ya había decidido su bando.

Más de quinientos años después volvía a vagar por los campos de América cazando para sobrevivir. Gracias a la daga que siempre llevaba consigo pudo fabricar un arco, flechas y trampas. La caza en aquellas praderas era abundante y su puntería seguía siendo mucho mejor que su habilidad para hacer fuego. Como él solo difícilmente podía consumir las piezas que cobraba, descubrió que un joven coyote le seguía a distancia prudente para aprovechar los restos. Con el paso de los días, el animal, confiado, se iba aproximando cada vez más. Parecía claro que ambos estaban muy solos y una mañana, al despertar, Martin se topó con la cara del animal a medio metro de la suya. Extendió despacio la mano para acariciarle pero el coyote se alejó unos metros; sin embargo, no dejó de seguirle y un par de días más tarde corrió hacia el tejón que Martin acababa de ensartar con la flecha. Poco después regresaba arrastrándolo del cuello para depositarlo a sus pies. Aquella noche cenaron juntos y, por fin, se dejó acariciar.

–Aunque no seas un caballo, voy a llamarte Flocky. Te parecerá que no soy muy imaginativo, pero es una vieja costumbre.

Durante los siguientes días le habló de lo decepcionado que estaba con el ser humano en general y con los humanos blancos en particular, de los principios del *bushido* que debía seguir a la hora de cazar o pelear con sus congéneres, de lo cansado que a veces resultaba ser inmortal. Se ocultaban si escuchaban voces o cascos de caballo y en esos momentos el coyote Flocky, que tantas veces aullaba sin motivo, permanecía silencioso como un reptil. Martin llegó a necesitar su presencia y a querer a ese animal como a ninguno antes.

De los placeres del ofuro le hablaba una mañana mientras se bañaban juntos en el río, cuando los pelos de su lomo se erizaron y, en lugar de un aullido, su garganta empezó a gruñir de manera sorda pero constante.

–¿Qué pasa, Flocky?

Por toda respuesta, Flocky lanzó un ladrido al aire, salió del agua y comenzó a ladrarle a él. Martin no entendía qué le estaba ocurriendo, de modo que no se movió y Flocky se perdió a la carrera entre la maleza. Cuando quiso salir del río era tarde, porque al menos una docena de arcos le apuntaban desde la orilla, justo donde estaba el suyo. Los siux le habían encontrado. Su ropa y adornos no eran muy diferentes a los que usaban los carancaguas, de modo que les habló en aquella lengua, pero por sus caras dedujo que lo mismo hubiese dado que les hablara en japonés. Pensó en abalanzarse sobre el más próximo, aunque no tenía sentido enfrentarse a quienes había venido a buscar. Salió del agua desnudo y así fue hecho prisionero, para regocijo de sus captores. Al menos Flocky había tenido tiempo de escapar.

Doblado sobre el lomo de un caballo como una pieza de caza, lo transportaron hasta el poblado y, en mitad de la explanada, lo dejaron caer igual que un trofeo al que se acercaban con curiosidad hombres, mujeres y niños. Reconocía viejos olores de pieles curtidas, de madera horneándose al fuego para endurecer el cuerpo de la flecha, de las brasas de una hoguera, de carne y tendones secándose al sol. Era una nostalgia no del todo feliz, porque sentirse atado le producía mayor desasosiego que enfrentarse sin ropa a la tribu entera.

–¿Alguien habla mi idioma? –preguntó en inglés, en carancagua, en francés y en español.

Su arco y sus escasas flechas, que también habían traído los guerreros, parecían despertar mucho más interés que su persona, hasta que uno de los hombres, a quien todos abrían paso como si de un daimio se tratase, se acercó a él. Primero le observó de arriba abajo, escuchó a los que le habían atrapado, luego recogió su arco para examinarlo y lo que fuera que dijo hizo que le liberasen las ataduras de las manos, le colocasen sobre el cuerpo una piel de búfalo y lo llevasen a su presencia. Junto al jefe había un joven guerrero, que, usando un inglés muy primitivo, le pidió que se sentara.

–¿Quién eres y por qué te bañabas en el río con un coyote? –tradujo el guerrero.

–Mi nombre es Árbol Fuerte. De niño fui capturado por indios carancaguas y crecí con ellos. Los hombres blancos atacaron el poblado, me rescataron y me trajeron a Kansas, pero no me gusta vivir como los blancos y cuando supe que había otros indios cerca me escapé. Quería que me encontrarais. El coyote y yo nos ayudábamos a cazar.

El guerrero tradujo sus palabras mientras Martin y el jefe se miraban directamente a los ojos. La mirada de aquel hombre impresionaba, pues bajo su aspecto apacible parecía contener una furia desmedida que por el momento era solo curiosidad. Mientras escuchaba parecía sopesar cada una de sus palabras, como si decidiese la conveniencia de creerle. Martin entendía su asombro. Su historia era descabellada, pero no parecían existir razones para temer a un muchacho desnudo.

—Mi pueblo está en guerra con el hombre blanco y tú eres un hombre blanco.

—Yo soy un guerrero carancagua. Mi nombre es Árbol Fuerte.

—¿Este arco lo has fabricado tú? —preguntó, estudiando su arma.

—Sí.

—¿Sabes usarlo?

—Sí.

—Eso tendrás que demostrarlo. Con frecuencia la palabra del hombre blanco es falsa como búfalo con plumas —dijo, antes de dar órdenes al traductor, que desapareció a la carrera.

Martin odiaba reconocerlo ante sí mismo, porque en Japón había aprendido que la vanidad es un sentimiento indigno, pero aquellas situaciones le encantaban. Iba a salir detrás del jefe, pero este le detuvo con un movimiento de mano. Permaneció solo dentro del tipi hasta que el traductor le ofreció unos pantalones.

—Toro Sentado no parecer bien que disparar arco como viniste a mundo —dijo.

—Entiendo —dijo Martin—. ¿Cómo te llamas?

—Cazador de Osos.

Mientras se vestía recordó que había oído el nombre de Toro Sentado en Kansas. Era el jefe indio más temido por los habitantes de la ciudad y se ofrecía una recompensa por su captura.

Cuando salió, para espanto del samurái que siempre sería, en la explanada encontró siete arcos esparcidos por el suelo, cada uno de ellos con una flecha al lado y, a una distancia de cuarenta pasos, un tronco con un pedazo de carne encima. Cinco pasos más atrás, otro con un pedazo más pequeño y así hasta siete.

—Toro Sentado decir por cada error un día sin comer.

Martin examinó cada arco y cada flecha antes de usarlos, eran más pesados que los yumi japoneses, pero menos que los europeos. El viento soplaba flojo de poniente y la distancia no era grande. Cumplió con facilidad los siete blancos, lo que provocó una sonrisa que parecía imposible en el rostro tallado en piedra de Toro Sentado. El resto del poblado le miraba con extrañeza, como si fuera imposible que un maldito blanco pudiera usar un arco con semejante precisión.

—¿Ya has entrado en combate? —tradujo Cazador de Osos.

—Muchas veces.

–También demostrar eso –dijo.

Uno de ellos puso en sus manos una de aquellas hachas de piedra a las que llamaban *tomahawks,* y el propio Cazador de Osos se situó frente a él con otra.

–No hacerte mucho daño, no temer –dijo.

Aquel armatoste suponía para Martin más un problema que una ventaja, así que lo arrojó al suelo. En el poblado se alzó un murmullo de decepción que él acalló clavando los pies en el suelo y adoptando la posición de defensa. Durante un instante Cazador de Osos pareció confundido, pero terminó por arrojar también la suya para pelear con las manos limpias. El combate duró lo que tarda una hoja de sauce en caer al suelo. Como todos los indios, Cazador de Osos estaba tan sobrado de furia como escaso de técnica y Martin solo tuvo que aguardar su primera acometida, mirarle a los ojos para adivinar la dirección del golpe y, en ese preciso instante, girar el cuerpo para incrustarle el codo entre las costillas. Sin aire, boqueaba sobre la arena igual que un pez. Dos guerreros saltaron del grupo para vengarle, estos sí con *tomahawks,* y Martin ya se disponía para un nuevo combate cuando Toro Sentado decidió que la prueba había sido suficiente.

Su presencia se había convertido en un acontecimiento, y en volandas fue llevado hasta un tipi en el que había ropas siux, una manta, un pellejo con agua fresca. Bebía cuando Cazador de Osos entró con un cuenco lleno de cerezas y carne seca.

–Lamento si te he hecho daño –dijo Martin.

–Matarme fácil si tener *tomahawk.* Tú saber y por eso tirar. Yo gracias.

–Tiraste tu *tomahawk* para luchar como yo pedía. Gracias a ti. ¿Esto supone que ya soy un lakota? –añadió señalando el tipi.

–Falta prueba más importante. Esta noche hombre sagrado leer tu alma y decidir. Su palabra ser toda palabra. Él pedir que tú comer ahora. Luego no salir hasta caída de sol y descansar para tener alma limpia.

Martin iba a preguntarle si habían visto al coyote que le acompañaba, pero Cazador de Osos salió del tipi dejándole con la comida en las manos. Fuera se escuchaba, incansable, un golpeteo de tambores. Martin comió preguntándose si su alma estaría lo suficientemente limpia para el hombre sagrado. Él, que durante casi cien años fue el hombre sagrado, no estaba seguro. En cambio, sí estaba seguro de habitar su lugar en el mundo, como quien regresa a su patria después de recorrer territorios ajenos.

Al caer la noche vinieron a buscarle dos jóvenes, casi niñas, que vendaron sus ojos antes de sacarle del tipi una de cada brazo. Los tambores arreciaban y, a través de la tela, Martin podía adivinar el resplandor de la hoguera mientras escuchaba los cánticos hipnóticos y repetitivos de los siux lakota. Le tendieron de espaldas cerca del fuego y poco después la tribu abrió paso al hombre sagrado, que se acercó a él engalanado de plumas. Impregnó algunas zonas del cuerpo de Martin con algo viscoso, quizá grasa de bisonte, mientras con la otra mano agitaba una rama humeante. Después, usando un puñal, le produjo cortes no muy profundos en el pecho y los brazos. Martin cerró los ojos. Sabía que sus heridas iban a cerrarse en el acto, pero no sabía de qué modo podía interpretar eso el chamán.

Como quiera que lo interpretase, su voz retumbó con un discurso que Martin no entendió, pero los demás desde luego, sí, porque los alaridos inundaron la noche como una lluvia de estrellas fugaces.

–¿Qué ha pasado? –le preguntó a Cazador de Osos en cuanto pudo acercarse a él.

–Hombre sagrado decir que tú ser regalo enviado por Wakan Tanka. Por eso encontrar con coyote y tus heridas curar de manera milagrosa.

–¿Eso quiere decir que ya soy un lakota?

–Ser lakota.

Árbol Fuerte no esperó a oír más. Sin perder un instante, se unió al coro de los que danzaban junto al fuego y empezó a imitar sus movimientos sin mucha gracia, porque el baile nunca fue un talento que la naturaleza le concediese. A nadie pareció importarle su torpeza. Él estaba entusiasmado de volver a convertirse en un hombre natural, y los hombres naturales entusiasmados por haber recibido un regalo del Gran Espíritu.

Cazador de Osos le acogió en su tipi de recién casado, aunque en verdad fue su esposa, Niña de las Nieves, quien le acogió, pues entre los lakota el tipi era asunto y propiedad de las mujeres. Ellas lo montaban, cuidaban y desmontaban cuando era el momento de cambiar de tierra.

–Ya no, porque los perros ladrones nos las han quitado.

Cazador de Osos le explicó eso, y también que ellas se encargaban de recolectar, tejer prendas de ropa y trenzar cestos. Para cada hombre, en cambio, se reservaba aquella tarea para la que estaba mejor dotado y por ese motivo unos cazaban, algunos decoraban los tipis con las gestas de sus batallas y otros fabricaban tambores. Demostrada su habilidad con el arco, Martin fue asignado desde el primer día al grupo de los guerreros.

El respeto del pueblo lakota hacia el bisonte era tan grande que solo salían a cazar cuando era imprescindible y ponían el mayor empeño en no desperdiciar ni una sola parte del animal. Desde los cuernos hasta las pezuñas, todo servía para comer, abrigar o transformar en algo útil, como puntas de flecha, adornos o silbatos. Martin fue aprendiendo con paciencia aquella artesanía mientras, por petición expresa de Toro Sentado, enseñaba a los guerreros las técnicas japonesas de combate. Fue una empresa casi imposible, ya que el ímpetu de aquellos hombres terminaba por derribar las buenas intenciones y, desde luego, la paciencia oriental no estaba entre sus virtudes.

Para que su presencia no fuera molesta entre los enamorados, Martin buscaba cualquier excusa para salir a pasear cuando caía la noche y aprovechaba para practicar sus ejercicios. Fue en uno de esos momentos cuando advirtió entre los matorrales una presencia amenazadora. De inmediato llevó la mano hasta su daga, y avanzó con sigilo para enfrentarse a cualquier cosa. Excepto a Flocky, que al verse frente a él comenzó a menear la cola y emitir gemidos sordos. Se abrazaron y lamieron como dos viejos amigos que llevaran años sin verse. Martin lamentó no tener un pedazo de comida y trató de convencerle para que le acompañase hasta el poblado, pero Flocky parecía desconfiar de los humanos tanto como de los perros siux que vagabundeaban por allí. Esos encuentros empezaron a repetirse cada noche desde aquella, pero ya siempre con un pedazo de carne.

–Si me han admitido siendo blanco, ¿por qué no van a admitir a un coyote? Creen que por llegar contigo soy un regalo de los dioses.

Con los largos plazos que siempre se gastaba Flocky, cada día se acercaba un poco más, hasta que por fin se atrevió a dejarse ver. Los perros de los siux salieron a su encuentro con una actitud poco amistosa, pero Martin los dejó quietos con un grito que no admitía discusión. Luego acarició a su coyote, acarició a los perros y, tras arrear un solemne bofetón al que parecía más agresivo, las presentaciones quedaron hechas. No obstante, Flocky se conformó con que no le agredieran y puso muy poco de su parte por integrarse en la manada. Dormía en la puerta del tipi y acompañaba a Martin dondequiera que este fuese.

Una mañana, mientras los guerreros endurecían las flechas en las brasas, Flocky, al que ya todos se habían acostumbrado a ver a su lado, levantó las orejas y comenzó a gruñir. Nada se veía en la dirección a la que apuntaban los ojos del coyote y los guerreros volvieron a su tarea, excepto Martin, que pronto vio aparecer en el horizonte un puñado de indios.

–Mirad –dijo, señalando en aquella dirección.

Los hombres se incorporaron entre alaridos mientras buscaban sus armas, y las mujeres se multiplicaban para recoger a los niños y ponerlos a resguardo. Sin moverse del sitio, Martin tomó su arco y un buen puñado de flechas, aunque la triste manera de avanzar que traía el grupo no parecía representar una amenaza, más bien daba lástima.

279

Eran siux y cheyenes que habían sufrido el ataque de los casacas azules. Sus poblados habían sido arrasados y solo los que allí estaban lograron sobrevivir. Fue un siux, a quien llamaban Caballo Loco, quien explicó lo ocurrido a Toro Sentado, y este dio orden inmediata de que todos ellos recibieran alimentos, agua y las curas que necesitasen. La presencia de un hombre blanco junto a un coyote no pasó desapercibida para los recién llegados, que le observaron con recelo hasta que Toro Sentado le presentó como Árbol Fuerte, el mejor arquero de los lakota.

Aquella noche se celebró un solemne consejo. Martin asistió junto a su inseparable traductor y fumó con ellos la pipa sagrada. La indignación contra los perros ladrones era feroz. Robaban sus tierras, asesinaban sin la menor consideración a mujeres y niños y se permitían llamarles a ellos *animales salvajes*. Toro Sentado era un hombre de paz y había preferido llegar a acuerdos, pero estaba cansado de que el hombre blanco los violase cuando le parecía conveniente.

–Los perros ladrones nos prometieron los territorios de las Montañas Negras, pero buscando el metal amarillo no han dejado de venir más y ahora masacran a nuestra gente de este modo miserable. Los lakota solos no podemos contra ellos, pero todos los pueblos unidos lo conseguiremos con ayuda de Wakan Tanka.

A la mañana siguiente, fueron enviados emisarios a todas las tribus para celebrar una gran asamblea en Rosebud Creek durante la primera luna llena y, salvo tres jefes que habían decidido vender sus tierras y mudarse a las reservas, todos los correos fueron llegando en los días siguientes con noticias positivas.

A pesar de haber cubierto su cuerpo con una camisa y ocultado el color de su cara y de su pelo con carbón, Martin no se separó de Cazador de Osos durante el tiempo que duró aquella asamblea. Tribus que habían sido enemigas se abrazaban ahora, unidas contra el hombre blanco, y la muchedumbre de guerreros indios se extendía por la llanura hasta donde la vista alcanzaba. Nada tenía que envidiar aquel ejército en número a las huestes del emperador Carlos.

Por ser blanco, por ser su mejor arquero o por ser un regalo del Gran Espíritu, Toro Sentado le pidió que aquella noche asistiera al Consejo de los jefes. Martin aceptó con orgullo y apenas le hacían falta las palabras de Cazador de Osos para entender la rabia que corría por la sangre de aquellos pueblos. Por culpa del hombre blanco habían perdido mucho más que sus tierras, su libertad para moverse siguiendo las estaciones o sus bisontes. Se habían perdido a sí mismos, pues ya no eran más que supervivientes en un mundo que no terminaban de entender, que en nada se parecía al que siempre conocieron, ese que los ancianos recordaban en las leyendas.

–Hemos decidido la guerra. ¿Tú qué opinas, Árbol Fuerte? –le preguntó Toro Sentado cuando la pipa sagrada llegó hasta sus manos.

Los jefes de las distintas tribus le miraban sin pestañear, expectantes y desconfiados ante la insólita noticia de que Wakan Tanka hubiese enviado como regalo precisamente un hombre blanco.

–Conozco bien a los perros ladrones porque la mitad de mí es blanca –dijo Árbol Fuerte después de expulsar el humo mientras Cazador de Osos traducía–. Por eso sé que nunca podremos derrotarlos, son muchos y muy fuertes, como alimañas sin honradez ni corazón. Nuestra única alternativa es morir como héroes o malvivir como esclavos. Quisiera decir algo que fuese más agradable de oír, pero esto es lo que creo.

Hubo guerra. Primero en Rosebud, donde consiguieron expulsar a los destacamentos del ejército y luego en Little Big Horn, donde rodearon y masacraron a los casacas azules, pero la respuesta del hombre blanco no tardó en llegar. Y fue brutal. Poblados arrasados, ancianos, mujeres y niños fusilados sin piedad. Algunos jefes, entre ellos Caballo Loco, se rindieron para evitar sufrimiento a su gente. Toro Sentado se negó y decidió trasladar a su pueblo hacia el norte, cruzando la frontera de Canadá.

La travesía resultó una experiencia atroz. El hambre, el agotamiento y las enfermedades minaban a los lakota día tras día. Puesto que avanzaban en sentido contrario a las migraciones de los bisontes debían cazar conejos o tejones, pero nunca eran suficientes para alimentar al centenar de almas que avanzaban como fantasmas camino del infierno. Porque allí fue donde llegaron. Temeroso de que la rebeldía de Toro Sentado pudiese contagiar a otras tribus, el gobierno de Estados Unidos presionó al de Canadá para que los siux no recibieran alimentos y, en cambio, obtuviesen todo el whisky que quisieran. El resultado fue que al hambre y la enfermedad se sumó el alcoholismo. Martin veía con horror a esos que habían sido grandes guerreros dar tumbos hasta caer sin sentido con la botella bajo el brazo. De nada servían sus consejos ni sus propuestas para que continuasen los entrenamientos. Después de cuatro años miserables habían perdido la esperanza y, un buen día, Toro Sentado perdió también la paciencia.

–Regresamos a nuestras tierras –dijo una noche en el consejo–. Negociaré con los perros o me entregaré, pero no voy a permitir que mi pueblo siga muriendo sin sentido.

Todos conocían a Toro Sentado lo suficiente como para saber que aquellas palabras no admitían réplica, así que nadie replicó. Ni siquiera Martin, a quien la reciente muerte de Flocky había dejado abatido.

El regreso no fue mejor que la ida, pero al menos la esperanza de regresar al lugar donde habían nacido actuaba como una luz que daba sentido a sus pasos. Una luz engañosa, pues nada más cruzar la frontera una división del ejército los condujo hasta una reserva en Dakota y Toro Sentado fue separado de ellos.

De buena gana Martin se hubiera marchado para evitar el dolor que le producía asistir a la decadencia de aquella gente, cazadores que fueron libres reconvertidos en herreros o carpinteros con su inseparable botella para olvidar tanta humillación. Sin embargo, sentía que en ausencia de Toro Sentado él debía mantener los ánimos de los lakota, pues Cazador de Osos ya no era el guerrero valiente y alegre que conoció, sino un policía de la reserva que usaba la violencia con sus hermanos para no enfrentarse a sí mismo.

–Cazador de Osos –le dijo un día, después de que le sorprendiese agrediendo a un joven que había derramado su carga de grano–, que los perros ladrones nos tengan recluidos aquí no significa que debamos actuar como ellos. Te pido que al menos conservemos nuestro honor.

–¿Nuestro? –preguntó su viejo amigo con los ojos inyectados en sangre–. ¿Quién te has creído que eres tú para darme lecciones de honor? ¿Acaso Toro Sentado? Él no está, seguramente no vuelva nunca y por más que te empeñes nunca dejarás de ser un asqueroso perro blanco. Mírate, en todo este tiempo no has enfermado ni adelgazado, no bebes, parece que ni siquiera has envejecido. Ojalá no hubieras aparecido en nuestras vidas con tu asqueroso coyote, al que yo mismo maté para que dejase de compartir nuestra escasa comida.

–Eso merece una lección que no vas a olvidar, así que defiéndete como puedas –anunció Martin masticando las palabras.

Cazador de Osos intentó encañonarle con el rifle que portaba gracias a su condición de policía, pero antes de que pudiera levantarlo Martin se lo arrebató de las manos con una patada. Luego esperó sus acometidas y las fue esquivando con facilidad, respondiendo a cada una de ellas con un golpe doloroso, pero no tan fuerte como para derribarlo. Cuando al fin se desplomó, Martin llenó su boca de barro y orinó sobre su espalda.

Aquel suceso le hizo acabar en la cárcel, donde permaneció varios meses, hasta que una mañana se abrió la puerta de su celda para que entrase nada menos que Toro Sentado.

–Árbol Fuerte, regalo de Wakan Tanka –dijo mientras le abrazaba–. Tu nombre te conviene, robusto por dentro y tan joven por fuera como te conocí. He sabido de tus actos y agradezco lo que has hecho por nuestro pueblo. Tu sangre es siux, aunque tu piel diga lo contrario.

–¿Cómo te ha ido en este tiempo?

–Creo que más o menos como a ti –sonrió el jefe–. Me han dejado salir porque un blanco medio loco que tiene un circo me ha propuesto llevarme en su espectáculo. Al principio me negué, pero luego pensé que no voy a estar peor que en el fuerte, y además veré mundo.

–¡Un circo! –exclamó Martin–. No sé si decirte que me parece fantástico.

–Tiempo vas a tener, porque me acompañas. Puse como condición llevar conmigo a unos cuantos de mis hombres, y el mejor arquero no puede faltar.

–Entonces, sí me parece fantástico.

El blanco medio loco, al que sus más cercanos llamaban Cody y el resto del mundo conocía como Buffalo Bill, dirigía un espectáculo grandioso en el que recreaba la conquista del oeste de América por parte de los perros ladrones. Los indios, con Toro Sentado a la cabeza y Martin como tirador infalible, eran tratados como bestias salvajes en los combates fingidos en la arena, pero después representados como gente amable y cariñosa al mostrar la vida cotidiana de un poblado. Aquel absurdo parecía entusiasmar al público, y allí donde actuaran la carpa estaba siempre a rebosar.

Así recorrieron Estados Unidos de un extremo a otro. Cuando se reproducía la batalla de Little Big Horn, algunos espectadores proferían insultos contra Toro Sentado, pero la multitud los acallaba de inmediato y, terminada cada función, el jefe lakota se sentaba a la entrada del circo y pedía dinero por dejarse fotografiar o estampar su firma. Lo que casi nadie sabía es que después paseaba por cada ciudad en la que estuviesen y regalaba esas monedas

285

a los mendigos que encontraba en las esquinas. Aunque Toro Sentado le había pedido que no lo hiciese, Martin le acompañaba en aquellos paseos y un par de veces tuvo que intervenir para que no le agredieran.

–Los blancos han aprendido a conseguirlo todo, pero no tienen la menor idea de cómo distribuirlo. Son iguales que bisontes sin cabeza, corren a toda prisa para no llegar a ninguna parte –le dijo una noche.

Después de actuar en Nueva York, el entusiasta Buffalo Bill les anunció que una semana más tarde embarcarían con destino a Europa, tenía contratos para actuar en Londres y París. En contra de lo que Martin esperaba, Toro Sentado pareció encantado con la idea. Quizá no lo hubiera estado tanto de saber cómo lo pasa un indio de tierra adentro sobre una superficie que no para de balancearse. A él solo le duró un par de días, pero la mayoría de los siux hicieron la travesía entre vómitos y maldiciones.

Al jefe le gustó Londres, pero aún más París, cuyos barrios más antiguos Martin le enseñaba cada mañana.

–¿Naciste aquí? Hablas bien este curioso idioma.

–Cerca –respondió Martin.

–Viendo esto tan hermoso aún entiendo menos que el hombre blanco viniera a nuestra casa para robárnosla –pensó en voz alta Toro Sentado.

Para entonces, Buffalo Bill ya había advertido que la piel de Martin no daba bien de siux y, en cambio, su prodigiosa puntería con el arco podía aprovecharse de mejor modo, así que vestido de Robin Hood tenía un número para él solo. Desde el suelo o montando sobre un caballo, ensartaba piezas de fruta, pelotas voladoras o tiraba monedas sujetas sobre el cuello de una botella. Por eso cobraba cincuenta dólares a la semana.

Un mes duró el espectáculo en París con llenos cada noche, y Martin hubiese regresado a América de no ser porque una mañana, mientras paseaban por Montmartre, Toro Sentado le confesó que el circo ya le aburría, había conocido lo que deseaba conocer y ahora quería estar con su pueblo, aunque fuera desde una prisión. La idea de regresar a la reserva no resultaba muy agradable para Martin, pero además otro hecho había venido a enturbiar su ánimo. Desde hacía varias noches, la misma persona ocupaba la primera fila de las gradas. Era un hombre joven, de fina barba recortada y ojos claros en el que se fijó porque siempre se quitaba sus guantes blancos justo en el momento en el que él tomaba el arco entre las manos. Nada que debiera preocuparle, de no ser porque estaba seguro de haber visto antes aquel rostro y un permanente desasosiego comenzó a invadirle. Tanto, que la última noche falló un disparo y a punto estuvo de dejar ciego a un ayudante.

Cuando llegó a su caravana, encontró un sobre encima de su mesa. Era un breve mensaje escrito en francés con tinta roja.

Querido Michael:

Hace tiempo que tengo ganas de consultar contigo algunas dudas que aún me quitan el sueño. Te espero a las doce de la noche en la puerta de la Sainte Chapelle.

Recibe un afectuoso saludo.

El conde de Saint Germain

Víctima de un pánico muy antiguo, Martin destruyó el papel a toda prisa y se presentó en la caravana de Toro Sentado con la respiración entrecortada.

–Árbol Fuerte, ¿te ocurre algo? Pareces un venado que llevara horas escapando del lobo.

–Siglos más bien –respondió Martin–. Vengo a despedirme, gran jefe. Abandono el circo. Explicarte las razones sería largo y confuso, pero te aseguro que mi vida corre peligro si me quedo.

–Haz lo que debas, Árbol Fuerte. Llegaste de improviso y así debes irte. Solo puedo agradecer el tiempo que has estado conmigo y con mi pueblo, siempre certero y leal.

–Ha sido un honor para mí conocerte, Toro Sentado. Te deseo toda la suerte.

–Creo que tú no necesitas suerte, o al menos no la suerte que un pobre siux puede desearte. Así que lo único que puedo decir es que tengas cuidado, noto extrañas fuerzas a tu alrededor, siempre las noté. Domínalas o podrán contigo.

Se fundieron en un estrecho abrazo y Martin abandonó el circo de Buffalo Bill en la noche como tantas veces había hecho a lo largo de su vida.

XI

Alicia salió del baño del hotel Hampton con una toalla blanca alrededor del cuerpo y otra sobre la cabeza.

–¿Tenemos un plan? –preguntó a Michael, que miraba el techo tendido sobre la cama.

–De momento, encontrar uno –respondió él.

–He estado dándole algunas vueltas mientras dormías en el avión.

–¿Y?

–Para empezar, ese tipo es dueño de unos laboratorios, así que dudo mucho que tenga tus muestras de ADN en su casa.

–Estamos de acuerdo. Por otra parte, los laboratorios tendrán vigilancia y las salas códigos de acceso que no conocemos.

–Podrías reducir a un vigilante.

–Ya, pero un vigilante no sabe dónde están mis muestras de ADN –objetó Michael.

—Entonces tendrías también que reducir a un doctor. O mejor, le secuestramos. Le seguimos cuando salga del trabajo y le obligamos a que nos diga dónde las tienen guardadas –propuso Alicia con entusiasmo.

—Suponiendo que eso saliera bien, no veo la manera de entrar en los laboratorios. Ni siquiera sabemos cómo son los pases, así que tampoco podemos falsificarlos.

—Pero el doctor al que secuestremos seguro que tiene uno.

—No creo que allí dentro trabajen más de veinte personas. Cualquier vigilante se daría cuenta del engaño y, además, para acceder a las zonas de seguridad donde tienen las muestras el pase será la huella digital.

—Pues le robamos la acreditación a un visitante –insistió Alicia.

—Ni siquiera sabemos si admiten visitantes, pero está claro que ninguno va a salir con la acreditación.

—O sea, que es un plan de mierda.

—Dejémoslo en mejorable.

Alicia se dejó caer sobre la cama junto a Michael y rodaron abrazados nariz contra nariz.

—Mi amor, recuerda cómo salió el último plan que tuve, terminamos los dos secuestrados –dijo él.

—Pues recuerda tú, mi querido tonto inmortal, que no hemos cruzado el Atlántico para nada.

—Creo que si no estuvieras a mi lado volvería a escapar, a otro continente o a otro planeta, si pudiera.

—Pero estás conmigo, así que esta misma tarde vamos a dar una vuelta por los alrededores de los laboratorios BioWark para hacernos una idea, ¿te parece?

Michael respondió con un beso.

—Supongo que eso es mejor que comprar una catana y entrar allí cortando la cabeza de todo el que se niegue a obedecerme.

—Dejemos eso como plan Z.

Alquilaron un Ford Edge, compraron unos prismáticos y durante tres días vigilaron mañana, tarde y noche la entrada de los laboratorios BioWark registrando en una libreta cada movimiento que se producía.

—Te aseguro que los castillos medievales eran más fáciles de tomar —concluyó Michael cuando regresaron al hotel después de culminar tantas horas de espionaje.

—Aunque consiguiéramos entrar, no sé cómo, se me ocurre que tal vez haciéndonos pasar por periodistas, bastaría con que alguien apretara un botón para alertar a la policía —dijo Alicia decepcionada.

—Entonces simplifiquemos el problema —resolvió Michael interrumpiendo sus continuos paseos por la habitación—. Wark tiene algo que nosotros queremos, ¿no es cierto? Bien, pues consigamos algo que él quiera y cambiémoslo.

—¿Por ejemplo?

—Sus perros.

—¿Cómo dices? —preguntó aquella boca simpática.

—Sí, esos dos perros enanos, ¿te acuerdas? Alicia, nadie viaja en un avión privado desde Estados Unidos hasta Madrid con la intención de realizar un secuestro llevando consigo dos perros, a no ser que los adore.

—La primera vez que vino a verme también los trajo.

—Parece que al final secuestraremos a alguien, pero van a ser dos chuchos.

Bajaron a cenar al restaurante del hotel y recibieron varias miradas de los comensales cercanos porque Alicia estuvo a punto de atragantarse dos veces. Elaborar el nuevo plan le provocaba ataques de risa incontenible.

Vigilar la casa de Wark no dio mejores frutos que vigilar sus laboratorios. Tenía una puerta de acero, cámaras de vigilancia y una garita de seguridad.

—Este tipo tiene mucho miedo o muchos enemigos —sentenció Alicia, decepcionada, cuando regresaron al hotel.

—Si no podemos entrar, hagamos salir a los perros.

—¿Te has fijado en las dimensiones de la casa? Seguro que tiene dentro un jardín privado, y no creo que los saque al parque para que hagan sus necesidades.

—Pues entonces solo nos queda el veterinario —replicó Michael—. Busca en internet la clínica más cara de Austin y alguna enfermedad que padezcan los perros, pero que no se transmita por contagio entre ellos.

—¡Lo tengo! —exclamó poco después Alicia mirando la pantalla—. La clínica se llama Animal Care. Serán grandes profesionales, pero buscando nombre no han sudado. Y como enfermedad puede servir la leishmaniosis canina. La producen los mosquitos.

—Perfecto, dime el teléfono.

Michael introdujo los números en su móvil y tomó aire antes de hacer la llamada.

—Hola...

—Buenos días, ¿hablo con el señor Samuel Wark? —preguntó con voz impostada.

—Sí, ¿quién es?

—Le llamo de la clínica Animal Care. Según consta en nuestro registro usted es dueño de dos perros raza schnauzer.

—Correcto, ¿qué sucede?

—Verá, señor Wark. Durante este último mes se han detectado en Austin varios casos de leishmaniosis canina, tantos que podemos hablar de una epidemia. En casos así, lo mejor es prevenir y le llamaba para concertar día y hora para la vacunación.

—Mis perros no tienen contacto con otros perros, de modo que no creo que se hayan contagiado —dijo Wark.

—Eso es indiferente, caballero, dado que esta enfermedad la transmite un mosquito; pero, en fin, si no está interesado no hay problema. Simplemente era nuestra obligación advertirle.

—¿Cuándo puedo llevarlos?

—¿Le parece bien esta misma tarde? Espere un momento... No, imposible, tenemos la agenda completa. ¿Qué tal mañana a las doce del mediodía?

—De acuerdo. ¿Ha dicho Animal Care?

—Sí, señor, como siempre en el 3407 de Wells Branch —respondió Michael mirando la pantalla—. Buenos días.

—¿Ha picado?

—Como un besugo.

—¿Por qué le has citado mañana y no esta misma tarde?

—Para que sienta que la urgencia es suya.

—Ya que tenemos el día libre, ¿por qué no vamos a pasear por la ciudad, comemos por ahí y me hablas de Molière y de esa japonesa de la que te enamoraste?

Pasearon por la orilla del lago Lady Bird, alquilaron una canoa y montaron en bicicleta como dos los adolescentes desocupados que parecían ser. Fue durante la cena cuando Alicia le preguntó por su vida. Michael le fue contando y, para su sorpresa, nada la impresionó tanto como que hubiera pasado el siglo XX cruzando a pie los Estados Unidos de costa a costa.

–No tenía prisa –sonrió él.

Antes de dormir idearon el plan del día siguiente, y a las diez de la mañana ya estaban vigilando la mansión de Samuel Wark. A las once, Michael bajó del coche con ropa deportiva y corrió como si estuviera entrenando hasta alejarse un par de manzanas por la dirección que el coche tendría que tomar hasta la clínica veterinaria. Allí esperó la llamada de Alicia y cuatro minutos más tarde el Pontiac que ella le había descrito aparecía por la esquina. Michael aguardó a que girase por el punto en el que se encontraba y con maneras muy teatrales se dejó arrollar.

Por fortuna, en aquella zona residencial solo transitaba una anciana que regresaba de hacer la compra. El chófer bajó a comprobar cómo se encontraba el corredor después del atropello y en cuanto se inclinó sobre él recibió un golpe seco en el cuello que le hizo desvanecerse.

Cambiar los perros de coche y llevarlos al hotel, que según comprobaron esa mañana admitía mascotas, fue mucho más sencillo que mantenerlos callados. Como dos pequeños demonios enfurecidos, los schnauzer no paraban quietos, saltaban sobre la cama, mordisqueaban las toallas, no mostraban el menor interés en la comida que les habían comprado y, sobre todo, ladraban como si quisieran denunciar al mundo que estaban allí retenidos en contra de su voluntad.

–Esto es insoportable –dijo Alicia, conteniéndose para no silenciar a uno de ellos a golpes de zapato.

–Espera –pidió Michael.

Sujetando por el cuello a uno y después al otro los hipnotizó hasta dejarlos dormidos.

–Gracias, cariño. ¿Podrías hacer eso conmigo cuando tengo insomnio? –preguntó Alicia batiendo sus pestañas.

–Claro.

–¿Cuándo piensas llamarle?

–Mi intención era esperar un par de días hasta que se pusiera nervioso, pero por no soportar a estos bichos lo haré en cuanto decidamos cómo hacer el intercambio.

–En las películas siempre dicen que es el momento más delicado.

–Se me ocurre algún lugar con mucha gente, quizá unos grandes almacenes.

–O en la puerta de la comisaría de policía –dijo Alicia.

–No me fío mucho de la policía, y menos de que Wark no conozca alguien allí. En caso de aparecer un problema, puedes suponer a quién creerían.

–Ya. Otro problema es saber que lo que te entrega es de verdad tu ADN y no otro. En el mejor de los casos, los resultados pueden tardar tres o cuatro días.

–Le haré entender que no vale la pena engañarme –amenazó Michael.

A las ocho en punto de la tarde Michael marcó el teléfono de Wark y puso el altavoz sin ocultar su número.

–Dígame.

–Espere un momento, alguien quiere hablar con usted –dijo Michael despertando a uno de los perros, que de inmediato empezó a ladrar.

–Pearl, ¿qué te han hecho? –preguntaba la voz de acento sureño cuando Michael se puso al habla.

–¿Me reconoce, señor Wark?

–Michael O'Muldarry, es usted una maldita pesadilla. ¿Se puede saber por qué ha secuestrado a mis perros? ¿Cuánto quiere?

–No se trata de cuánto, sino de qué. Usted tiene dos cosas que me pertenecen y yo tengo dos cosas que le pertenecen a usted. Le propongo un amable intercambio.

–No creo tener nada suyo.

–Usted me da los papeles del padre James y las muestras de ADN que me tomó en Madrid y yo le devuelvo a sus dos queridas mascotas.

–Ya le dije que su ADN no me servía para nada. ¿Por qué iba a conservarlo? –rezongó el tejano.

–Y lo siguiente que va a decirme es que los papeles del padre James ya no están en su poder.

–Me lo ha quitado de la boca.

–Me ofende usted, señor Wark, y me temo que esta conversación ha terminado. Ahora no tendré más remedio que comprar una pala y enterrar vivas a este par de adorables criaturas –dijo Michael apretando el cuello de uno de los chuchos hasta que empezó a gemir.

–Espere. Usted gana, le entregaré ambas cosas. De todas formas, ya no las necesito.

–Eso está mejor, y le aconsejo que no vuelva a intentar engañarme. Me refiero a las muestras de ADN. Le aseguro que si no son las mías, destruiré todo lo que ha hecho en su maldita vida. Quemaré su casa, volaré por los aires su laboratorio y sus pozos de petróleo y usted cenará perro antes de morir despacio. Dedicaré a ello todo el tiempo que haga falta, y usted sabe que si algo me sobra es tiempo. Le doy mi palabra de samurái. ¿Me ha entendido, señor Wark?

–Perfectamente. Dígame dónde y cuándo hacemos el intercambio.

–¿Conoce The Domain?

–¿Los grandes almacenes? Claro, soy de Austin.

–Esté allí mañana a las once. Usted solo, sin sicarios. A esa hora le llamaré para indicarle el lugar exacto del intercambio.

–De acuerdo.

–Usted solo, sobre todo no olvide eso –dijo Michael estrangulando otra vez al chucho antes de colgar.

–¿Confías en él? –preguntó Alicia.

–No, pero tampoco tenemos más opciones.

–Te aseguro que a mí me has dado miedo. Desde luego, si fuera él me lo pensaría.

–Eso espero.

De costa a costa

Antes de abandonar el circo de Buffalo Bill, Martin recorrió la periferia de las caravanas hasta que encontró un vestido de mujer puesto a secar sobre una cuerda. Aún estaba húmedo, pero cubrió con él las ropas que llevaba, caminó como una damisela extraviada por las angostas calles de Saint Michel esperando que se acercase la medianoche y con los dulces pasos de una corista de Molière se dirigió por la rue Dauphine hacia la Sainte Chapelle.

En la puerta de la iglesia un hombre fumaba en pipa y no mostró el menor interés por la muchacha que caminaba ante sus ojos. Martin rodeó el edificio y descubrió al menos media docena de individuos merodeando por la zona. Fingían conversar pero estaban más pendientes de lo que sucedía en los alrededores de la capilla que de sus compañeros. Estaba claro que se trataba de una emboscada, así que continuó caminando sin volver la vista atrás. Esta vez no tenía ningún Flocky sobre el cual escapar, y casi lo agradeció, porque no hubiera sabido montarlo con un vestido de mujer.

En la Gare du Nord sacó un billete de tren que le llevase a una ciudad con mar, que resulto ser Calais, y allí un pasaje en el primer barco que zarpase hacia cualquier destino, que resultó ser Dover. Inglaterra no era el lugar que Martin hubiese elegido, pero en ese momento elegir era un lujo que no estaba al alcance de una jovencita inmortal deseosa de abandonar Francia, más aún después de dejar sin conocimiento a un marinero borracho que intentó besarla.

Llegó hasta Londres como tantas veces había llegado a cualquier sitio, durmiendo bajo los árboles, bañándose en los ríos y alimentándose de cualquier cosa que pudiese cazar, pescar o recolectar. Estas actividades resultaban ahora mucho más difíciles que siglos atrás, pues los caminos y los bosques estaban cortados a cada paso por vallas o vías del ferrocarril. Pensó que a Toro Sentado le hubiese hecho gracia comprobar que los perros ladrones se robaban la tierra incluso a sí mismos. Pensó también que al pobre Flocky aquellos espacios rotos le hubiesen hecho aullar de tristeza.

De no ser porque había conocido Calcuta, la muchedumbre de la capital le hubiese impresionado. Cierto que no había tanto colorido como en la India y por las calles nadie trataba de venderle ropa, comida ni perfumes, pero el trasiego humano era muy similar. Desde luego, no hubiese podido encontrar un lugar mejor donde pasar desapercibido.

Gracias a los malabares callejeros logró alquilar una pequeña habitación en el Soho, un barrio cerca del Támesis donde no se reunía precisamente la aristocracia de la ciudad. Su población más numerosa eran prostitutas, ladronzuelos, artistas fracasados y alcohólicos empedernidos. Sin embargo, como él no tenía aspecto de tener riquezas, solo una vez se vio obligado a romper la nariz de un ratero petulante que se encaprichó de su camisa siux.

En el Soho sobrevivió durante unos cuantos años sin echar de menos sus tierras en Japón ni las riquezas que disfrutó en Francia y en España. Los domingos solía ir a las ferias de las aldeas cercanas para hacer su número de malabares. Acudía mucha gente y daba la impresión de que les costaba menos gastarse el dinero. Uno de aquellos días tuvo una repentina tentación. No era la primera vez que veía al *Hombre más fuerte del mundo* ofrecer diez libras a quien le aguantase un combate de tres minutos. El que aceptara solo tenía que poner una libra y quien quisiera ver la pelea diez chelines. Martin necesitaba unos zapatos nuevos y no se lo pensó. Al tipo le hizo gracia que un jovenzuelo enclenque le retara y a punto estuvo de rechazarlo por temor a hacerle daño, pero tanta fue la insistencia de Martin que finalmente accedió.

–Ustedes son testigos de que lo he intentado –dijo al público, que no parecía muy convencido de soltar dinero para presenciar una lucha tan desigual.

–Si yo venzo, ¿me pagará el doble? –propuso Martin para animar a los indecisos.

–Eso está hecho –respondió el forzudo con un guiño de ojo, invitándole a entrar en su caseta mientras iba cobrando a los espectadores.

–¿Hay alguna regla? –preguntó Martin.

—La única regla es que solo puede usarse el cuerpo.

—De acuerdo.

El tipo era fuerte, pero lento y pesado. A Martin le bastó con esquivar sus previsibles ataques y golpearle tres veces en el hígado para tirarlo al suelo.

El público aplaudió con ganas y Martin se marchaba contando sus ganancias cuando un hombre de ropas y maneras elegantes le abordó.

—Me has impresionado, chaval. Ya me había fijado en ti como malabarista, pero esto ha sido espectacular.

—Gracias.

—Mi nombre es Walter Donovan, soy el dueño del Circo Donovan y me pregunto si te interesaría trabajar para mí.

—Si es como malabarista de acuerdo —respondió Martin después de pensarlo un instante—. Pelear no me agrada. Hoy lo he hecho solo porque necesitaba unos zapatos nuevos.

—Bueno, ya lo iremos viendo —dijo Walter con una sonrisa enigmática—. Además, eres gracioso. Me encanta.

El circo Donovan no era tan grande ni famoso como el de Buffalo Bill, pero era un circo de verdad. Con cierta pena abandonó su cuartucho en el Soho para mudarse a una caravana que compartía con Phil, el hipnotizador, quien a pesar de practicar una ciencia tan oscura era un hombre extrovertido y amable.

Durante siete años recorrió el país actuando como malabarista y, solo en alguna ocasión, enfrentándose a cualquier fortachón de aldea que creía poder ganar dinero fácil tumbando a un mocoso.

—¿Dónde aprendiste a luchar así? —le preguntó Phil la primera vez que le vio pelear.

–Mi padre era marinero y aprendió esta técnica en Japón. Él me enseñó.

–Si me das unas cuantas lecciones sin hacerme mucho daño, yo te enseño a hipnotizar.

–De acuerdo.

Con bastantes reparos se atrevió a viajar a Francia, un lugar que no siempre le había tratado bien, justo cuando Europa había perdido la razón por completo y los países se declaraban la guerra unos a otros con estúpido entusiasmo. Fueron años desgraciados, pero el negocio del circo no se resintió, tal vez porque la gente necesitaba soñar o al menos olvidarse durante un rato de la miseria que vivía. Phil aprendió con entusiasmo las técnicas de lucha japonesa y Martin, después de practicar con gallinas y perros, consiguió poner en trance a Roger, el domador, que imitó a sus compañeros de jaula en cuanto él se lo pidió.

Terminada la Gran Guerra, empezaron los rumores sobre el malabarista siempre joven, y Martin entendió que había llegado el momento de abandonar el circo Donovan, de modo que aprovechó que actuaban en Newcastle y la ciudad tenía puerto para despedirse de Phil.

–Pero ¿dónde piensas ir tal y como está el mundo?

–Ya he pasado aquí demasiado tiempo. Quiero ver otras cosas –respondió mientras guardaba en un petate sus escasas pertenencias–. Si te preguntan, responde que al volver yo ya no estaba aquí, ¿de acuerdo?

–¿Si te hipnotizo te quedarás?

–Si te golpeo no podrás hacerlo.

Se despidieron con un sentido abrazo y, de camino hacia el puerto, Martin entendió que no eran los lugares ni las riquezas lo que le costaba dejar atrás, sino siempre las personas, un océano ya de cariños perdidos.

Por suerte, el primer barco de pasajeros que zarpaba del puerto de Newcastle no se dirigía a Francia, sino a Alemania. La mayor parte del pasaje estaba formado por alemanes que regresaban a su patria después de haber perdido una guerra en la que nunca lucharon. Le bastó escuchar sus conversaciones para que volviese a su memoria el idioma que Fritz le había enseñado seis siglos atrás.

Por si acaso quien se hacía pasar por el conde de Saint Germain le seguía la pista, se dirigió a Berlín eligiendo los trenes más imprevistos a las horas más imprevistas. Después de cruzar un país devastado llegó a la capital y se alojó en la primera fonda mugrienta que encontró cerca de la estación. Por precaución decidió no acercarse a los circos y buscó trabajo de pianista, hasta que un sujeto llamado Hans le contrató donde menos lo esperaba. El Romanisches era un café que conservaba restos de su viejo esplendor, situado en uno de los más nobles edificios de Berlín.

A pesar de la aparente depresión que parecía invadir la ciudad tras la derrota, o tal vez por eso mismo, porque todo estaba en construcción desde las ruinas, los berlineses opinaban con libertad sobre cualquier tema, se llenaban de locos proyectos y, en opinión de Martin, no paraban de divertirse cada noche y de quejarse cada mañana. El Romanisches era uno de los centros más activos de aquella eclosión. No se dio cuenta al principio, concentrado como estaba en no defraudar a Hans con sus interpretaciones de músicos alemanes. Hasta que dos miembros del bullicioso grupo que solía ocupar una mesa próxima a su piano se acercaron a él para proponerle que tocase el piano en una ópera que estaban a punto de estrenar.

–Se llama *La ópera de tres peniques* –le dijo el más calvo, que lucía una llamativa pajarita al cuello–. Me llamo Kurt y he compuesto la música. Este feo y esmirriado personaje que me acompaña es Bertolt y ha escrito la letra.

–Ah, pues no sé... –balbuceó Martin, que en efecto no sabía.

–Hace algún tiempo que te escuchamos tocar cada noche y estamos convencidos de que eres la persona adecuada –añadió el esmirriado.

Cada tarde desde entonces, antes de acudir al Romanisches, ensayaba con ellos, reía con ellos, conoció que eran partidarios de un nuevo pensamiento llamado *socialismo* que defendía la igualdad entre los hombres y pensó que nada tenía de nuevo, pues los carancaguas y los siux ya lo habían inventado muchos siglos antes, pero no dijo nada.

Aunque la ópera estuvo a punto de fracasar porque Harald, el protagonista, amenazó con abandonar el proyecto si su personaje no tenía una introducción, Kurt y Bertolt la compusieron esa misma noche y una semana después *La ópera de tres peniques* se estrenó con éxito apabullante en el Theater am Schiffbauerdamm. Martin tuvo que disculparse con Hans por dejar su trabajo en el café, pero este pareció encantado cuando supo el motivo, incluso le prometió reservarle el puesto.

El teatro se llenaba cada noche y las críticas de los periódicos no podían ser más elogiosas; sin embargo, de un día para otro las calles empezaron a llenarse de jóvenes uniformados con camisas pardas que pintaban esvásticas sobre los carteles e insultaban al público que hacía cola para comprar las entradas. Martin tenía la sospecha de haber conocido casi todos los rostros del mal, pero ninguno comparable a esa fanática necedad. En cada uno de sus rostros creía ver a Ted Neligan, un sentimiento que llevaba siglos dormido en su interior.

Durante una de las representaciones aquellos jóvenes entraron en el teatro como una tribu embriagada por el odio rajando las butacas, agrediendo a los espectadores, a los actores, destrozando el escenario. Martin se dejó golpear por uno de ellos y se fue al suelo sin defenderse para no poner en peligro al resto. Cuando al fin se marcharon, después de entonar cánticos racistas con el brazo extendido, los miembros de la compañía se reunieron para examinar las heridas de sus rostros y las del decorado, que era con diferencia el que más daños había sufrido.

–Esos nazis de mierda están muy crecidos, ya no hay quien los pare.

–Yo no pienso jugarme la vida.

–Mi mujer y yo nos vamos a París –dijo Kurt.

–Sois una manada de cobardes –les recriminó Bertolt–. Va a ser difícil que el pueblo alemán entienda que va a quedar en manos de unas bestias degeneradas si la gente como nosotros abandona el barco en este momento.

–No soy un mártir ni un héroe. Tengo familia en Dinamarca.

–Pues yo me quedo en Berlín. No les voy a dar el gusto de largarme como si fuera una rata asquerosa –anunció Bertolt desde el pasillo, dirigiéndose hacia la salida sin volver la cabeza.

Al joven pianista nadie le pidió opinión. A los ojos de los demás era demasiado joven y demasiado extranjero como para que su palabra fuese tenida en cuenta. No obstante, cuando ya se despedían con la decisión de que cada cual hiciera su propia voluntad, Kurt le retuvo un instante.

–Martin, ¿volverás al Romanisches?

–No, he estado en demasiadas guerras como para meterme en una que no es la mía. Además de tocar el piano, soy malabarista, inmortal y samurái, así que supongo que saldré adelante.

–Quizá por no ser alemán eres el más sano de todos nosotros. Te deseo la mejor de las suertes. Y no pierdas tu buen humor.

Nunca los volvió a ver. En parte porque esa noche, al regresar a su cochambrosa habitación, encontró un sobre bajo la puerta. Dentro había una nota, escrita en gaélico esta vez, con una letra que conocía bien:

Sr. O'Muldarry:

Me pareció muy poco elegante por su parte no presentarse a la cita que teníamos concertada en la Sainte Chapelle. Le voy a dar otra oportunidad y espero que esta vez no la desperdicie. Le espero de nuevo a medianoche en ese café donde con tanta elegancia tocaba el piano.

Le aseguro que dentro de muy poco tiempo esta ciudad será un infierno de tal calibre que hasta un inmortal puede quemarse.

Su eterno amigo,
El conde de Saint Germain

Al parecer el círculo del cazador se iba estrechando y, dispuesto a no ser capturado dentro, se presentó en la puerta del Romanisches a la hora convenida. Llevaba consigo todas sus pertenencias y, escondida entre las ropas, la daga que estaba dispuesto a utilizar si las circunstancias lo exigían. Pero allí solo encontró a un anciano fumando en pipa.

–¿Señor O'Muldarry? –le preguntó.

–¿Quién es usted?, ¿qué quiere de mí?

–No se enfade, por favor, solo soy un mensajero. Mi señor me ha pedido que tenga la amabilidad de acompañarme –dijo señalando un automóvil que aguardaba en la otra acera con el motor en marcha.

–Bien, pues dígale a su señor que se confunde de persona y que el mundo es ya lo suficientemente feo como para que él lo estropee aún más. O, mejor, dígale solo que me deje en paz de una maldita vez. Si no, me enfadaré en serio.

–Eso no va a gustarle.

–Entonces estamos en paz, porque él tampoco me gusta a mí –dijo Martin dando media vuelta.

Tenía la mano en la empuñadura de la daga, pero nadie salió a su encuentro para molestarle mientras se alejaba con paso tranquilo hasta la estación. Allí, fiel a sus viejas costumbres, tomó el primer tren hasta Hamburgo. A pesar de la hora, iba repleto de familias enteras que huían de los nazis y, por lo que pudo comprobar, todos tenían el puerto como destino. Varias horas, bastantes codazos y un par de sesiones de hipnosis le hicieron falta para conseguir un pasaje hasta Nueva York. Era una ciudad grande en un país inmenso y, por tanto, el lugar perfecto para pasar desapercibido.

Angustiado aún por las cartas, Martin procuró evitar relaciones personales durante la travesía. Si alguien le preguntaba, respondía en alemán ser un huérfano que se dirigía a casa de unos lejanos familiares. Era evidente que ni el padre James ni el duque de Armagnac ni el conde de Saint Germain eran los autores de aquellos mensajes, puesto que todos ellos estaban necesariamente muertos. Lo que no entendía era por qué motivo el verdadero autor le alertaba de su presencia y solicitaba un enigmático encuentro en lugar de secuestrarle cuando menos lo esperase. Aquella duda le mantuvo despierto más de una noche.

A diferencia de Berlín, Nueva York le pareció una ciudad sin alma, como una noble dama a quien el destino hubiese arrastrado a la pobreza hasta volverla silenciosa y desconfiada. Había leído los diarios en Alemania y sabía que los asuntos no marchaban bien desde que se hundió la bolsa, pero desde el otro lado del océano eso era un simple concepto y no un desfile de rostros cabizbajos que caminaban sin norte, igual que si un monstruo los hubiese sacado a la fuerza de un largo sueño. Esa idea le hizo plantearse si él mismo tenía un norte y, mientras dormía a la intemperie junto a otros muchos vagabundos en Central Park, quiso notar el aliento de Río Manso, de Toro Sentado, incluso del Árbol Fuerte que él mismo fue para encontrar la visión. Al fin y al cabo, estaba en su tierra.

Y la visión lo encontró a él.

Volver a Japón. Se va donde se tiene el corazón, y desde hacía más de dos siglos el suyo había quedado allí, el lugar donde conoció el lado grande de la vida. La causa de aquella plenitud ya no existía, pero tal vez regresando lograse curar la herida que desde entonces le desangraba por dentro. Necesitaba prepararse y el último de sus problemas era el tiempo, así que tomó la decisión de cruzar Estados Unidos desde la costa del Atlántico hasta el Pacífico a pie. El sol poniente sería su brújula y si algún accidente le desviaba retomaría el camino.

Trabajó como pianista en los más variados hoteles y orquestas hasta llegar a Cincinnati, donde no pudo resistirse al circo de los Ringling Brothers, que ofrecía su espectáculo en la ciudad. Durante cinco años viajó con ellos actuando como malabarista y arquero hasta que regresaron al punto de partida. Allí la brújula le condujo hasta Saint Louis, donde descubrió el jazz, revivió las más brutales formas de racismo y también el cariño de una mujer entre los brazos de Ginger, una cantante de raza negra mucho más interesada en su forma de tocar el piano que en su persona. Con ella recuperó además sus mejores técnicas de combate cuando una pandilla de energúmenos les hizo frente al verlos caminar abrazados por la calle.

–¿Tus manos están bien? –le preguntó ella sin mirar a los cuatro jóvenes blancos caídos sobre la acera–. Lo digo porque si te rompes un dedo no podrás tocar.

Aunque en nada se parecía a la que conoció un siglo atrás, llegar a Kansas le provocó una dolorosa nostalgia. Por si fuera poco, tres días más tarde los periódicos anunciaban que Japón se había rendido después de que una segunda bomba atómica hubiera arrasado Nagasaki. La noticia le dejó tan afectado que se encerró en la habitación del hotel para escribir a Matsuko una larguísima carta que al final acabó destruyendo.

Tal vez para compensarle de tantos sinsabores, Kansas terminó portándose bien con él. Fue cuando un sujeto le preguntó en el bar donde tocaba si quería unirse al grupo que estaba formando. No llegaría a los veinte años, dijo llamarse Pete y a Martin le resultó simpático, de manera que aceptó. Crazy Bears interpretaban una música simple y enérgica llamada *rock and roll* que volvía locos a los jóvenes. Las salas en las que actuaban se llenaban, ya fuera en Kansas, en Wichita, en Dallas o en Memphis. Empezaron a ganar mucho dinero, que sus compañeros de banda gastaban en fiestas y automóviles caros mientras Martin se dedicó a comprar casas que luego alquilaba. El único propósito era olvidarse durante algunos años de sus problemas económicos.

Durante unas vacaciones pidió prestado a Nick, el batería, su Chevrolet para acercarse a la reserva siux, pero una vez en la puerta miró aquel coche lujoso, se miró a sí mismo y, presa de una vergüenza inconfesable, volvió por donde había venido. Dos años más tarde Pete se despeñó por un barranco conduciendo su Ford Mercury. Ese fue también el fin de los Crazy Bears y el reinicio de su peregrinaje hacia el sol poniente.

Durmiendo a la intemperie o en algún motel de los pequeños pueblos que cruzaba, tardó casi dos meses en recorrer los mil kilómetros que separaban Kansas City de Dénver y allí se instaló. Era una ciudad grande rodeada de naturaleza y, liberado de la necesidad de buscar trabajo gracias a los alquileres, dedicó la década de los cincuenta a cultivar su descuidada mente mientras hacía lo propio con un pequeño huerto que labró detrás de la casa. Instaló una tinaja de madera para recuperar el placer del ofuro cuando llegaba la primavera y no tardó en establecer relaciones con Louise, la bibliotecaria, con la que seis meses después ya disfrutaba de aquellos baños aromáticos.

De nuevo la paz olvidada, los días tranquilos, los fines de semana recorriendo las Montañas Rocosas junto a Louise, a quien le encantaba la naturaleza. Fueron casi felices hasta que ella se cansó de esperar un matrimonio que nunca llegaba y, un buen día, hizo las maletas.

—Martin, eres una persona adorable —dijo antes de cerrar la puerta—, pero tengo la sensación de que no te alcanzo y mientras lo intento se acaba la cuerda de mi reloj.

Él esperó cinco años más, los que le llevó acabar los estudios de Psicología en la universidad y terminar de pagar la casa, que de nuevo alquiló antes de partir hacia Salt Lake City el mismo día en que celebraba su seiscientos cumpleaños. Empeñado en su afán de continuar hacia el oeste a toda costa, no reparó en que era el desierto de Nevada lo que tenía enfrente, así que tuvo que desandar el camino y poner rumbo al sur.

Llegó a Colorado con la intención de partir al amanecer, pero encontró un piano abandonado en el hotel donde se alojaba y se quedó a tocarlo cada noche durante tres años a cambio de alojamiento y comida. Por las mañanas jugaba al ajedrez con un viejo maestro retirado y se enamoró de un paraje natural que rodeaba la ciudad con el poético nombre de Jardín de los Dioses.

Para recordar épocas pasadas y olvidarse un rato de los hombres, planeó realizar los setecientos kilómetros que le separaban de Albuquerque cruzando los inmensos espacios naturales de Santa Isabel, San Juan y Carson. Como los tiempos habían cambiado, se ayudó de una tienda de campaña y, como algunas cosas nunca cambian, fue su habilidad con el arco lo que le permitió sobrevivir mientras echaba de menos junto a él a su coyote Flocky.

En Albuquerque aprendió a pilotar avionetas y, más por placer que por necesidad, trabajó fumigando campos de heno y algodón. En una de esas tareas conoció a Molly, una granjera recia y desenfadada que le invitó a probar su licor de nueces, y ya no abandonó su casa hasta pasados diez años, justo la mañana en que ella le preguntó por qué tenía la impresión de ser más su madre que su novia.

Phoenix era la penúltima parada que tenía prevista en su mapa. Alquiló un pequeño apartamento con la intención de encontrar trabajo de pianista y continuar sus prácticas con las avionetas, una actividad que le había entusiasmado. Sin embargo, un ordenador se cruzó en su vida de manera casual y comenzó entonces una nueva pasión. Consiguió el mejor que había en el mercado, se apuntó a media docena de cursos y compró un libro de informática tras otro. Pasó incontables horas delante de aquella máquina y, después, de otras más avanzadas, conociendo sus componentes, su funcionamiento, su lenguaje. En eso estaba ocupado la tarde que llamaron a la puerta. Abrió sin prevenciones, porque esperaba el envío de una tarjeta gráfica, pero bajo el umbral sonreían dos tipos sin el menor aspecto de repartidores. El más alto no le quitaba ojo, mientras el otro escaneaba el entorno y el interior de su casa con mirada camaleónica.

–¿Es usted Martin Smith? –preguntó el primero.

–¿Quién le busca? –devolvió la pregunta.

—Tenemos una oferta muy interesante que hacerle, ¿nos invita a pasar?

—No —respondió Martin, observando que el más bajo hacía una llamada con su teléfono móvil.

—Una persona muy importante desea hablar con usted —dijo, ofreciéndole el teléfono.

Era una voz masculina con acento sureño. El sujeto dijo llamarse Samuel Wark, se dirigió a él como Michael con aparente amabilidad y se ofreció a volar hasta Phoenix para hablar de historia medieval y de negocios. Sin duda, era el jefe de la manada. Le entretuvo hasta que encontró la ocasión de soltar el teléfono y abalanzarse sobre los dos individuos cuando menos lo esperaban. Hizo chocar sus cabezas entre sí y ambos se desplomaron. Antes de que recuperasen el conocimiento los introdujo en el piso, ató sus manos y amordazó sus bocas con esparadrapo. Guardó en la mochila sus escasas pertenencias de costumbre, a las que ahora se sumaba un disco duro, y salió de Phoenix pensando que después de nueve años en aquella ciudad apenas la conocía.

Llegar por fin a Los Ángeles, el sueño de tantos americanos, supuso para él una auténtica pesadilla. Nunca se cayeron bien. Desde el primer momento, a Martin le pareció habitar un mundo desequilibrado, lleno de ricos presuntuosos, aspirantes a ricos presuntuosos y frustrados por no haberlo conseguido. En los cinco años que vivió allí fue contratado cuatro veces para trabajar en proyectos de animación por ordenador que nunca vieron la luz, su casa fue saqueada en tres ocasiones mientras él estaba ausente, dos noches le dispararon y pasó una semana en la cárcel por enfrentarse a un policía que, sin previo aviso, trató de reducirle confundiéndole con un traficante de drogas.

Al regresar a su casa, recién saqueada, encontró en el buzón una carta en gaélico cuya letra conocía muy bien.

Señor O'Muldarry:

Ya que no ha tenido a bien encontrarse conmigo en París, en Londres ni en Berlín, le propongo que celebremos juntos en mimansión de L.A. el fin de año. Le aseguro que no se arrepentirá.

Esté preparado a las ocho de la tarde. Mi chófer pasará a recogerle en la puerta de su casa.

Un cordial saludo.

El conde de Saint Germain

Cuando esa noche tomó el avión con destino a Tokio, Martin sintió que cerraba el capítulo de un siglo. Otro más. Estaba cansado de leer y escuchar en todas partes que el XXI empezaba el uno de enero de 2001. No dudaba de que los expertos estuviesen en lo cierto, pero a él, por razones evidentes, el año 2000 le parecía mucho más redondo.

XII

La mañana del intercambio, en el último momento, Michael y Alicia sospecharon que tal vez Wark pudiese ocultar alguno de sus hombres entre la multitud, por lo que eligieron un lugar apartado de los grandes almacenes desde el que pudieran verle llegar. Michael hizo la llamada y pocos minutos después comprobaron que, en efecto, era él quien se acercaba solo. En la mano derecha traía una bolsa de plástico.

–Buenos días, señor O'Muldarry... Señorita, un placer volver a verla. Aquí tiene lo que me ha pedido. ¿Puedo saber dónde están mis perros? –dijo, como si se tratase de un encuentro entre amigos.

Michael abrió el portafolios de piel que le ofrecía y revisó los documentos. No había duda, era la letra del padre James. El tubo de ADN en cambio no permitía una verificación tan precisa.

–Sus adorables mascotas están en el coche. Si es tan amable de acompañarnos, daremos este asunto por zanjado de una vez –dijo Michael imitando su tono amable.

–Con mucho gusto.

El aparcamiento del centro comercial estaba ocupado a medias, por eso Alicia y Michael se miraron atónitos cuando, después de pulsar el mando, pareció que todos los coches cercanos se hubiesen abierto a la vez. Una docena de individuos ocultos tras las columnas y entre los coches los rodearon. Todos iban armados y todas las armas apuntaban a la cabeza de Alicia.

–Tiene usted la fea costumbre de subestimarme, señor O'Muldarry –sonreía Wark acariciando a sus perros–. ¡Adelante! –exclamó.

Como un pequeño ejército, los hombres se movieron a un tiempo. Dos de ellos introdujeron a Alicia en uno de los coches mientras otros tres sentaban a Michael dentro de su Ford alquilado. Uno conducía y los otros dos le flanqueaban.

–Sabemos que puede matarnos a los tres, pero si intenta cualquier cosa su novia no saldrá con vida –le advirtió el que conducía.

Michael no dijo nada. Su cabeza ardía de furia por haber hecho caso a Alicia y permitir que le acompañase. Mientras, sus manos dentro de la bolsa iban troceando los papales del padre James.

La procesión de coches entró en la mansión de Wark y Michael fue guiado a través de un largo pasillo. Uno de los esbirros se adelantó para abrir la última puerta y otro le empujó dentro. Era un amplio salón con chimenea, sofá, una mesa baja y las paredes colmadas de libros, algunos de los cuales tenían aspecto de ser muy antiguos. Tres individuos apuntaban sus armas en la misma dirección y, siguiendo el objetivo de sus cañones, encontró a Alicia sollozando en un sillón. La rabia y la impotencia parecían a punto de reventar sus venas.

–Siéntate, amigo. El jefe no tardará en llegar. La verdad es que no fue una buena idea tomarla con sus perros –dijo un cuarto tipo que estaba a su lado.

Algo en aquel sujeto le resultaba familiar. Sin duda, era uno de los que estuvieron en Madrid.

Michael obedeció. Buscaba la manera de dar la vuelta a la situación sin poner en peligro la vida de Alicia, pero no la encontraba.

–Lo siento, cariño –dijo ella como si leyera sus pensamientos.

–No te preocupes. He salido de otras peores.

–Qué relindo suena el español de la madre patria. Platíquenlo mientras puedan, porque nomás al jefe le da por cortarles las lengüecitas –dijo uno de los que apuntaban antes de reír con ganas.

Wark entró poco después. Traía gesto de padre decepcionado y miró a Michael chasqueando la lengua.

–Señor O'Muldarry, resulta usted una persona tan agotadora como decepcionante, y no sé en qué orden.

–Hicimos un trato. Usted tiene sus perros y yo lo que he venido a buscar. Deje que nos marchemos y no complique más las cosas.

–E ingenua, se me había olvidado –añadió Wark sentándose junto a él–. Dígame, querido amigo, ¿le parece que está en condiciones de proponer acuerdos?

–No me fiaba de usted y he dejado en la habitación del hotel un documento con todos sus datos por si no regresábamos.

–¿Se refiere a esto? –preguntó Wark, sacando de un bolsillo el sobre que Michael había puesto sobre la mesita de noche.

–¿Qué piensa hacer ahora?

–Enterrarle vivo, por supuesto. Usted mismo me dio la idea. En cuanto a ella, la mataremos antes para que no sufra. Sabe demasiado, ya me entiende.

–Usted no es un asesino, Wark. Lleguemos a un acuerdo.

–Es tarde, señor O'Muldarry. Hace años lo habría dado todo por encontrarme con usted, bien lo sabe, pero ahora tengo hambre y su conversación me aburre –dijo antes de levantarse–. Ya sabéis lo que tenéis que hacer. Rick, ocúpate.

El tipo cuya cara le resultaba familiar asintió, levantó su arma y sin pestañear apretó el gatillo. Samuel Wark se desplomó con un agujero en la frente y el gesto de asombro aún dibujado en la cara.

–Sacad esta mierda de aquí –ordenó.

Como si lo que acababa de ocurrir fuese un hecho cotidiano, el resto de los hombres guardaron sus armas, cargaron con el cadáver de Wark y salieron sin pronunciar palabra.

–Gracias, Rick –dijo Michael, calculando que un solo rival era una opción segura para salvar a Alicia.

–¿En serio no me has reconocido o me estás tomando el pelo? –preguntó el tipo soltándose la coleta que llevaba sujeta con una goma.

–Conde de Saint Germain –silabeó Michael en francés–. No es posible.

–No me hables de imposibles, Michael, tú no.

–Fui a tu entierro hace más de doscientos años.

—No. Fuiste a un entierro que pensabas que era el mío y es cierto que me lloraste. Eso me emocionó, igual que te agradezco que después te ocuparas de mis asuntos, incluso haciéndote pasar por mí para arreglar alguno de ellos. Dime, ¿tu novia es de confianza?

—Tengo la intención de casarme con ella, aunque aún no lo sabe.

—Entonces deduzco que sí. En fin, tú verás —dijo el conde, dejando el arma sobre la chimenea y sentándose donde estuvo el difunto Wark.

Alicia los miraba como si contemplase dos animales prehistóricos.

—Supongo que finalmente encontraste la fórmula del elixir.

—Michael, si algo me irrita de ti es que seas tan idiota: tú mejor que nadie sabes que esa fórmula no existe. ¿O era la que le preparaste a mi buen amigo Armagnac? Debo reconocer que ahí estuviste muy fino —sonrió Saint Germain.

—¿Cómo sabes tú eso? No recuerdo habértelo contado.

—Sé de ti muchas más cosas de las que imaginas, querido Michael. En realidad, lo que estaba buscando entonces era el modo de eliminarte si te convertías en un problema para mí, tal y como ahora has estado a punto de hacer.

—¿Quién demonios eres tú? —preguntó Michael, convencido ya de que se enfrentaba a una situación nueva en su vida.

El conde de Saint Germain sonrió. Michael no tuvo entonces ninguna duda de que se trataba de la misma persona con la que había convivido doscientos años antes.

—Pues casi siempre tu ángel de la guarda. Por eso envié a Núñez Cabeza de Vaca y a Molière para que te rescataran de las calles: dabas un poco de lástima viviendo como un mendigo. O a Buffalo Bill para sacarte de la reserva siux... ¡Ah!, me encantaba verte actuar en Versalles vestido de mujer o disparar con esa precisión tu arco en el circo Donovan, aunque reconoce que te ponía nervioso verme quitar los guantes... Alguna vez te perdí la pista durante más de cien años. Luego me contaste que habías estado en Japón haciéndote samurái, nada menos, y eso antes de irte a la Antártida a pescar ballenas. ¡Qué idea más peregrina!

–Para tener una vida tan larga te has tomado mucho interés en mí –dijo Michael, debatiéndose entre el enfado y la sorpresa de no ser único.

–Es lo menos que podía hacer por mi hermano pequeño –dijo aquel tipo con toda tranquilidad.

–¿Aidan? –preguntó Michael, con su corazón deshecho en cuerdas como el arpa de Warrenpoint.

–Aidan O'Muldarry, hijo de Michael y Ailyn, nacido en el condado de Magennis y hermano mayor de un desastre que lleva el nombre de mi padre.

–Pero... no es posible... ¿Cómo?...

Michael trataba de entender siete siglos de vida de repente y las palabras no terminaban de salir por su boca.

–Ya sabes que fui con padre a luchar contra los ingleses. No teníamos ninguna posibilidad, salvo morir con romanticismo y convertirnos en mártires, como de hecho ocurrió. Nos masacraron. Vi morir a padre y también a mí me cubrieron de flechas, luego nos cargaron en un carro, pero para mi sorpresa desperté sin una herida, qué voy a contarte. Regresé a Magennis, allí supe que habían quemado a madre acusándola de brujería y que tú habías desaparecido –dijo Aidan en gaélico.

—Fue Ted Neligan —dijo Michael, tartamudeando en el mismo idioma.

—Lo sé, él mismo me lo confesó mientras le rebanaba el cuello.

—¿Mataste a Neligan? —gritó Michael.

—Con gran placer, hermano. Luego te busqué durante un tiempo, pero no había manera de dar contigo. Imagino que fue la época en que te hiciste monje. ¿A quién se le ocurre, Michael?

—No encontré lugar mejor donde escapar de Neligan... Pero ¿por qué no me has dicho nada en todos estos años si sabías...?

—Lo intenté muchas veces, pero adquiriste la costumbre de no acudir a las citas que te proponía por carta.

—No sabía que eras tú. Podías haber firmado con tu nombre.

—Usé los papeles del padre James y a estúpidos como Armagnac y Wark para seguirte la pista, pero no siempre fue fácil. Eres muy hábil desapareciendo.

—Y ¿tú a qué te has dedicado?

—Asuntos más provechosos que tocar *rock and roll,* mover cosas con las manos o hacer el indio, querido hermano —dijo Aidan—. Tengo una fortuna incalculable, dirijo a la sombra la política de los gobiernos y vivo como quiero, no como me dejan.

—Pues me alegro por ti, si eso te hace feliz. Lo que entonces entiendo menos es tu interés por mí.

—Eso es lo que me enfada, Michael, que seas tan necio. ¿Acaso no te das cuenta? Has venido hasta aquí porque Wark podía haber clonado tus genes. Es más, ten por seguro que lo habría hecho de no estar yo para impedirlo, porque si hay muchos como nosotros perdemos toda la ventaja. Al principio te vigilé por cariño, pero ya lo hago solo por interés, y el caso es que tengo cosas más interesantes que de las que ocuparme.

–¿Qué significa eso?

–Me preocupa que exista alguien como yo y sea tan estúpido, tan humano en el fondo. Desengáñate, no somos como ellos. Van y vienen, pero nosotros permanecemos. Deja de ponerme en peligro, Michael. Únete a mí.

–¿Para vivir con lujos y dirigir gobiernos? Gracias, Aidan, pero no me interesa.

–Es como un juego, Michael, y ellos son las piezas. Las mueves, las colocas, las cambias. No puedes tomarles cariño porque tarde o temprano se van a marchar.

–Aidan, en todo este tiempo he hecho muchas cosas, pero ninguna comparable a meterme en una tinaja perfumada con la mujer a la que amaba, acertar a un venado con mi arco para alimentar a mi pueblo o ver amanecer en el Ártico. Quiero que la vida me siga sorprendiendo, no me apetece dirigirla.

–Como quieras, Michael. Eres cabezota como padre y buena gente como madre. Durante estos años te he protegido, amenazado y tentado con la codicia para hacerte reaccionar de algún modo, pero contigo no hay manera. Solo porque eres mi hermano voy a dejarte marchar, pero olvida esta conversación y no se te ocurra interferir en mis asuntos o dejarte atrapar de nuevo, porque tal vez la próxima vez que nos encontremos el final sea distinto. No habrá más cartas: este es el mensaje definitivo.

–Gracias por salvarle la vida a mi novia y por tu interés en mí –dijo Michael levantándose y tomando a Alicia de las manos.

–Hasta la vista, hermano.

–Adiós, Aidan.

En el jardín encontraron su coche abierto y las llaves puestas. Michael arrancó y salió de allí tan rápido como pudo.

–¿Te ha llamado hermano? –preguntó Alicia–. Es lo único que he entendido, porque hablabais en un idioma extrañísimo.

–Es que era mi hermano Aidan. Por eso hablábamos en gaélico, nuestra lengua materna.

–No sabía que tenías un hermano inmortal.

–Yo tampoco, pero ya que sale el tema de la familia...

–¿Qué? –preguntó ella en vista de que Michael no parecía dispuesto a terminar la frase.

–¿Quieres casarte conmigo?

Alicia miró al frente, después por la ventanilla bajada y por último al autor de la proposición sin dejar de rascarse la cabeza.

–Con una condición –dijo después de un largo rato.

–¿Cuál?

–Que si tenemos un hijo se llame Martin.

–¿Eso es un sí?

–Pues claro, bobo.

–Vaya, hay siglos en los que no pasa nada y otros días en cambio... –dijo él, deteniéndose para besarla con lágrimas en los ojos.

–No sé si alguna vez te lo he dicho, Michael, pero me pareces un hombre muy gracioso.

Nota del autor

Como profesor de Historia, me considero en la obligación de precisar que todos los personajes reales que aparecen en esta novela, como Álvar Núñez Cabeza de Vaca, Molière, el emperador Nakamikado, Toro Sentado, Bertolt Brecht e incluso el propio conde de Saint Germain están situados en su época y lugar. Sin embargo, los hechos que se narran no siempre se corresponden con la realidad y con frecuencia han sido alterados por razones literarias. Otros acontecimientos, como el viaje francés a las Indias por Oriente, nunca ocurrieron, salvo en mi imaginación y espero que también en la de quien ahora sostiene este libro en las manos.

Mi más cariñoso agradecimiento a todos los que me ayudaron con su conocimiento, paciencia e interés. A los profesores Cecilio Fernández, Jesús María Fernández, Jesús de la Beldad y María Elena Murillo. A María Jesús de Miguel y Jaime Martínez, que desaprovecharon horas de verano para hacerme interesantes sugerencias.

Miguel Sandín
Madrid, 2015

Índice

Miguel Sandín

Nacido en Madrid en 1963, estudió filosofía en la Universidad Complutense. Allí fue miembro fundador y colaborador de la revista *Thales*, que hoy sigue editando la propia Universidad. Enamorado del teatro, formó parte de diversos grupos y por último fundó su propia compañía, Karmesí Teatro. Desde hace casi treinta años da clases en secundaria y bachillerato tanto de filosofía como de historia y arte. Ha publicado las novelas juveniles *El gusano del mezcal* (Edebé, 2008), *Expediente Pania* (Edebé, 2009) y *Piensa también en el azar* (Edebé, 2010). En 2014 quedó finalista del Premio Nadal con la obra titulada *Por si acaso te escribí.*

Bambú Exit